云南大学 | 少数民族民间文学
调查资料丛刊

云南大学 1980 年 德宏民间文学 调查资料集

Collection of 1980
Dehong Dai and Jingpo Autonomous Prefecture Folk Literature
Survey of Yunnan University

云南大学文学院 编

本书出版获云南大学一流大学"中国语言文学"学科建设项目资助

本书系国家社科基金项目"云南少数民族民间文学稀见资料整理与研究（1958—1983）"（20CZW059）阶段性成果

云南大学 | 少数民族民间文学调查资料丛刊

顾 问

张文勋　李子贤　李从宗　张福三　冯寿轩

编委会（按姓氏笔画排列）

王　新　王卫东　伍　奇　杜　鲜　李生森
杨立权　张　多　陈　芳　罗　瑛　段炳昌
秦　臻　高　健　黄　泽　黄静华　董秀团

云南大学少数民族民间文学调查资料丛刊
前　言

王卫东

这套丛书的整理出版是一件偶然的事——准确说，是源于一件偶然的事。2006年5月的一天，杨立权冲进我的办公室，兴冲冲地对我说："王老师，挖到宝了。"他迫不及待地告诉我，在四楼中文系会议室旁边小房间的乱纸堆里发现了云南省民族民间文学调查的资料，我和他跑上去，看到杂物堆上的少数民族民间文学调查资料，有署名"云南大学中文系少数民族语言文学教研室编"的1964年和1979年版的《云南民族文学资料集》，有署名"云南大学中文系"的1979年12月版的《民族文学作品选》，有署名"云南大学中文系少数民族文学概论师训班编"的1980年6月版的《民族民间文学资料》，有署名"云南大学中文系"的《云南民族文学资料》，还有署名"云南大学中文系印"的1980年4月版的《云南民族文学资料》、署名"云南大学中文系翻印"的《云南民族文学资料》，此外还有很多"云南大学中文系翻印"的各少数民族文学作品选，最为珍贵的当然是云大中文系调查整理的云南少数民族民间文学资料。大家都非常高兴，这纯属意外之喜。2005年8月份我任中文系主任后，有两项重点工作：文艺学博士点申报和教育部本科合格评估。博士点获批，我就全力以赴做评估的准备。除了常规的教学档案整理之外，我希望借此机会把我之前做的科研档案扩展为人员档案和中文系系史，于是就请杨立权把中文系资料室和其他地方的东西清一清，图书杂志造册上架，供师生查阅；教材著作如果数量多，部分留存后可以给愿意要的学生，不必堆在那里浪费；涉及中文系历史的资料分类整理，作为历史档案保留。没想到整理过程中惊喜连连，在图书杂志之外，发现了很多会议记录、规章制度，还有讲义、教案、课程表、历届学生名单、毕业论文、学年论文、课程作业，甚至还有入党申请书……出乎意料又令人惊喜的是，还发现了《阿诗玛》的多个版本。这次的发现，更是令人想不到的大喜事。杨立权带着学生把四楼和一楼彻底清理后，将名为"云南民间文学资料"的油印版单独归类，我和他审查后确认，主要有1964年、1979年和1980年三批。随后我和杨立权给中文系所属人文学院院长段炳昌老师汇报了这事。段老师对中文系的历史以及民间文学调查比我和杨立权更为熟悉，也更了解这些资料的价值。我也给黄泽兄说了这事，他是专家，为此很是高兴。过了一段时间，我和段老师去见张文勋先生，告诉他这个发现。张先生极为兴奋，说1964年中文系印出来以后，部分进行交流，大多用作教学。这套资料主要留存在云大中文系和云南省文联。"文革"期间，省文联的全都流失不存，中文系的也不见踪影。他也曾动过寻找的念头，但"文革"后百废待兴，1984年初他离任中文系主任后不再参与管理，中文系的办公室、资料室地点屡迁，资料室人员变动频繁，他以为这些资料已经消失，没想到竟然从杂物堆里打捞了出来。

资料有了，下一步就是整理和出版的事。但就在这个环节大家出现了分歧。我力主出版，认为署名不是问题，少数民族民间文学调查是政府主导，各个单位安排的，属于职务成果，不是任何个人的，统一署名云南大学中文系调查整理，把所有署名者列出即可。但不少人还是有所顾虑甚至是顾忌，担心到时出现署名权的争议。编纂出版是出于公心，是为云大，是为学术，但最终责任由个人承受，这就不值。2004年至2005年曾任文学与新闻学院党委书记，时任云大宣传部长的任其昆老师认同我的看法。但当时有顾虑的人毕竟更多，这事也就搁下了。

虽然出版被搁置，但这套资料的价值在那里，谁都清楚。杨立权还带着学生整理，段炳昌老师和董秀团老师等会讨论这书的处理方式，老先生们也不时会提到这事，主要是李子贤先生。每年去见李老师时，他都会说到这套书。他基本同意我的看法，但也担心出问题，毕竟有前车之鉴。一次，我与何明兄聊天时说到这事，他马上就表态，经费由他担任院长的民族研究院解决，中文系和民族研究院联合整理出版，作为中文学科和民族学学科的共同成果。遗憾的是最终没有落地。那些年虽然我在很多场合都在说这套书，告诉大家这是不可复现、不可再得的，强调它的唯一性、不可替代性，说明它在史学、文学、民族学、社会学以及学术史等方面的学术价值和社会价值，但出版的事一直拖而不决。2015年学校给中文系50万的出版经费，我准备抓住这次机会把书出了，不再左右顾虑。请学校把出版经费直接划拨给云南大学出版社，同时把全部资料给了他们，希望他们先录入，再组织人员进一步整理、出版。但没想到年底，学校进行教学科研机构调整，我调到云大艺术与设计学院主持行政，这套书自然就离开了我，虽然我还时时惦记着它。

没想到，这套书确实与我有缘。2020年，学校把我调回文学院主持行政。在了解文学院近几年的情况时，我得知这套书仍未完成整理，决定借助云南大学百年校庆把这事解决了。在学院党政联席会上我提出文学院百年校庆的活动内容，包括编写院史、口述史和整理出版这套书，这个想法得到文学院班子的支持。几经波折，这套书的整理出版终于露出了曙光。

在文学院校庆活动的会议上，确定由何丹娜副书记具体负责院史，陈芳副院长负责口述史，张多、高健负责这套书的整理，我整体统筹。后因资料从出版社取回后由张多管理，张多做了很多的整理工作，还以此申报2020年的国家社科基金项目并获批，就由张多具体负责，并以百年中文课题立项的形式组建团队进行整理、录入和校对。

我原来希望这套书由云南大学出版社出版，但由于云大出版社五年内换了三任社长，社内领导班子也几经变动，编辑变化很大，直到2020年再次启动时，这套书与2015年我离开时几无区别。（负责这套书的副社长伍奇老师在2015年底调整时调离了出版社，也无法再管这套书的整理出版，更不清楚这套书的着落，直到2021年她还提醒我把资料从出版社取回以免遗失。）我担心云大出版社在2023年百年校庆时不能完成这套书的编辑出版，有老师推荐商务印书馆。应了好事多磨这话，这套书确实否极泰来，遇上了一个好编辑，冯淑华老师了解到这套书的情况后，以极高的效率完成了报批，使这套书进入出版程序。虽然这两年中诸多波折，但冯老师都以她的超常耐心和毅力，忍常人所不能忍，迎来了最终的圆满。在此对冯淑华老师致以最高的感谢！

这套书能够面世，首功当归杨立权老师。他是当时不多、现在罕见的只为做事不问结果的人。他发现了这些资料，才有了这套书的出版。包括这套书在内的所有中文系少数民族民间文学调查资料最初都是他带着学生整理的，从杂物中找出来，分类归档，标明篇目，顺序陈放。没有杨立权老师，就不可能有这套书。

另外要感谢张多老师。这套书整理的工作量和难度是没参与的人难以想象的。首先是工作量，当初谈论这套书的整理，大家都认为应该以1964年版为基础，1979年、1980年版为参考和补充。段炳昌老师和我们也讨论过，认为应以云大中文系师生调查整理的资料为原则，至少是云大中文系师生为主调查整理的文本才能纳入，杨立权老师找到的资料从1958年一直到20世纪80年代中期，除了1977年以后是云大中文系师生调查整理的，参与调查整理的人员来自云南省的各个地区和单位，全部纳入，体量太大。即便如此，内容仍然十分庞杂，一则上述三个资料集之外的资料还有很多，二则三个资料集以及其他资料都混杂着不同单位的搜集整理者的文本，有一些并没有云大中文系的师生参与，需要仔细甄别。这就需要了解和熟悉那个时期云大中文系师生以及他们参与调查、整理的情况。其次是难度，编辑整理这些资料对学术水平的要求很高，要有学术眼光，有学术史的标准，有严谨的学术态度，有细心和耐心。整理时应该忠实于材料，尽可能呈现出最初的样貌，不能依据自己的立场观点，或者为了文雅、结构的"合理"、避免"重复啰唆"等随意增减删改，否则就成为改写本，这也是对整理者的考验。（其实，民间文学中的重复是其非常重要的结构特点，是文本的必要构成。我在给学生讲课时，曾提及《诗经》的"风"和后来的"乐府"诗，保存了民间歌谣，但有得亦有失，得是如果没有当时官府的搜集整理，我们无法窥见当时的民间文学；失是人们见到的文本都是经过雅化的，这就大大降低了这些作品的价值。1964年版的"前言"里说"对这些原始资料，除字句不通加以适当修改外，一律不予删改，保持原始面貌，以提供研究之用"，这体现了老一辈学者的学术智慧。）此外，1964年的版本是手刻油印的，1979年、1980年版部分文字是当时的简化字，没有经过那个时代教育的师生可能不认识，等等，这也增加了录入和校对的难度。感谢张多老师和他的团队，给我们呈现出一个较为理想的文本。

还要感谢李子贤先生。我和黄泽兄管理中文系后，于教师节以中文系的名义去慰问两位老师，又让中文系办公室恢复了他们的信箱，请他们参加中文系的活动，李老师也就顺势回到中文系。（2005年他告诉我，以后他的会议就由中文系主办，之后他主导的学术会议确实都交给了中文系。）整理这些资料时发现1964年、1979年、1980年版各有问题，1979年版少了两册（已记不住哪两册，好像是18册和21册）。幸运的是，去看望李子贤老师时，说起这事，李老师说他家里也保存了一部分，放在老房子里，刚好有这两册。这又是一个意外之喜，看来老天爷也想促成此事。之后几年去看他，他都与我谈起这些资料，支持整理出版。2015年底，我调到云大艺术与设计学院。随后几年我与李老师和任老师联系较少（李老师给我打过电话），直到2020年确定回文学院，我给李老师打了个电话。他听到我的声音，第一句话就是"卫东，这么多年，你终于想起我们了"。听我说回到文学院后准备出这套书，他叹道："早就该出了。"

感谢张文勋先生。张先生是云南省民族民间文学调查的全程参与者，也是1977年以后把少数民族民间文学调查作为毕业实习主要项目这个传统的决定者。1979年、1980年版的资料集，1980年为"全国《少数民族民间文学概论》师资培训班"编印的《民族民间文学资料》都是在他任上编印的。

感谢段炳昌老师和黄泽老师。他们从学理上明确了这套书的学术价值和现实意义,提出了不少有关整理的原则和方法。段老师一直是这套书整理出版的推动者。

感谢董秀团、高健、伍奇、段然各位老师。他们在不同时间、不同程度,以不同方式参与了这套书的整理,推动了这套书的出版。尤其是段然老师,由于出版单位的变换,给她的工作带来了不便和冲击,但她了解到整个过程后,表示对调整的理解。我们以1980年为界,之前的交由商务印书馆出版,之后的云南少数民族民间文学调查资料以及所有年代的影印版交给云大出版社。感谢小段老师的理解和支持。

还要感谢云南大学校领导的支持。校党委林文勋书记今年7月到文学院调研时,我把这套书的出版经费作为第一项诉求,得到他的明确表态支持。感谢于春滨和张林两任"一流办"主任,得知这套书的价值后,他们都表示支持。张林兄去年年底上任后就把这套书作为重点支持项目,这次在省财政经费未足额下拨的情况下,他把这套书的出版经费单列,才保证了这笔钱没在最后关头被争先恐后的报账者们"抢走"。

最后,要感谢上世纪三十年间进行云南少数民族民间文学调查的各位前辈,是他们不畏艰辛,克服重重困难,才给后人留下了一批无法复现、不可替代的一手资料,让我们能隔着半个多世纪的时光,触摸到那个时代的脉搏,感受那个时代人们的情感,得以重现那个时代的社会面貌。那个时代的人们借助于这些资料而复活,各位调查整理的前辈因了这些文字而永恒!向各位前辈致敬!

六十年,这套资料从口头文本到纸质文本;十六年,这套资料从重新发现到出版。与这套书结缘的人或有始无终,或有终无始,只留下我经历从重新发现到出版的始终。终于得以出版,为这套书做出贡献的所有人也可以心安了!

2022年12月23日于云南大学映秋院

编纂说明[1]

张多

2023年是云南大学建校满100周年的重要节点，同时也是云南大学中国语言文学学科办学100周年。民间文学是云南大学文科的重要组成部分和特色专业方向，自1937年徐嘉瑞先生到中文系[2]执教开始便一直贯穿在中文系教学、科研、文化传承的脉络中。

民间文学注重到民间去采风，或曰搜集整理。这里主要指的是将民众口头讲述或演唱的散韵文学，转化成书面文字，这其中包含录音、记音、听写、记录、誊录、移译、转译、整理、汇编、校订、注释、改编等若干技术性手段。当然，对云南来说，对各民族书面典籍的搜集整理和翻译也同样重要。

云南大学中文系在20世纪开展了若干次大规模少数民族民间文学调查，积累了一大批原始资料。这些资料有的已经先期单行出版，有的被纳入了一些民间文学选集，但遗憾的是一直没有集中公开呈现。这套"云南大学少数民族民间文学调查资料丛刊"便是弥补缺憾的一项重要工作。

---

[1] 本文撰写承蒙段炳昌教授指导，专此致谢。
[2] 云南大学中文、历史二科在很长时期内为合并建制，或为文史学系，或为人文学院。这一时期即为文史学系。

一、影响深远的几次大调查

1940年，时任云大文史系主任徐嘉瑞（1895—1977）完成了我国第一部研究云南民间戏曲花灯的专著《云南农村戏曲史》[①]。在写作过程中，他开展了广泛的实地田野调查，常请昆明郊区农村的花灯艺人讲剧本。徐先生1945年的大著《大理古代文化史》也具备系统的田野调查基础，包含大量民间文学资料和分析方法。这种实地调查的传统在云大中文系特别是民间文学学科一直保持至今。

在这一时期，云大文科各系的学者如闻宥、方国瑜、陶云逵、邢公畹、光未然、岑家梧、杨堃等，都开展过或多或少的民间文学实地调查，并且兼备语言学、历史学、社会学、民俗学的方法，这对当时文史学系的学生产生了重要影响，其中包括后来的著名民间文艺学家朱宜初、张文勋等。

1958年9月云南省委宣传部牵头组织了大规模"云南民族民间文学调查"。这次调查是当时云南省最大规模、最专业的一次民间文学调查，由来自云南大学中文系、昆明师范学院中文系、中国作家协会昆明分会等单位共计115人组成7支调查队，分赴大理、丽江、红河、楚雄、德宏、文山、思茅（今普洱市）调查。这次调查涉及苗族、彝族、壮族、瑶族、白族、哈尼族、傣族、傈僳族、佤族、拉祜族、纳西族、景颇族、阿昌族、怒族、德昂族等民族。调查队在各地又与地方文化干部、群众文艺工作者、本民族知识分子百余人合作，搜集到万余件各类民间文学文本。云大中文系是这次调查活动的最主要力量，当时绝大多数教师和学生都参与了调查。参加调查的一些成员后来成了云大民间文学学科的重要成员，如张文勋、朱宜初、冯寿轩（当时在省文联）、杨秉礼、李从宗、郑谦、张福三（当时为本科生）、杨光汉（当时为本科生）、傅光宇（当时为昆明师院本科生）等。

[①] 徐嘉瑞：《云南农村戏曲史》，国立云南大学西南文化研究室，1940年。

这次调查云大师生所获成果颇多。比如在采录文本基础上，张文勋先生领衔的大理调查队撰写了《白族文学史》、丽江调查队撰写了《纳西族文学史》初稿，作为"三选一史"[①]的示范本，堪称中国少数民族文学研究的里程碑。此外还出版了许多单行本，比如彝族创世史诗《阿细的先基》[②]、纳西族创世史诗《创世纪》[③]、彝族创世史诗《梅葛》[④]、彝族经籍史诗《查姆》[⑤]等。这次调查从搜集文本的数量来说，傣族文本数量最多，比如叙事长诗《千瓣莲花》《线秀》《葫芦信》《娥并与桑洛》等傣文贝叶经和口头演唱文本都得到详细整理。[⑥]"1958年调查"这一时期，李广田（1906—1968）校长非常重视民间文艺，同时张文勋、朱宜初开始在学坛崭露头角，他们借助大调查，顺势推动了民族文学、民间文学学科建设。

1959年，在著名文学家、时任云南大学校长李广田的主持下，云大中文系开办了中国首个中国少数民族语言文学本科专业，并于1959年、1960年、1964年招收三届学生100余人。这三届学生中走出了秦家华、李子贤、左玉堂、王明达等一批民间文学家。1962年和1963年，少数民族语言文学专业的师生组织了两次毕业实习，也即民族文学调查。由于这两次毕业实习调查去的地方多为"1958年调查"未涉足且交通艰险的地区，因此两次实习得到云南省人民政府和云南大学的强力支持。其中1962年实习分为三个队，赴小凉山彝族地区、迪庆藏族地区和西双版纳傣族地区，由朱宜初、

---

① "三选一史"是1958年中直部的计划，包括中国民间文艺研究会主持的各地歌谣选、各地民间故事选、民间叙事长诗选，中国科学院文学研究所主持的少数民族文学史。
② 云南省民族民间文学红河调查队搜集翻译整理：《阿细的先基》，云南人民出版社，1959年。
③ 云南省民族民间文学丽江调查队搜集翻译整理：《创世纪：纳西族民间史诗》，云南人民出版社，1960年。
④ 云南省民族民间文学楚雄调查队搜集翻译整理：《梅葛》，人民文学出版社，1960年。
⑤ 云南省民族民间文学楚雄、红河调查队搜集，郭思九、陶学良整理：《查姆：彝族史诗》，云南人民出版社，1981年。
⑥ 1958年调查的原始资料现主要收藏于云南大学文学院，另有部分资料藏于云南省民间文艺家协会。

杨秉礼、张必琴、杨光汉等教师带队；1963年实习赴彝族撒尼人地区、独龙江独龙族地区、怒江怒族和傈僳族地区调查，由朱宜初、杨秉礼，以及毕业留校的青年教员李子贤、秦家华带队。这几次实习采风的原始资料，包括彝族撒尼人长诗《阿诗玛》、怒族《迎亲调》，以及钟敬文极为重视的藏族神话《女娲娘娘补天》[①]等，现藏于云南大学文学院。

李子贤是1962年和1963年调查的主要成员。他于1959年考入云南大学首届少数民族语言文学本科专业。1962年2—7月，他以学生身份参加了小凉山（宁蒗彝族自治县）调查队到泸沽湖区采录彝族、纳西族摩梭人的民间文学。正是这次调查改变了他的文学观，他开始将兴趣转入少数民族民间文学，尤其是神话学。1963年他毕业后留校任教，又以教师身份带领独龙江调查队进入独龙族地区。

独龙江流域是20世纪中国疆域内最封闭的地区之一，地处我国滇、藏和缅甸交界处。进入独龙江，需要先进入怒江大峡谷，沿江而上到达贡山县城，再翻越高黎贡山脉，一年中有半年大雪封山。1963年7月到1964年2月，李子贤带领调查队历经磨难进出独龙江峡谷，这是中国学者首次对独龙族民间文学进行专题调查。这次调查成果中比较有代表性的，如1963年11月在独龙江畔孟丁村搜集的，独龙族村民伊里亚演唱的韵文体《创世纪》史诗文本，[②]这一口头演述传统在今天已近乎绝唱。

同一方向上，朱宜初、杨秉礼带队进入怒江大峡谷，对沿线傈僳族、怒族民间文学开展调查，取得丰硕成果，为研究怒江民间文学存留了宝贵历史档案。当时进入怒江大峡谷交通条件极为危险，调查队员向峡谷深处走了很多村落，一直到丙中洛的秋那桶村（近滇藏界）。这样的调查力度，即便在今天也是不容易办到的。

[①] 钟敬文：《论民族志在古典神话研究上的作用——以〈女娲娘娘补天〉新资料为例证》，《北京师范大学学报》（社会科学版）1981年第2期。

[②] 李子贤：《再探神话王国——活形态神话新论》，云南人民出版社，2016年，第207—227页。独龙族《创世纪》原始调查资料现藏于云南大学文学院。

另一边，秦家华带队到宜良、石林一带彝族撒尼人中间，不仅采录了经典叙事长诗《阿诗玛》的有关文本，还对撒尼民间文学做了全面搜集，留下宝贵资料。

在1978年之后，云大的民间文学学科得到恢复，时任中文系主任张文勋先生大力支持民间文学学科的发展，在原有师资朱宜初、李子贤、秦家华①的基础上，先后调入冯寿轩、张福三、傅光宇等，大大加强了师资力量，有效地支撑了民间文学调查和研究。

正是在民间文学研究特别是少数民族民间文学人才培养和研究方面的突出成就，加之1956年到1964年间的大规模调查成绩，1980年教育部委托云大中文系举办"全国《少数民族民间文学概论》师资培训班"。②1980年3月，来自中央民族学院、吉林大学、吉林师范大学、中山大学、新疆大学、贵州大学、西藏师范学院、青海师范学院、西北民族学院、西南民族学院、广西民族学院等16所高等院校的20多名中青年教师参加了学习。钟敬文亲临昆明为学员授课，发表题为《谈民间文学的收集记录整理和出版问题》的演讲，他认为"收集就是田野调查"③，是科学性的体现。为了配合师训班，云大中文系又编选了28卷《云南民间文学资料集》，将上述几次民间文学调查的文本加以汇编。此次师训班的学员还在朱宜初、冯寿轩、杨秉礼、秦家华等云大教员的带领下，到德宏和西双版纳进行了民间文学调查，采录到一批傣族、阿昌族、景颇族、德昂族等的口头文本及贝叶经，比如《九颗珍珠》《遮帕麻和遮米玛》《神鬼斗争》等。后来，《少数民族民间文学概论》经过两届学生试用后于1983年正式出版，④系中国首部该选题教材。

此后，从20世纪80年代到90年代初，云大中文系的每一届本科生，

---

① 秦家华先生此时主要在云南大学《思想战线》编辑部工作。
② 1978年教育部召开文科教学工作座谈会，即决定委托云大举办该师训班。
③ 钟敬文：《谈民间文学的收集记录整理和出版问题》，1980年6月30日，手抄本，云南大学文学院藏。
④ 朱宜初、李子贤主编：《少数民族民间文学概论》，云南人民出版社，1983年。

都进行过民间文学搜集整理的专业实习。中文系教师朱宜初、李子贤、张福三、傅光宇、冯寿轩、杨振昆、邓贤、周婉华、李平、刘敏、段炳昌、秦臻、张国庆、木霁弘等教师先后作为带队教师，参加了民间文学调查。当时，朱宜初先生已年近六旬，仍远赴丽江、德宏等地的偏远山村，早起晚归，亲力亲为，率领学生深入调查。这一时期每次实习调查的时间通常在一个月左右，所获不少，留下了一批调查资料。

后来，民俗学、中国少数民族语言文学、中国民间文学专业的硕士研究生，以及中国少数民族艺术、中国少数民族语言文学、中国民间文学专业的博士研究生，在他们的学位论文研究过程中，也积累了一些新采录的民间文学文本。也就是说，到民间去调查、采录民间文学的传统，在云南大学中文系一直没有中断过。

二、1964年和1979年的内部油印本

1958年调查所搜集整理的数以万计原始资料，仅有少数得以出版或内部油印。1963年以中国科学院云南分院的名义内部出版了《云南民族文学资料》，选用了部分文本。1964年云南大学中文系内部油印了21卷《云南民族文学资料集》，多为手写字体，选辑了较多高质量文本。1976年到1979年云南大学中文系内部陆续油印了20余卷《云南民族文学资料集》，主要是在1964年基础上增补了白族等的文本。这批油印本主要是1979年印制，个别是在1976年和1977年印制。1964年、1979年的两批资料集成为当时中国重要的少数民族民间文学一手资料，但因油印数量少，不易得见。

本次集中出版的文本，正是以1964年和1979年两批油印本为主要底本，整理过程中也参考了原始手稿。这其中筛除了个别不合时宜的文本。[①]

在1964年油印本每册的扉页上，都印有一段"前言"，说明了编选的基

---

① 例如不是云大主导的团队的文本或者有碍民族团结等的文本。

本原则和工作方式。"前言"落款为"云南大学中文系少数民族语言文学教研室",时间是"1964年5月中旬"。其原文如下:

> 在党的领导下,我教研室教师将几年来调查的各族文学原始资料汇编成目,并选其中较好的作品以及具有较显著民族风格的作品油印成册。对这些原始资料,除字句不通加以适当修改外,一律不予删改,保持原始面貌,以提供研究之用。因此,这些资料只宜供少数做研究工作的同志用,不宜广大读者传阅。在研究时也应根据毛主席关于批判继承文化遗产的精神,分清精华与糟粕,加强我们研究工作中的战斗性与现实性。使我们所编选的这些原始资料在研究工作者的手中,能为社会主义服务,能为今日的工农兵服务。
>
> 我们对编选各族文学原始资料,还缺乏经验,其中一定还存在着不少缺点,还希望同志们提出意见。
>
> 并希望你们单位如果有少数民族文学、社会历史、风土人情等方面的资料,也请寄给我们。

也就是说,这次编选的原则是"选其中较好的作品以及具有较显著民族风格的""能为社会主义服务,能为今日的工农兵服务",因此原始手稿中许多与此相悖的文本未选入,这些筛选痕迹在原始手稿档案中都有记录。当时的少数民族语言文学教研室,1978年升格为"云南大学中文系少数民族文学研究室",一词之易,却是当时比较前沿的尖端系设研究机构。后来,研究室的建制几经调整,形成了今天文学院的民间文学教研室、西南少数民族文学研究所、神话研究所的"一室两所"格局。

1979年油印本也有一个扉页"说明",原文如下:

> 编印《云南民族文学资料》,目的在于:为民族文学工作者和爱好者提供原始资料,使它在整理云南民族文学遗产和发展民族新文学这

个艰巨又光荣的任务中，起到垫一块砖的作用。因此，我们在编辑时，对原始记录材料一般不作更动，精华糟粕并存，除非原文确实看不懂，或有明显的记录笔误，我们才做些变动。

资料的内容，包括云南各民族传统的和现代的有重要价值或有一定价值的叙事长诗、民歌、情歌、儿歌、神话传说、民间故事、历史故事、寓言、戏剧、曲艺等文学作品，以及对研究云南民族文学有相当价值的部分其它资料。

资料集今后将陆续编印出版。我们希望搜集和保存有这类资料的有关单位和个人，将你们的资料寄（或借）给我们编印；并且，希望你们对我们的工作随时提出批评和改进意见，我们将是非常欢迎和感谢的。

从这里可以看出，1979年油印本更强调学术价值，并且对公开出版已经有了规划。但遗憾的是，这一公开出版的工作计划，一直持续了40年都未能付诸实施。

三、"丛刊"问世的始末

1979年油印本实际上是在为1980年的全国"师训班"做准备，因此只选了小部分文本。而1956年以来若干次少数民族民间文学调查的原始手稿资料，多达数千份，还沉睡在中文系资料室。有鉴于此，历次调查的亲历者张文勋、李子贤、秦家华、冯寿轩、张福三，以及此时进入民间文学学科任教的傅光宇教授，都很看重系里这一笔资料遗产。但囿于经费和人手、资料规模庞大且千头万绪、出版条件制约等因素，在1980年"师训班"结束后，一直没有启动资料整理工作。这一阶段资料保存在东陆园的熊庆来、李广田旧居，这是会泽院后面的一幢中西合璧的小别墅。

1997年中文系参与组建人文学院，2004年又改组文学与新闻学院。这一阶段包括这批资料在内的中文系大量旧资料，已经转移到英华园北学楼，但由于资料管理人员变动频繁，此时已经无人知晓民间文学资料的确切情况，处于"消失"状态。

2006年，中文系再次参与重组人文学院，由段炳昌教授任院长、王卫东教授任中文系主任。正是2006年在杨立权博士的清理下，这批民间文学资料得以重见天日。这一阶段及此后数年，段炳昌、王卫东、黄泽、秦臻、董秀团等教授，都为这批资料的整理和出版计划贡献了很大心力。人文学院的建制一直维持到2015年底，其间还涉及学院整体搬迁到呈贡新校区。但因为中文系办公地点几经变更、出版意见存在分歧、经手工作人员也几经易替，资料的整理一度搁浅。

直到2015年12月，以中文系为主体组建文学院，学院又搬回东陆校区，进驻东陆园映秋院办公。李生森、王卫东两任院长以及李子贤、段炳昌、秦臻、黄泽、董秀团教授再次将这批资料的整理和公开出版提上议事日程，列为学院重点工作。为此，学院多次召开座谈会，张文勋、李子贤、李从宗等老先生在会上回忆了当时调查和整理的情况，并为出版这些资料献计献策。在资料识别录入工作早期，由时任云南大学出版社编辑伍奇博士经手整理；后期高健博士做了大量工作。

2019年，笔者正式接手主理此项工作。在上述老师以及赵永忠、陈芳、王新、黄静华、杜鲜、罗瑛等老师的支持下，组织本科生、研究生开展大规模的系统整理。并且，我们通过多种途径补齐缺漏义本、建立了档案和目录体系、在映秋院建立了资料贮藏室。在这一过程中，文学院李道和、何丹娜、卢云燕老师，云大出版社的王昱泽、段然老师，云大档案馆的宋诚老师，都不同程度提供了帮助。尤其是高健博士2021年接任民间文学教研室主任后做了很多幕后贡献。商务印书馆的冯淑华、张鹏、肖媛等编辑老师也在最后阶段给予了专业的支持。

从2004年算起，该项整理工作，先后获得了云南大学211工程项目、云南大学一流大学建设项目、国家社科基金项目、国家"十四五"出版规划项目、云南大学文学院"百年中文"项目、云南省"兴滇人才支持计划"青年人才项目、云南大学高层次引进人才支持项目等的资金支持。

需要说明的是,"1958年调查"有一部分文本出于不同原因未纳入"丛刊"的首批出版。第一种情形是先期已经公开出版。例如纳西族史诗《创世纪》在1960年由云南人民出版社出版,1978年、2009年再版。第二种情形是搜集整理工作不是云南大学师生主导(但有不同程度参与)。例如《查姆》主要是云南师范大学师生搜集整理,但其中云南大学学生陶学良、黄生富等人参与了整理。而《阿细的先基》则主要是云南师范大学中文系师生搜集整理。第三种情形是后人重新整理,但原稿不全。例如壮族逃婚调《幽骚》,系刘德荣(云大中文系1970届毕业生)、张鸿鑫(云师大中文系1959届毕业生)在1958年调查油印本资料的基础上,于1984年重新搜集整理出版,但原稿已残缺。这些文本清理和研究也很重要,留待日后再做。

"云南大学少数民族民间文学调查资料丛刊"第一辑的分册安排如下:

《云南大学1958年白族民间文学调查资料集》,主要是1958年云南省民族民间文学大理调查队(张文勋先生领衔)搜集整理的白族民间文学文本,但实际上该册白族文本采录的跨度是从1950年到1968年。1956年到1958年的少量文本采录为"1958年调查"奠定了基础,1959年到1963年的调查实际上是"1958年调查"的延续,有些也是在撰写《白族文学史》的过程中的补充调查。其中也包括怒江地区的白族勒墨人、白族那马人的文本。

《云南大学1958年傣族民间文学调查资料集》,主要是1958年云南省民族民间文学西双版纳调查队(朱宜初先生领衔)、红河调查队在西双版纳、临沧、普洱、红河等地区搜集整理的傣族民间文学文本。

《云南大学1959—1962年傣族叙事长诗调查资料集》,主要是"1958年调查"西双版纳调查队于1959年在西双版纳采录的叙事长诗,以及1962年云南大学中文系中国少数民族语言文学专业本科毕业实习,在傣族地区采录的长诗,包括《章响》《苏文》《乔三冒》《苏年达》《千瓣莲花》《召香勐》《松帕敏》《姆莱》《召波啦》等长诗。

《云南大学1962年藏族民间文学调查资料集》,主要是1962年云南大学中文系中国少数民族语言文学专业本科毕业实习，在迪庆、怒江等藏族地区采录的民间文学文本。

《云南大学 1963 年怒江民间文学调查资料集》，主要是 1963 年云南大学中文系中国少数民族语言文学专业本科毕业实习，在怒江和独龙江流域傈僳族、独龙族、怒族地区采录的民间文学文本，本册还包括迪庆州维西县傈僳族的资料。

《云南大学 1962—1964 年彝族、哈尼族、壮族民间文学调查资料集》，主要是 1962 年、1963 年云南大学中文系中国少数民族语言文学专业本科毕业实习，在宁蒗、石林、红河、金平等地采录的彝族、哈尼族、壮族民间文学文本。

《云南大学 1980 年德宏民间文学调查资料集》，主要是 1980 年"全国《少数民族民间文学概论》师资培训班"教师和学员，到德宏傣族景颇族自治州采录的傣族、阿昌族、德昂族、景颇族民间文学文本。此外还附有田野调查笔记。

四、跨越 70 年的师生代际协作

20 世纪五六十年代的几次大调查，是师生合作的成果。那个时代，研究和教学条件简陋，外出调查的交通和后勤条件非常艰苦。但在青年教师和青年学子的通力合作之下，这几次调查反而是取得成果最丰硕的。20 世纪七八十年代及此后的调查，大体也采取师生合作的方式。

从 1964 年和 1979 年油印本的署名情况来看，可以大致整理出从 1958 年到 1963 年参与历次调查活动的师生名单，这也是本"丛刊"所收入文本的来自云南大学的调查者名单。需要说明，由于当时具体调查人员的细节难以考全，以下名单是不完全名单。

时任教师：

张文勋、朱宜初、张必琴、张友铭、杨秉礼、李子贤、秦家华、郑谦、徐嘉瑞[①]等（当时还有其他教师参与，暂未考出）

本科生：

1944级汉语言文学：陈贵培

1947级汉语言文学：朱宜初

1948级汉语言文学：张文勋

1951级汉语言文学：杨秉礼

1954级汉语言文学：赵曙云

1955级汉语言文学：张福三、杜惠荣、杨天禄、魏静华、喻夷群、李必雨、王则昌、李从宗、杨千成、史纯武、景文连、朱世铭、张俊芳、戴家麟、向源洪、吴国柱、刁成志、杨光汉、佘仁澍、戴美莹、"集体署名"[②]

1956级汉语言文学：周天纵、余大光、李云鹤、"集体署名"

1957级汉语言文学：高连俊、余战生、陈郭、唐笠国、罗洪祥、仇学林

1958级汉语言文学：陶学良、陈思清、吴忠烈、陈发贵、黄传琨、黄生富

1959级中国少数民族语言文学：李仙、李子贤、秦家华、曾有琥、田玉忠、李荣高、郑孝儒、马学援、杨映福、周开学、吴开伦、马祥龙、符国锦、罗组熊、李志云、翁大齐、梁佩珍、朱玉堃、王大昆、段继彩、杞家望、陈列、孙宗舜、卢自发、曹爱贤、雷波

1960级中国少数民族语言文学：杨开应、李承明、马维翔、胡开田、吕晴、苗启明、李汝忠、左玉堂、张华、吴广甲、肖怡燕、何天良、李蓉珍、

[①] 徐嘉瑞在1958年这一时期，已经调任云南省文联主席，但他对云大师生的"1958年调查"亦有诸多指导和帮助。

[②] 也即署名了班级，未署名具体人员。

董开礼、夏文、张西道、冷用刚、李中发、李承明、陈荣祥、杨海生、张忠伟

2019年底接手整理工作之后，文学院专门划拨实训场地存放这批资料，又以百年校庆和百年系庆为契机，为组织学生参与整理提供了制度和资金支持。在突遇新冠肺炎疫情全球大流行的困难条件下，首批出版整理工作到2022年夏天正式完成，并提交商务印书馆。在这一阶段，笔者带领学生，将科研与教学相结合，高效推进了文字电子录入、校对的巨量工作。参与资料整理、录入、校对的学生名单如下：

本科生：

2018级汉语言文学：张芮鸣

2019级汉语言文学：高绮悦、常森瑞、施尧（白族）、李江平（彝族）、张乐、王正蓉、李志斌（回族）、丁斯涵、赵潇、王菁雅、赵洁莉（壮族）、杨丽睿、任阿云、张芷瑄

2019级汉语国际教育：陈仕琪、张海月、李姗炜（白族）、黄语萱、黄婉琪、顾弘研（彝族）、林雪欣（壮族）、罗雯、万蕊蕊

硕士研究生：

2018级民俗学：郑裕宝、陈悦

2018级中国现当代文学：田彤彤

2019级民俗学：刘兰兰、龚颖（彝族）、晏阳

2019级中国少数民族语言文学：王旭花（彝族）

2020级民俗学：梁贝贝、周鸿杨、张晓晓

2021级中国少数民族语言文学：赵晨之、曾思涵、冉苒、茜丽婉娜（傣族）、宋坤元、郑诗珂、夏祎璠、吴玥萱、闵萍、杜语彤、黄高端

2022级中国民间文学：满俊廷、徐子清

博士研究生：

2020 级中国少数民族语言文学：王自梅（彝族）

2021 级中国少数民族语言文学：杨识余（白族）

2022 级中国民间文学：杨慧玲

上述学生，全部听过民间文学有关课程，他们都对民间文学有或多或少的兴趣。在整理工作的第一阶段，本科生对文字录入有重要贡献；整理第二阶段，早期硕士生对校对工作贡献较大；整理第三阶段，后期硕士生和博士生对细节编辑工作贡献了力量。

从 20 世纪 50 年代的师生合作调查，到 21 世纪 20 年代初的师生合作整理，这些半个多世纪以前的文本再次发挥了科研和育人作用。如果从徐嘉瑞先生算起，从调查、油印到再整理、出版的过程，中间大约经历了本系七代学人。目前所呈现的"丛刊"是正式出版的第一批文本。当然，调查、整理的成果和荣誉是属于几十年来参与此项工作的全体师生的，而出版环节如有失误和瑕疵则由编者负责。

五、整理和编辑说明

"丛刊"的整理、研究和出版，经历了一个非常艰难的过程。其"艰难"主要是由于这批历史资料游走于口语和书面、民族语和汉语、原始记录和整理文本之间。对待这种特殊性质的历史文献档案，不仅要具备民间文学和少数民族文学的基础理论素养，还要有对云南现代社会文化史、行政区划史、民族关系史的相当把握。许多学生在整理资料的过程中，不断暴露出知识盲区，这是课堂教学所不具备的锻炼机会，同时对笔者来说又何尝不是呢。

"丛刊"编辑的过程中有一些情况，需要做如下说明：

（一）年份问题

由于20世纪下半叶本系经历过多次民间文学调查，规模大小不一，地区远近不等，因此有些民族的调查时间跨度比较大。比如白族的调查资料时间跨度从1950年到1968年，其中以"1958年调查"的资料为多，其前期预备工作其实从1956年就开始酝酿，那时候中国民间文艺研究会、云南省文联都参与过有关工作。"1958年调查"是从1958年底开始的，一直到1959年底结束。而后来为了编写《白族文学史》又进行过若干次补充调查。在这样的情况下，虽然资料搜集整理的时间年份不一，但由于"1958年调查"这一事件是核心，因此资料集以"1958"为题，以彰显"以事件为中心"的民间文学学术史理念。其他几册的情形也基本如此，年份命名都以学术史眼光来加以判定。

（二）篇名问题

民间文学书面整理文本的题目，或曰篇名，基本上都是搜集整理者根据文本情况起的，多数并不是民间口传演述的题目。在民间演述过程中，往往也不会刻意起一个题目。因此在1964年、1979年油印本中，有很多篇目的标题相互嵌套，比如《开天辟地神话》《开天辟地的故事》《关于开天辟地的传说》，同时使用了三个文类概念。对这种情况，编辑者一律将其改为"神话"，如遇到重名，则采取"同题异文"的编排方法，在同一篇名下区分"文本一""文本二"。有少量标题比如"情歌""儿歌"之类，大量重复，为了区分则用起首句子重起标题。

（三）地名问题

由于从20世纪五六十年代至今，云南省的行政区划发生了巨大变迁，地名变化较多，本次"丛刊"统一采用2022年的地名和行政区划。在必要时对原地名和原行政区划做出标注，以利研究。地名标注统一使用全称，例如红河哈尼族彝族自治州、耿马傣族佤族自治县等。云南省地市级行政区划的地名变更主要涉及"思茅地区——普洱市""玉溪地区——玉溪市""丽江地区——丽江市"，县级行政区划的地名变更主要涉及"中甸县——香格里拉市""路南彝族自治县——石林彝族自治县""潞西市、潞西县——芒市""碧江县——泸水市、福贡县"等。乡镇级行政区划调整主要是合并、撤销居多，统一使用当前区划名称。

（四）族称问题

德昂族在20世纪80年代之前被称为"崩龙族"，本书中一律使用现称"德昂族"。独龙族在20世纪80年代之前被称为"俅族""俅人"，本书中一律使用现称"独龙族"。

对于现有56个民族之下各民族的支系，有的支系在学术研究上常常单另看待，这部分民族支系统一采用"某某人"的写法，例如白族勒墨人、彝族撒尼人、壮族沙人。

（五）语言问题

"丛刊"在整理过程中，语言和文字的识别和订正是最大的障碍。

第一，1964年、1979年油印本使用了大量"二简字"，"二简字"系中国文字改革委员会1960年向全国征集意见、1966年中断制订，到1972年恢复制订、1975年报请国务院审阅，1977年12月20日正式公布的汉字简化方案。"二简字"于1986年6月24日废除。因此，大量笔者以及学生都没有使用过"二简字"。识别并更正"二简字"造成了极大工作量，对2000年前后出生的学生来说更是极大挑战。

第二，许多少数民族民间文学翻译成汉语的时候，采用了云南汉语方言词汇，例如"过了一久""老象""咯是"等。笔者相对精通云南方言词汇，整理过程中全部保留了原词，必要时加注释解释意思。

第三，有些民族语词汇翻译时采用了不同的汉字，比如"吗回""玛悔""妈瑞"都是"穷小子智救七公主"故事的标题，这种情况都保留了原用字，并加以说明。有个别地方采用了通行用字。

第四，油印本中的用字不规范之处，皆予以更正，比如"好象"改为"好像"，"一支老虎"改为"一只老虎"等。

第五，由于油印本年代较久，保存状况较差，有些地方由于纸张破损、墨迹晕染、墨迹淡化、手写字迹潦草等，无法辨认。对无法辨认的字，如果能根据上下文还原的，皆予以补全；如果无法还原，则用脱文符号"□"占位。

第六，由于云南各少数民族普遍通用包括汉语在内的多种语言，故有的文本是用民族语讲述后经过翻译的，有的文本则是讲述者用汉语讲述的，这一点在部分文本原稿中并没有明晰的记录，故无从查证。

第七，本"丛刊"有很多文本涉及傣语、彝语、白语、藏语等民族语的词汇，有的如果用汉语思维去理解会有逻辑瑕疵。对此，我们尽量保留原文面貌，交给有语言背景的读者去判断。

第八，有的同一个词语，原整理者在不同篇章作注，表述上略有差异。为保持原貌，予以保留。

（六）体例问题

"丛刊"义本大多数都有采录信息，包括讲述者、记录者、整理者、翻译者、时间、地点、材料来源等数据项目。这些信息对研究来说意义重大，因此全部保留，有些信息还根据资料整理成果予以补全。个别文本没有任何采录信息，为了体现油印本的收录全貌，也都予以保留。

凡标注为"编者注"的脚注，都是"丛刊"编者所作，没有标明的都是原整理者所作脚注。

（七）表述问题

原文本中，有些文类划分、文类表述有歧义，比如"寓言故事"。这一类问题皆按照当前最新的民间文学理论加以订正，力求表述清晰。对于材料来源的表述，没有特别说明的，都是口头演述。

原文本中有些表述，在今天的学术伦理中属于原则问题的，皆予以删除。例如有一则故事的附记是"内容宣传×教，作反面材料"。这显然是不符合当前学术伦理的。还有有关历史上多民族起义事件的传说，也涉及一些不符合当前民族宗教表述伦理的语汇，也予以删节。

（八）历史名词伦理问题

在个别文本中，原搜集记录者标出了讲述者的"富农""贫农"身份，这是特定历史时期用来区分人的手段，带有对讲述者的政治出身评判，因此出于学术伦理的考量，一律删去。

（九）署名和人员问题

纳入本"丛刊"的文本，都与云南大学中文系有关，或是由云大师生搜集整理，或是由云大组织调查，或是搜集整理工作与云大师生有合作关系。但是涉及的具体人员未必都是云南大学的，例如刘宗明（岩峰）是西双版纳州文化馆工作人员、金云是宜良县文化馆工作人员、杨亮才是中国民间文艺家协会著名学者等。这些民间文艺工作者居功至伟，特此致谢。

1980年"师训班"赴德宏等地的调查人员中也有来自其他高校的学者，这部分学者已尽可能注明其单位。

由此牵涉出的所谓"版权"问题，在此作如下说明：第一，中国民间文学的知识产权划分问题到目前为止并没有形成立法共识，学界、法律界和全国人大为此已经开展了若干次大讨论。如果从有利于传承中华优秀传统文化的角度来说，民间广泛流传的口头文学（包含与口头法则有关的书面民间文学材料）的知识产权不应只属于特定个人（尤其不应专属于搜集整理者），因为"专利化"不利于民间文学在广大人民群众中的再创编、传播、流布和共享。第二，"丛刊"已经尽最大努力还原每一篇文本的讲述者、翻译者、整理者，并标出姓名，如有读者能够提供未署名部分的确凿证据，编者十分欢迎并致力于还原学术史。第三，"丛刊"致力于为学术界、文化界和广大群众提供历史资料，如有读者引用、采用本"丛刊"文本，恳请注明出处和有关署名人员。

有些文本，在云南大学中文系前辈手中经过了二次整理，例如傣族的《岩叫铁》于1958搜集整理，到1985年张福三、冉红又对其重新整理。对此，"丛刊"尽量将两个文本都加以呈现，并对新整理文本有关人员也予以署名。

编者衷心希望和欢迎历次调查、整理的亲历者提供资料。如条件许可，后续我们将继续编选《续编》，出版此编以外的散佚资料和20世纪80年代以后的文本。在此，也要向在调查、整理和编纂各个阶段发挥巨大作用的张文勋、朱宜初、李子贤、秦家华、傅光宇、张福三、冯寿轩等先生致以崇高敬意。在出版过程中，商务印书馆的编辑冯淑华、张鹏、肖媛三位老师付出了许多心力，使得"丛刊"避免了诸多讹误。在此特致谢忱。

2023年2月22日于云南大学东陆园

目 录

第一编　傣族叙事长诗

九颗珍珠……………………………………………………………003

慕灭注……………………………………………………………179

婻布罕……………………………………………………………200

吾赖（花蛇王）……………………………………………………240

第二编　阿昌族创世史诗

遮帕麻和遮米玛……………………………………………………299

第二编　景颇族神话

人类起源……………………………………………………………334

神鬼斗争……………………………………………………………335

洪水滔天……………………………………………………………336

第四编　德昂族神话

开天辟地……………………………………………………………340

人类起源……………………………………………………………………340
农业神话……………………………………………………………………341
造天造地……………………………………………………………………342
会飞的女仙…………………………………………………………………342
天神的葫芦…………………………………………………………………343
葫芦笙的故事………………………………………………………………344

附　录　田野调查笔记

德宏傣族订婚结婚仪式……………………………………………………349
景颇族丧葬仪式……………………………………………………………350
景颇族的宗教………………………………………………………………351
景颇族的跳新房……………………………………………………………353
景颇族的婚姻………………………………………………………………354
德昂族的丧葬仪式…………………………………………………………355
德昂族盖房子的习俗………………………………………………………356
要明确少数民族民间文学的搜集对象和内容
——在德宏地区采风的体会……………………………………………358

第一编

傣族叙事长诗

九颗珍珠 ①

文本一

记录者：冯寿轩、林忠亮（西南民族学院）
翻译者：方正湘（德宏州芒市文化馆干部）
时间：1980 年 4 月
搜集地点：云南省德宏傣族景颇族自治州芒市芒市镇
唱本保存地：德宏傣族景颇族自治州芒市遮放镇
唱本来源：此唱本抄写于傣历一三一八年（1956 年）

1

大家都来朝拜释迦牟尼活佛，
聆听三个混尚② 天神颂扣活佛。
第一个混尚天神开口说：
"活佛长得威武而又英俊。"
第二个混尚天神接着说：
"活佛的光辉普照人间。"
第三个混尚天神最后说：
"神仙和凡人都要朝拜他。"

释迦牟尼照管着三十一个地方，
一切动物都听他的话，
就是最凶恶的鬼怪呵，
也怕光辉的活佛。

活佛会为大家免去灾难，
活佛会给人类带来光明。
活佛住在三层高的奘房③ 里，
房顶上的宝石金光四射。

来来往往朝拜的人呵，
都接受活佛的训话。

---

① 九颗珍珠：傣语又称为阿暧相高官。
② 尚：傣语人名词缀，表示尊称。——编者注
③ 奘房：云南汉语方言中专指南传上座部佛教寺院，又称缅寺。——编者注

有钱的人来供钱，
无钱的人来修奘房。

奘房周围挂着铜铃，
轻风敲响了铜铃。
奘房门上雕刻着马鹿，
还有彩色的孔雀羽毛。

奘房闪着万道金光，
就像彩虹出现在天上。
坝子里的人们呵，
有的击鼓，有的敲铓。

老人们来到奘房里，
听活佛说书讲经：
"今天你们来朝拜，
干干净净将坏的东西洗掉。

"我有一盆芳香的仙水，
为大家洗去不好的心。"
铓锣声敲得比以前更响，
象脚鼓声飘到了天上。

人们一层一层地围着仙水，
让仙水为自己洗个洁净。
人越围越多呵，
坝子里尽都是人群。

大家都感到了幸福，
心情十分愉快。
活佛为人类带来了吉祥，
活佛为人类带来了安康。

大家不会再生病了，
大家不会再生疮了。
好日子就是这样，
好生活来到了。

人鬼神都来听活佛念经，
都感到有说不出的幸福，
一个人比一个人高兴，
一个神比一个神欢欣。

活佛静坐在大殿上面，
四周围着大小和尚。
他们披着黄色的袈裟，
像星星围绕着圆圆的月亮。

和尚们坐在垫子上，
活佛坐在和尚的中央，
他们像一团黄色的花朵，
盛开在大殿之上。

和尚们互相议论着：
"活佛的心肠为什么会那样好？

他说得我们的心暖和和的，
因为他的心好才成了活佛。

"他看得清人们的心，
他看得清神仙的心，
谁也比不上我们活佛的圣灵，
他不骗人，不害人，能忍让一切，
真不愧为我们的活佛天尊。"

活佛听清了和尚们的议论，
他看了看所有的和尚：
"你们谈论些什么，
说大声点给我听听。"

和尚们接着说：
"我们的活佛呀，
你躺在黄色的毡子上，
靠着绣花的枕头。
我们大声地喊叫，
将活佛吵醒了。
我们说你的心最好，
你是一个最有忍耐的人。
你真配我们的活佛，
你的眼睛看得最远，
你能看清前一世，
也能看清下一世。"

和尚们向活佛跪下，
和尚们向活佛合掌。
活佛开口说唱：
"我周围的和尚子弟们呵！
你们把我赞颂，
你们还不知道我的过去，
如果你们知道的话，
你们会感到奇怪。"

和尚们又向活佛跪拜，
都想知道他的过去：
"我们的活佛呀，
我们的佛，
请让我们知道你的过去。"

活佛接着又唱：
"好，好，好，
我来讲给你们听听。
好吧，好吧，
我的和尚子弟们。

"我过去也很受苦，
日子不很好过。
每天像你们一样，
但没有白白度过。

"我给你们唱一个故事，

你们要专心地听着。

听吧，

好好地听吧。"

2

从前有一个地方，

名叫帕拉西①。

国王就是贺罕，

管理着很多的百姓。

国土很宽很宽，

肉眼都难于望穿。

国王的宫殿围着城墙，

白色的城墙包着高高的楼房。

坝子上笼罩着乌云，

国王的宫殿是七层的楼房，

楼阁上响着清脆的铃铛，

屋顶上反照着夕阳。

这个地方呵，

宾贺、贺弄、贺刚、贺项等大臣呵，

他们居住的楼房，

一群又一群。

富贵人的日子过得很好，

天天像赶摆②一样。

他们整天跳舞唱歌，

热闹了又热闹。

国王身边围着几个老婆，

国王尝尽了人间的欢乐。

外地方的人们呀，

都想来这里做生意。

有的赶着马帮来，

有的赶着牛群来，

---

① 西双版纳在古代被称为"勐巴拉娜西"，意为"神奇而理想的乐土"。"巴拉"是巴利语的"城市"，"娜西"是巴利语的"光"，而"勐"是傣语中的较大地方的地名用词。"勐"是地名前缀，意为"地方"，可省去。于是，在傣族口语和书面语中，也会把"勐巴拉娜西"说成"巴拉娜西""巴拉西"等。由于音译用字不同，该地名也被写作"巴拉戏""巴拉戏格""霸叙拉""巴拉拉戏""勐巴那希""勐巴拉西""勐巴拉那西""勐巴那西""勐巴腊西""勐帕拉西""勐帕娜西""巴拉纳西""巴拉纳细"等。为尊重原资料，一律保留。——编者注

② 赶摆：群众性的一种集会。（摆：傣语，意为"大型公共集会、聚会"，通常用来表示节庆、庙会、市集一类的公共活动。——编者注）

有的还坐着木船来,
运来了不少的东西。

街子上摆满了布匹,
街子上摆满了绸缎,
什么东西都有呵,
红、蓝、白各种颜色都有。

这样多的东西呵,
好像不要钱一样。
这样美的东西呵,
好像可以任意取走一样。

买东西和卖东西的人呵,
像傣家人种甘蔗一样。
一个挤着一个,
行走都失去了通畅。

勐帕拉西呵,
热闹非常。
人间超过了天堂,
世间没有更好的地方。

这里有一家穷苦夫妇,
住房是端灰①盖的房顶。

睡在房子里呵,
可以见到房顶里的星星和月亮。

他们家里没有一文钱,
也没有一寸好布。
他们靠讨饭度日,
困难了又困难。

千苦万苦呵,
都堆在他们头上。
丈夫对妻子说:
"穷也得要一个孩子。

"我的妻子呀,
你想想看,
人总会老的,
我们还得有个招呼的人。

"我们去求神吧,
求他给我们一个儿子。
就是以后我们死了,
也会有人把我们安埋。

"如果我先死了,
也会有儿子服侍你。

---

① 端灰:一种叶子。

如果你先死了,
我也会有一个人陪伴。"

他的妻子也点头说:
"丈夫呀,
我的阿哥,
我的想法和你相同,
我早就这样想了,
我想了很久很久,
我想要一个儿子,
要一个后代。"

他们采来了一束鲜花,
双双地跪在地上。
他们嘴里不断地说:
"混尚天神呀,
我们俩向你合掌,
我们想要一个儿子,
我们想要一个后代。"

天神听到了他们的话,
天神感到了有什么事,
天神坐不住了,
双眼望着凡间。

天神看见了破烂的房子,
天神看见了跪着的夫妇,

他们想要一个儿子,
我应该派一个神给他们。

混尚又去禀告更大的天神,
求他派一个小仙去人间出生,
更大的天神点头了,
小仙也找来了。

天黑的时候,
人都睡熟了。
小仙来到了穷人家,
穷人的妻子怀孕了。

小仙名叫阿纳项桑帕拉,
他来到人间快十个月了。
他出生在人世间,
眼耳鼻嘴都长得齐全。

穷人夫妇爱子如宝,
他们生怕小儿子哭闹,
整天都轮流抱着,
取名叫贡麻那。

贡麻那出世后,
他没有好的衣服穿。
穿的衣服褴褛,
穿的裤子通洞,

也没有什么盖的。

他的母亲没有白米饭吃，
肚子饿了只好睡在床上，
他们只有一口水喝，
别的什么都没有。

他的父母啊，
整天背着贡麻那，
他们只能去讨饭，
勐帕拉西都讨遍了。

时间过去了七年，
贡麻那的阿爹病死了。
因为无钱治病，
重病缠死了他呵。

他父亲死了以后，
邻居帮他们抬去森林里埋了。
他的母亲呵，
只会抱着他不停地落泪。

才过去了七天，
他的阿妈哭呵，
他的阿妈气呵，
活活地气死过去了。

现在只剩下了贡麻那，
他什么事也不懂，
他靠在妈妈的身上，
哭了又哭。

邻居不让他的阿妈长期在家里，
他想见着阿妈，哭也哭不成呵。
贡麻那太小了呵，
邻居帮他送走了阿妈。

可怜的贡麻那呵，
从生下地来，
高兴的日子还没有遇到，
除了哭还是哭。

贡麻那四处流浪，
夜晚睡在路边。
他白天成天地讨饭，
不知什么时候才会讨完。

时间又过去了八年，
贡麻那快到十五岁了。
他像水塘里的荷花，
很快就要开放。

贡麻那越来越大了，
他的力气比大象还大。

因为他的强壮呵,
有人想请他去做帮工。

他为别人种菜,
他为别人栽秧,
他为别人犁田,
什么活他都能干。

不管太阳多辣,
不管雨水多大,
他都为别人干活,
快帮满一个年头了。

主人家名波①领呵,
在贡麻那走的时候,
只想给他一坨银子,
就是立汗②银子。
贡麻那做活很勤快,
主人叫干什么就干什么,
一家没有帮满,
另一家又来找他。

贡麻那对人总是笑脸,
大家都很喜欢他。
有的人对他说:
"贡麻那,你不能走呵!
可惜我家里没有一个漂亮的卜少③,
才会把你永远留下。
你不要走了,
长期住下去吧!

"不要走了,不要走了,
我们这里还是很好。
留下吧,留下吧,
贡麻那,贡麻那!"

贡麻那又留了下来,
贡麻那又在这里住下。
贡麻那背上了扁帕④,
他又开始了犁田。

过路的人呵,
都说他犁的田最好。
大家都看着他,

---

① 波:在傣语中意为"父辈""长者",常用于人名前缀的尊称。——编者注
② 立汗:一两。
③ 卜少:傣语,意为"小姑娘""少女",又常写作"卜哨"。——编者注
④ 扁帕:小箩箩。(小箩箩:云南汉语方言,意为"竹藤编制的小型箩"。云南汉语方言常用叠词来表述生活用品。——编者注)

大家都赞扬他。

贡麻那从不叫苦,
贡麻那从不叫累。
他天天这样干活,
从来没有停过。

贡麻那帮了九年的工,
他想离开这个地方。
主人家对他说:
"如果你找到了漂亮的姑娘呵!
我们会为你办喜事。

"你在庄子里选选看,
选一个满意的卜少。
就在这里安下家来,
就在这里终身到老。"

贡麻那说:
"我现在还不挑卜少,
挑着不好的姑娘,
我会一辈子烦恼。

"有的姑娘未结婚前还好,

有的姑娘结婚后脾气不好,
会乱丢东西呵,
还会对父母不好。

"有的卜少外表也还好看,
脚和手长得也很好,
我不想讨姑娘呵,
不太想把姑娘讨。

"现在我想到处去走走,
看看外面的地方,
换换我过够了的日子,
消除我心中的烦恼。"

主人接着又说:
"如果实在要走,
我去为你拿高汗①银子,
你慢慢地走吧。"

贡麻那一共帮了九年,
一年一"托"②银子,
九年得了高汗银子,
贡麻那把它放在身上。

---

① 高汗:九两银子。
② 一"托":云南汉语方言,一堆。——编者注

主人夫妇俩说:
"去吧,去吧,
去上一年你就回来,
还是来到我们家!"

贡麻那走过一个庄子又一个庄子,
走遍了勐帕纳西的坝子。
他觉得银子也不太有用,
不是他最喜欢的东西。

他想了又想:
"银子没有金子好,
是不是我去沙铁①家,
将银子换成金子。"

贡麻那来到了沙铁的家,
他对沙铁说:
"沙铁,沙铁,
我有点事情要同你商量。

"我有几两银子,
想换你的金子,
不知行不行呵?
你快说说看。"

沙铁接着说:
"你说你带来了银子,
快拿出来看看,
快拿出来看看!"

沙铁看到了银子,
果真是最好的银子。
沙铁高兴地说:
"我给你九捧金子换银子。"

贡麻那换成金子以后,
他又往前走去。
路上他还在想呵,
金子是比银子好。

金子再好又有什么用,
金子没有珍珠好。
他想用金子去换闪光的珍珠,
珍珠是比金子好。

金子带在自己身上,
又怕别人来把它抢。
去什么地方也不方便,
不重也不很轻。

---

① 沙铁:傣语,富人。——编者注

他又想将金子拿去换戒指,
戒指戴在手指头上。
大家可以把它看到,
戴起来也很方便。

好,这样好,
他来到了另一家沙铁家。
他对沙铁说:
"我有一件事要同你商量!
我想用金子换珍珠,
你看这事可好?"
沙铁拿出了珍珠,
让贡麻那挑选。

九捧金子换得了几颗珍珠,
贡麻那高兴了又高兴,
他觉得珍珠比什么都好,
他从西边走向了东边。

贡麻那感到肚子有点饿了,
他又走进了一个庄子。
天快亮的时候,
他又要向前走了。

贡麻那摸了摸自己的包包,
怕珍珠遗失了。
过去听老人说,

金子比银子要好,
珍珠比金子更好,
不好的想换好的,
我已经换成了珍珠,
应该满意了。

银子是有假的,
金子也是有假的,
珍珠也还是有假的,
只有真正的本领才是无假的。

贡麻那想了又想,
他四处打听,
他回处询问,
要询问出真正的本领。
"大爹、大妈们呵,
你们知道什么人最有本领?
我想用九颗珍珠去换本领。
珍珠是最贵的东西,
本领比它更宝贵。"

贡麻那向年轻人询问,
贡麻那向老年人询问,
贡麻那到处去询问,
他问到了一个老人。

这个老人对他说:

"好，只要你爱学本领，
你先学砍竹子，
然后将它破成篾条。
你先学编扁帕，
先学编箩筐，
要编各种样子，
编出各种花纹。

"我要教你本领，
花纹有横的，
花纹有直的，
花纹有几千种。

"你慢慢地学，
要好好地学，
你编好各种式样以后，
你就拿到街上去卖吧！
你卖完了全部箩筐，
你就可以过一辈子了。"

贡麻那摇摇头说：
"这种本领我不学！
我要学的不是这种本领，
我要向你告别，
我还要到别的地方去，
再见吧，老人！"

贡麻那向前走去，
来到了一个热闹的地方，
他还在打听有本领的人。
大家回答他说：
"小伙子呵，小伙子，
你不是要学本领嘛，
你带来的九颗珍珠，
快拿出来我们看看。"

人群中有一个中年人说：
"我会跳会唱，
还会演戏，
更会打拳，
可以保卫自己。
小伙子呵，
小伙子，
你可想学？
我只要你的一颗珍珠。

"如果你愿意的话，
这颗珍珠我想拿去嵌个戒指，
戴在我的指头上，
让它闪闪发亮。"

贡麻那摇了摇头：
"我不喜欢跳舞，
也不喜欢唱歌，

更不喜欢打拳呵。"

有的人跳起了舞,
有的人唱起了歌,
有的人打起了拳,
都想换来珍珠。

贡麻那只顾摇头:
"你们跳得那样美,
你们唱得那样好,
你们比得那样妙,
我都不要呵,
我要学的是另外的本领。"

贡麻那又往前走。
贡麻那还在打听:
"我的大哥、大嫂们,
我有几颗珍珠,
我要用珍珠换本领,
你们有些什么本领呵?
快说吧,
请快说呵!"

有一个壮年人说:
"小伙子呵,小伙子,

你的珍珠真正好,
没有什么东西比得上。"

另一个人插话说:
"我有一种本领,
我会念各神仙术,
魔鬼都害怕它(我)。"

再一个又打断别人的话说:
"我会练各神法术,
能用手抓烧红的锄头,
什么我也不怕。"

又出来一个人说:
"我有一种本领,
只要我带上阿术纳摆①,
嘴里念着阿术纳摆,
我想要的卜少就会跟着我。"

还有一个人说:
"我有一种法术,
只要我的手拍卜少的臂上,
姑娘就会对着我微笑。"

"贡麻那呵,贡麻那,

---

① 阿术纳摆:佛爷做给伙子的一种东西。

你如果顾忌①学这些，
我们都教给你，
我们一人只要一颗珍珠。"

大家都做给他看，
各种法术都动了起来。
贡麻那只顾摇头：
"这些本领我不要呵！

"我要的不是这些，
我不想串②卜少，
我不想念仙术，
我还要去打听别的呵！"

贡麻那又往前走：
"勐帕拉西我都走遍了，
本领也没有换着，
我想学的找不到。

"我还要向前走呵，
直到把本领找到。"
贡麻那走呵，走呵，
贡麻那不停地向前走去。

贡麻那走呵，走呵，
贡麻那漫游着大地。
贡麻那还在找呵，
贡麻那走向了远方。

贡麻那的故事呵，
我只好暂时放一放，
我想喝一口茶水，
请大家静一静。

3

前一段已经唱完了，
下一段就要开始。
美好的故事呵，
我一定要把它唱完。

勤劳的贡麻那呵，
为了学到真正的本领，
来到了这个地方，
遇到了一位年轻人。

年轻人问贡麻那来做什么，
贡麻那说明了来意。

---

① 顾忌：此处表示"惦记"的意思。——编者注
② 串：云南汉语方言，意为"情侣约会"，常用"串姑娘"一词。——编者注

谢爽忙着又说：
"你要学的本领我才学了回来，
你还要学什么，
可以直言告诉我。"

贡麻那说：
"我要学的是大家认为好的，
我要的东西是老人不会老，
要年轻人一辈子年轻，
要他们的肉皮永远白嫩，
要他们永远青春。

"我就是要换这种药呵，
你可能与我来个交换？"

谢爽接着对他说：
"达嘎锁①就有这种仙药，
一种是仙水，
一种是仙草，
它可以让人们永远年轻，
它可以让人们长生不老。

"如果吃了仙草，
如果喝了仙水呵，
老年人可以变年轻，

背弯的可以医好。

"仙水呵，
搽了它可以医治病呵，
吃了它什么都会好。

"今天我只能告诉你，
药还得你自己去找，
找药不那么容易，
还得亲自跑跑。

"我虽然刚从那里回来，
珍珠我一颗不要。
好朋友你自己去吧，
快去把你的仙药找。"

贡麻那接着又问：
"朋友呵，
你再详细地说说，
我才好去把它寻找。"

谢爽说：
"好，好，好，
我就为你效劳。"

---

① 达嘎锁：一地名。

谢爽翻了一个跟斗,
他就变成了一棵大青树①,
头钻进了土里,
头发变成了树根。

脚手变成了树丫,
腰杆有二十抱粗,
树尖肉眼也望不到,
树叶茂盛绿茵茵,
树上有百万只小鸟。

小鸟在树上歌唱,
一只比一只唱得更好。
千百万人都来了,
观看才变成的大青树。

这个地方呵,
从未见过这样大的青树。
谢爽倒了下来,
又恢复了他的原状。

谢爽说:
"我的好朋友呀,
如果我想吃饭,
我就变成大青树。

"如果想吃水果,
我又变成大青树。
只要这样一变,
什么都不想吃了。

"一年可以不吃一顿饭,
肚子还是饱了又饱。
只要我一念呵,
群鸟就会飞了。

"这些都是从达嘎锁学来的,
如果我遇到了困难,
只要我一念呵,
什么都把我阻拦不了。

"我的这些本领呵,
可能换你的珍珠?
你想一想看。
愿还是不愿换?"

贡麻那表示愿意换了,
贡麻那交出了九颗珍珠,
谢爽教了他神术,
贡麻那都学会了。

---

① 大青树:云南汉语方言对桑科榕属植物的泛称,尤其指榕属乔木。——编者注

在谢爽面前,
贡麻那要来一次表演,
贡麻那念了三次神术,
一跟斗就变成了大青树。

小鸟都飞来了,
有乌鸦,
有老鸠,
有鹭鸶,
有孔雀,
有鹦哥鸟,
你唱我跳。

人们又一群一群地来看了,
大家都在称赞大青树,
贡麻那又变了回来,
站在人群的中间。

大家都很高兴,
大家都很喜欢,
谢爽笑起来了,
贡麻那也笑起来了。

他们两人各走一方,

贡麻那心里想着:
"学变大青树倒是会了,
学'吹走'困难也是会了。"

可是还未取到仙水,
也还未取到仙草,
这两样东西呵,
一定要把它们找到。

贡麻那不停问着:
"大爹、大妈、大嫂,
你们可知道牙布龙①要去哪里找?
我要去找仙草。"

有人说,仙草人间找不到。
有人给②他开玩笑:
"这个泥塘里不是仙草?
就在你的身边。"

有人说:
"金花、银花、宝花就是仙草,
你自己先试试看,
看叮会由老变小。"

---

① 牙布龙:仙草。
② 给:此处为方言发音,意为"跟"。——编者注

又有人说：

"你快去找柚子，

快去找麻香①，

你把它们煮成一土锅，

你先去尝尝看。"

贡麻那摇了摇头，

他不停地往前走了。

他来了又一个地方，

又向大家询问：

"南倒景象②，

巴牙布龙呵，

大哥、大嫂、年轻的朋友们，

你们可知道往哪里去找？"

大家回答说：

"年轻的伙子呵，

你想知道的东西呀，

你就到牛打滚的塘子里去找。

"如果你到猪打滚的塘子里去找，

你就先抹一点塘里的水呵，

你就会比现在更年轻，

就会比现在长得更好。"

大家和贡麻那开玩笑，

大家拍起巴掌来了，

有的指着地边园子里的野草，

叫他快拿回家去。

有好心的人说：

"仙草只是听别人说，

它是故事中的仙草，

人间不会找到。

"就是你找一年呵，

也许还不会找到。

我们在神话中也听到过，

就是未曾见到。

"你去问问老年人，

看他们可会知晓？

我们的好哥哥呵，

你快去找老年人吧！"

贡麻那呵，

又向前走了。

贡麻那走遍了勐帕拉西，

男女老少都问完了。

---

① 麻香：一种苦果子。
② 南倒景象：仙水。

贡麻那感到了几分疲倦，
来到了一个大花园。
这里守着一个老头，
还有一个很老的奶奶。

花园里的花什么都有，
不知道有没有仙草。
贡麻那对两个老人说：
"我太累了啊，
想在这里歇一歇脚。"

大爹、大妈留下了他，
贡麻那就停脚坐下。
两个老人说：
"我们是一对孤人。

"你就住下来吧，
我们很是喜欢。
见着午轻人呵，
我们也会笑了。"

贡麻那拜了拜老人，
贡麻那放下了包包。
他认老人为他的父母，
三个人都很高兴。

贡麻那每天很早就起来，

帮老人烧火煮饭。
吃早饭后呵，
就帮老人除草栽花。

花干了呵，
贡麻那扛上竹筒，
去为花取水，
用水浇花。

晚饭以后啊，
他同老人一起坐在火塘边，
有说有笑，
日子过得还好。

贡麻那说：
"爹呀，娘呀，
我走过了很多地方，
只是想着一件事。

"我虽然在途中学到了本领，
但还有两件东西未找到，
问别人他们也不晓得，
很多人都不是亲眼见到。

"我想找到仙水，
想找到仙草，
来为人们消除灾难，

让百姓过得比现在好。

"爹呀,娘呀,
你们可知道呵,
可知道!"

老爷爷摸了摸自己的腮巴①,
又摸了摸自己的头,
老爷爷咳嗽了一声,
轻轻地把话挤出口:
"过去听别人说过,
这两样东西都有,
但不知道是在东边还是在西边,
可能在魔鬼住处能够找到。

"听说在森林里,
会把它们找到呵,
魔鬼凶恶得很,
凡人不敢去到。"

贡麻那说他要去找找,
贡麻那心里高兴呵,
他想立即上路,
去把仙丹寻找。

老人们叫他不要去,
怕路上狼狗把他咬,
森林里毒蛇很多,
怕他过去不了。

贡麻那要老人们放心,
不要把他牵挂。
贡麻那说他不怕什么,
越是困难越要去找找。

老人们心里有点难过,
舍不得贡麻那离去。
老人们千留万留,
还是把贡麻那留不了。

老人们对贡麻那说:
"要是你一定要去,
我们还有话相告,
你要往太阳出来的地方走呵。

"你要面向东方,
在东方的森林里,
深处有一个老人,
他就是道人牙谢。

---

① 腮巴:云南汉语方言,意为"下巴"。——编者注

"牙谢能飞上天去,
牙谢能去到龙宫,
牙谢吃的是野味,
魔鬼的家乡他也许知道。

"他常常出没在古林里,
他走过的地方很多,
没有什么事他不知道,
没有人不向他祷告。

"等你找到了仙药,
你还是要来这里,
我们还是在这里等你,
你可不要把我们忘掉。"

贡麻那起程了,
迎着太阳向东边走去,
什么事他也不想呵,
心中只有仙草。

一路上只有虫声,
一路上都见到黑熊,
一路上都见到虎豹,
一路上都见到小鸟。

它们的叫声呵,
贡麻那好像没有听到。

贡麻那见到了一个水塘,
黄鸭在塘里戏水洗澡。

乌鸦栖息在树梢,
鹭鸶飞向了天空,
鹊站在草上,
它们都生活得很好。

有的鸟叫"咽咽咽",
有的鸟叫"房我,房我",
它们是终身的伴侣,
它们的生活中有说有吵。

一路上有野猪,
有猴子,有鹿子,
还有麂子,有兔子,
各种各样都有。

有长臂猿,
有耳朵小小的大象。
有的在天上飞,
有的在地上跑。

贡麻那走穿了森林,
来到了一个花圃。
花的香味飘向远方,
芳香的花多么美好。

贡麻那觉得肚子有点饿，
贡麻那想吃东西了。
贡麻那念起了法术，
贡麻那摸了摸身上。

贡麻那翻了一跟头，
大青树就变出了，
小鸟们都飞来了。

绿绿的大青树呵，
结出了黄黄的小果果。
大青树比其他树都大，
大青树比其他树都高。

故事已经唱完了两段，
我想把它放一放，
这朵花我们已经闻过了，
现在把它放下来，
我们再讲后头的故事，
再闻另一朵香花。

4

第三段放下了，
第四段又开始了。
就像树叶要发芽，

就像花朵要开花。
大家听吧，听吧，
我又要唱完了。

很古很古的过去，
奘房里常唱这个故事，
故事像甘蔗一样甜呵，
大家都迷住了。

贡麻那来到了干塔纳这个大地，
四周围绕城墙，
国王的宫殿有七层，
房顶插进了云里。

王宫的色彩是白白的，
国王的大臣小臣很多，
都围着他们的国王。

城里的房子很多，
一间挨着一间，
一排接着一排。

国王的妻子围着国王，
国王有侍候的人，
有人专门为他扫地，
有人专门为他洗衣。

国王什么东西都吃过了，
国王什么东西都穿过了，
他的日子没有谁能够相比，
他在欢乐中度过。

国王有一个姑娘，
名叫苏温娜。
苏温娜的阿妈最爱她，
国王也很喜欢她。

苏温娜想去花园里游玩，
她的阿妈就叫来了几个宫女。
苏温娜想戴一朵鲜花，
宫女为她从花中寻找。

苏温娜坐在草地上，
戴了一朵香花。
突然飞来了一只洛体能戛喊①，
将苏温娜叼跑了。

侍女们大喊大叫，
丫头们大哭大闹。
苏温娜被抢走了呵，
飞上了云层中间。

丫头们跑进了大殿，
丫头们跪在地上，
七嘴八舌地乱吐，
话语说得零零乱乱：
"公主被大鸟叼跑了，
公主不知抬到哪里去了？
是去到了森林，
还是去到了天上？

"不知道呵，不知道，
是死还是活着，
我们都不知道，
我们实在说不下去了。"

国王像什么射进了心里，
王后的眼泪挂在胸襟，
王后跑出了大殿，
大声叫喊苍天。

她要人去找呵，
快去找苏温娜姑娘，
快呵，快呵，
快到天空去找。

有的人抬起了弩，

---

① 洛体能戛喊：一种大鸟。

有的人拿起了弹弓，
有的人拿起了棍子，
有的人拿起了长刀。

国王叫他的卫士，
一同去把公主寻找。
人们跑出了宫殿，
沿路上都是人潮。

一路上呵，
国王流下了热泪，
王后哭得死去活来，
王后东歪西倒。

人群找遍了森林，
公主就是找不到。
人群又拥回宫殿，
不知怎么办才好。

王后跑进了公主的住房，
她推开了房门，
床上见不到了公主，
只有披纱还在床上。

王后哭了又哭：

"我可怜的姑娘呵，
妈妈的心像火烧一样，
妈妈的眼泪落在纱巾上。

"我珍珠一样的姑娘呀，
你像是花开谢了一样，
妈妈多么难过呵，
妈妈的眼泪流在地上。

"妈妈见不到你呵，
像什么东西拦住了一样。
我该怎么办呵，怎么办？"

国王写好了一封长信，
要卫士送到达戛西，
送给他们的国王，
送给他们的王子。

王子读完了长信，
心里也很难过。
王子的心上呵，
像戳进了毒刺。

王子送来了八罗以①，
请来为他算卦，

---

① 八罗以：算卦的人。

查看公主是死是活,
看可否能找到。

八罗以翻开了卦书:
"公主还没有死,
公主还活着,
如果我们还想着公主呵!

"我们就要吃大亏,
我们不要多想她呵,
如果我们想她,
我们的国家就会带来灾难。

"不要想呵,
不要想了,
我们的王子呵,
我们的王子。"

王子气红了眼睛,
王子想念自己的情人:
"我不会怕呵,
我不会怕的。

"我要派出士兵,
与敌人战斗。
只要公主还活着,
我们就要把她找到。

"我要打听呵,
打听敌人的下落。
只要知道了方向,
我就出动众兵。"

苏温娜的父母呵,
还是在把女儿盼望,
干塔纳的国王呵,
请来了算卦的老人。

算卦人叫武那骂,
他翻了卦书,
要它查看公主的下落,
是死还是活着。

国干先开口说:
"武那先生,
请你帮我看看,
公主去到了哪里?"

武那从东边看到西边,
武那从地下看到天上,
他查看了二十个灵魂星星,
他开始了卜卦。

武那闭着眼睛说话:
"力气不会很大,

公主被怪鸟抬走了，
抬到了天上。

"有一个勇敢的人，
会吹跑怪鸟，
吓得逃跑了，
公主从怪鸟的嘴里掉下来，
被这个勇敢的人救了。

"公主现在什么地方，
我查看不出来，
再过一年呵，
我就会将公主查到。

"公主在什么国家呵，
现在也查不到，
我们要忍耐呵忍耐，
公主会回来的。

"我们不能出兵，
不能去打别人。
公主她会回来，
会回到我们的国土。

"国王呀，
我们万万不能出兵，
信与不信呵，

国王自己决定。"

国王很是苦恼，
国王也没有办法，
王后也没有主意，
只有静静地等候。

小白兔的毛呀，
把故事暂时放下，
下面接着唱另外的事，
故事还要继续下去。

现在一场贡麻那呵，
大家一起合掌，
大家拜了又拜，
阿弥陀佛，阿弥陀佛，
阿弥陀佛。

5

我们要揭开香味的外壳，
让大家都闻到芳香，
让香味飘到天上，
大家饱尝芳香。

让这朵金荷花呵，
托轻风送去异乡，

我来唱第五段的故事,
唱一唱贡麻那呵。

让它像藤篾一样,
不能有半点中断,
我还要唱到大嘴怪鸟,
请大家细心地听。

苏温娜被大鸟叼走以后,
她只会一面招手一面哭。
大嘴鸟拍了一下翅膀,
苏温娜的嗓子都哭哑了。

大鸟飞了肉眼看三千次那样远的地方,
来到了勐帕约西,
歇在了贡麻那变成的大青树上。

大鸟的嘴紧抓着树梢,
红红的人嘴呵,
咬住苏温娜姑娘。

大鸟的头左右摆动,
将苏温娜左右摇晃。
贡麻那看清了大嘴怪鸟,
贡麻那看清了姑娘。

贡麻那大声一叫,
贡麻那由大青树变成了人。
大嘴鸟儿把脚一蹬,
姑娘就掉了下来。

大嘴鸟高飞了呵,
贡麻那摇了摇姑娘:
"醒吧,醒吧,
像珍珠一般的姑娘。

"醒吧,醒吧,
可怜的姑娘,
快说话吧,
可怜的姑娘。

"眼魂、耳魂、脑魂,
三十三魂都回来吧,
回到姑娘的身上。

"来吧,来吧,
一起来吃饭吧!"
贡麻那一面为她叫魂,
贡麻那一面摇着姑娘。

贡麻那将姑娘放在草坪上,
贡麻那不转眼地看着姑娘。
贡麻那也坐在草上,

静静地坐在姑娘身旁。

姑娘慢慢地吸着空气,
姑娘慢慢地睁开了眼睛,
姑娘看见了贡麻那,
姑娘吓了一跳。
姑娘以为贡麻那是大鸟所变,
变成小伙子来把人骗。
姑娘不断地说:
"你不要再骗我!

"你要吃就吃吧,
被你吃了也许更好受。
吃吧,吃吧,
你快把我吃下!

"你不要假装变成人,
不要同我说什么话。"
姑娘说话时是闭着眼睛,
她怕得来不敢看贡麻那。

姑娘抖了又抖,
姑娘怕了又怕。
贡麻那忙着说:
"小姐呀,小姐!
你不要生气,
你不要脸酸,

我不是大怪鸟,
我没有把你伤害。

"我是这远路来的人呵,
路过这里去找仙草。
我跑遍了多少个坝子,
穿过了多少座森林。

"因为我的肚子饿呵,
才变成了一棵大青树,
可是飞来了一只怪鸟,
咬着你歇在我变的大青树上。

"大嘴鸟要想吃你,
我可怜你呵,
我才又变成了人,
把大鸟吓跑了。

"大鸟从天上丢下了你,
我双手把你接住,
姑娘你呵,
只有一口气了。

"我为你摇了又摇,
我把你喊醒。
你现在看得清我了,
我不是一个坏人。

"姑娘，姑娘，
我是在地上，
我不是鬼魂，
我不会来把你欺骗。

"我是勐帕拉西的人，
来这里遇到了你，
珍珠姑娘啊，
你也说句话吧！

"你不要怀疑我，
姑娘你要直说，
姑娘呀，姑娘，
你松一松口吧！

"如果我是一个坏人，
我早就把你吃了，
你就不会像现在这样，
你仔细地想想。

"姑娘呀，姑娘，
你想一想看，
我说的是不是合乎情理，
我说的全是实话。"

苏温娜姑娘啊，
心儿有点动了，

由怀疑变成了信任，
她开始笑起来了。

苏温娜开始说话：
"救我的阿哥呵，
我怕你原来是骗我，
我以为你是那只坏鸟。

"我从天上掉下来的时候，
什么我也不知道了，
我不敢对你说好话，
想到一死就完了。"

姑娘说给贡麻那的话，
给贡麻那带来了高兴，
贡麻那开口又说：
"我的珍珠姑娘呵，
坏鸟把你叼来这里，
我为你做了多少事，
你还说话来责怪我，
让我多么难过。

"如果不是为了你，
你就没有这第二次生命了，
如果坏鸟将你吃了，
你就不会说刚才这些话了。"

正在这个时候,
大嘴鸟又飞回来了。

大嘴鸟的翅膀拍打着,
发出了尖声的吼叫,
大嘴鸟扑了下来,
地上骤然起了大风。

大嘴鸟伸开了翅膀,
太阳失去了光亮,
大地出现了黑暗,
大嘴鸟站立在高处。

贡麻那手指着大嘴鸟说;
"姑娘,姑娘,
把你叼来的就是它,
你好好地看吧!

"大嘴鸟它还想吃的,
它不会放开你。"
公主接着说:
"可怕呀,可怕!"

大嘴鸟插了过来,
想把姑娘叼走。
苏温娜倒向了贡麻那,
苏温娜双手抓住贡麻那。

苏温娜说:
"我的救命恩人呀,
你快救救我,
我愿做你的丫头。

"不管你到哪里,
我都把你侍候。"
苏温娜抱着贡麻那,
苏温娜吓得头昏了。

苏温娜嘴里不断在说:
"就是天翻地覆,
我也不会把你忘记,
我会永远感谢你的。

"可怜可怜我吧,
给我留点人情,
不要让它咬死我,
不要让它吓死我。"

苏温娜不断摇着贡麻那,
苏温娜的脚跳了起来,
嘴里不断乱说:
"救救我,救救我!

"你快救救我,
我的阿哥,

你快救救我，
我的好阿哥！"

贡麻那喷出了仙气，
大嘴鸟惨叫了一声，
大嘴鸟低下了头，
要贡麻那宽饶。

贡麻那又喷出了仙气，
贡麻那施展着法术，
大嘴鸟高飞了过去，
逃回森林里去了。

大嘴鸟飞跑了许久，
公主还是不松手，
她不离开贡麻那，
紧紧地靠在贡麻那身上。

贡麻那面对着公主说：
"不要怕了，不要怕了，
它不敢再飞回来了，
如果它再飞回来，
我会将它处死。

"姑娘呀，姑娘，
我说我是好人你还不信，
现在你应该明白，

我是一个好心的人。

"你还以为我是坏鸟，
变成小伙子来骗你，
假如我不在这里，
大嘴鸟会将你吃掉。"

姑娘说：
"现在我相信了，
你是我的救命恩人，
我永远不会忘记。

"我的恩人呀，
你的阿妹看清楚了，
你是一个好人，
是一个大好大好的人。

"你的恩情比天大，
你的恩情比地宽，
你的恩情呵，
救了我这个姑娘。

"我的苦难过去了，
我的快乐来到了，
本来我应该死了，
现在又活在地上。

"我的恩人呀,
我没有什么好礼物送给你,
我没有什么报答你,
希望你把我带上。

"你去到哪里我就去到哪里,
我愿意为你做事,
做你的侍女,
为你做点好事。

"如果你愿意的话,
我愿意做你的妻子。
我倒是这样说,
不知道你又如何想?"

公主的话很甜,
公主说的话很甜。
贡麻那说:
"美丽的姑娘呵!
你像珍珠嵌在金子上,
我贡麻那呵,
不敢当呀,
也不敢想。

"我是一个穷苦的人,
无吃无穿无住房,
我不配做你的丈夫,

我像一个帮工一样。

"如果你做我的妻子,
怕别人把你笑话,
不敢当呵,
实在不敢当。

"你是哪个国家的公主?
我可以送你回去,
去见你的父母,
去见你的爹娘。

"你是不是沙铁家的姑娘,
快快告诉我,
我就送你回去,
回去见你的家乡。"

公主说:
"我救命的哥哥,
请听我慢慢地说,
我把一切告诉你。

"我的国家叫干塔纳,
我的父亲是国王,
我是他的大姑娘,
我的名字传遍四方。

"达夏西的王子第一个向我求婚,
国王将我许给了他。
等到傣历十二月①呵,
他们就会来迎亲。

"我的名字叫苏温娜,
有一天我去到花园里,
想戴一朵鲜花,
被大嘴鸟叼来到这里。

"如果没有你救我,
我早就死过去了。
如果没有遇到你,
我早离开了人间。

"救我的命呵,
什么也比它不上。
只有你才配我呵,
阿哥你不要忧虑。

"你说什么我都可以,
只要我能做你的妻子,
我什么都顾忌,
我什么都会做。

"我什么都说完了,

我什么都说出来了。
阿哥你呵,
还在怎么想?"

贡麻那说:
"我多情的公主呀,
你要我同你配亲,
怕有的人不答应。"

公主接着说:
"我的情哥哥呀,
你不要再说下去了,
不管你去到哪里呀,
我都要一起同去。"

"我给你讲了这些,
你又不要我。
你救了我呵,
你为我做了好事。

"我要跟你去,
去赔还你的救命恩情。
情哥哥呵,
我不是别人的情人。

"我是从死里活过来的人,

---

① 傣历十二月为农历中秋季节。

你给了我第二生命。
你扶持我招呼我，
我才有今天的幸福。

"我好比跌进了江河，
你从中将我救起。
我是属于你的，
因为你救了我。

"情哥哥，
不要再说了。
平坝的这朵鲜花，
永远为你盛开。

"情哥哥，
我不属于别人。
我从来没有同意过，
我第一次送给了你。

"订婚是父母的事，
姑娘家不得把话说。
我就是一个寡妇，
我也要嫁给你。

"我好比一只小鸡，
被老鹰叼来了这里。
你把我捡了起来，
我应该属于你。

"我是被别人丢失了的一朵花，
你从地上把它捡了起来，
这朵花应该归你了，
你应该把它戴在头上。

"达戛西的王子虽然与我订了婚，
那是我父母的主意。
大嘴鸟为什么不把我叼去他家？
大嘴鸟将我叼来你这里。

"我应该属于你，
永远永远属于你。
不要再客气了，
我的最好的情哥哥。

"我救命的恩人呀，
你不要说这说那了，
不要将我弄疯了，
我的情哥哥呀！

"你不要使我太伤心了，
我太想你了呵，
不管你去哪里，
反正我都要去。

"我是你的最暖的被子，
你就轻轻地把它盖上。

情哥哥呵,情哥哥,
这些话都出自阿妹的心窝。"

贡麻那越听越高兴,
像软软的被子暖着他的心。
贡麻那也要开口了,
回复公主的心意:
"我的阿妹呀,
如果你都是真心的话,
我就答应你了,
我的好阿妹。

"我怕你以后变心,
我怕你以后不如意。
要好就好一辈子,
不要让阿哥苦恼。

"我们要永远相好,
一直要终身好到老。
我们真正的爱情呵,
从现在才开始爱起。

"我的亲人呀,
我想去找仙草,
我想去找仙水,
这两样东西我还未找到。

"我想让大家终生不得病,
我想让大家长生不老,
我想让大家越过越年轻,
日子一天比一天更好。

"我还是要去找仙药呵,
一定得把它们找到。
我想将你送到干爹、干妈家,
你先在那里等我。

"我是一个孤儿,
爹妈死得很早,
我没有家呵,
什么都没有了。

"我的干爹、干妈呵,
他们也没有儿女,
所以才收下了我,
我们才相互依靠。"

公主说:
"我顾忌去你的干爹、干妈家,
可我一步也不能离开你,
我要同你一起去。"

贡麻那说:
"一路上森林很多,

一路上困难不少,
怕你受不了。

"路上怕碰着魔鬼,
路上怕碰着大嘴鸟。
我的亲人呀,
你还是不去的好。

"你要听我的话呵,
还是到干爹、干妈家为好。
女人出门总有不便,
遇上魔鬼不好。

"我去的时间不长,
三天七天我就回来了,
你等着我呵,
我的好妹妹。

"我取着仙草就回来,
就回来哟,我的阿妹。
你忍一忍吧,
我的好妹妹。"

苏温娜只得同意了,
这也是没有办法的呵。
他们又往回走,
往干爹、干妈家走去。

一路上轻风吹呵,
绿草东摆西摇。
路两旁都有鲜花,
香呵,多么香呵!

路上的太阳还不酸辣,
苏温娜流下了一串汗珠,
从头上直到腮巴,
苏温娜不断走去。

贡麻那摘来了红花,
轻轻为苏温娜戴上。
贡麻那采来了黄花,
轻轻地为苏温娜插在发上。

他们像忘记了过去的苦事,
他们像忘记了以往的一切。
他们的心上呵,
幸福,吉祥,快乐!

他们来到了老人的家,
老人们十分高兴。
老人们叫他们快坐,
他们双双地跪在地下。

他们向老人祝福,
老人问他从哪里讨来的龙女。

姑娘长得很漂亮，
姑娘像仙女一样。

贡麻那说了事情的经过：
"我们互相情好，
我们就回到了你们这里，
我们想终身相好。

"我贡麻那还要往前走，
我想让苏温娜在这里等我。
请你们收下她呵，
她比我的心肠还好！

"爹呀，娘呀，
我的情人呀，
我有一句话相告，
望公主听呵！

"请公主脱下宝衣，
请公主取下耳环，
穿上一般的衣裙，
扮成一般的百姓。

"公主不要多出门，
整天就在家里吧，
为老人做点事情，
就在这个家里。"

苏温娜哭了呵：
"你快去快来，
不要把我们忘记，
我们是在等你。

"去吧，去吧，
我的亲人。
愿你不要遇到困难，
愿你早早来到。"

贡麻那也流下了眼泪，
嘴里也忙着在说：
"我不会把你忘掉，
我不会把你丢掉。

"如果魔鬼吃掉了我的骨头，
我也不会忘记你呵。
你安心地住下来呀，
我心上的粉团花。

"你又像板室花的香味，
我怎么会把你忘掉。
你好好地招呼老人，
我很快就会回来。"

贡麻那上路了，
苏温娜脚勤手快，

她帮助老人呵，
做各种家务活。

老人很喜欢苏温娜，
把苏温娜当女儿看待。
姑娘是老人儿媳妇，
就像他们的一面镜子。

不让苏温娜离开寸步，
时刻都要看着。
镜子看不见他们不习惯，
苏温娜不见老人们难过。

这段故事就说到这里，
苏温娜等着亲人归来。
故事还没有说完，
往后还要畅谈，
我把它记在本子上。
它像花一样，
开完了还要开，
阿弥陀佛，阿弥陀佛，
阿弥陀佛。

6

第五段过去了，
现在唱第六段，

接着说贡麻那呵，
继续唱贡麻那。

自从贡麻那离开了妻子，
贡麻那一心往森林里走。
他不得到仙水和仙草呵，
他决不会回头来走。

森林里老虎在叫，
森林里豹子在跑。
小雀在森林里飞，
黑熊和猴子在树枝上跳。

贡麻那走累了呵，
他只得在树干上靠一靠。
他爬过了高山，
又来到了峭壁。

为了找到仙药，
走路像风吹一样。
贡麻那走呵，走呵，
路程不知道走了多少。

贡麻那来到了原来变大青树的地方，
越往前走越可怕，
路上没有行人的脚印，
只有野猪的脚印。

神仙在天上看见了贡麻那，
他为他遥遥指点着方向。
贡麻那看见前面的森林里
有一间住人的房子。

贡麻那往前走呵，
走进了高高的篾房。
他向牙谢跪拜，
向牙谢双手合掌：
"牙谢呵，
你住在森林里，
日子过得可还好，
我来向你问好。"

牙谢说：
"我每天说佛念经，
日子过得还好。
你是什么官人，
会来到森林里？

"你来到这里，
可遇到了很多困难？
总算是来到了呵！

"我还没有见过凡人，
没有人来到过这里。
你是第一个来这里的人，

我也为你高兴。

"你有什么事来到这里，
你就告诉我吧，
我一定帮助你。"

贡麻那说：
"牙谢呵，
你慢慢听我说。

"我遇到很多困难，
才来到了这里。
我的家在勐帕纳西，
为了仙水和仙草，
我才找到了这里。
我想为老百姓呵，
免去病和老死，
让大家都过好日子，
愉快地生活万年。

"为了找到仙药，
我只好来向你请教。
你去的地方最多，
仙药你才知道。

"我很不容易来到这里，
请你告诉我吧！"

牙谢接着就说：
"勇敢的贡麻那呀！
听都不曾听到的事，
你为什么还把它找？
这种仙药不好找呵，
它生在魔鬼住的地方。

"这种药只有一棵，
我过去见过。
时间相隔了很久，
不知它现在是否活着。

"魔鬼的名字叫亚哈王杀洛，
他的园子中间，
就有这种仙药，
可不好向他讨要。

"还有一个魔鬼叫亚哈王杀利，
他俩管着千万家魔鬼。
他们专门守卫仙草，
日夜都有魔鬼把守。

"亚哈王杀洛守着金水塘，
水塘周围围着铜皮、铁皮。
铜皮、铁皮围了七层，
上面还紧紧盖着。

"外面的人见不到塘子，
更不能见着仙水。
什么东西也进不去，
更拿不着那仙水。

"亚哈王杀利守着仙草，
也像仙水一样，
围了一层又一层，
他还有一面镜子。

"他每天用镜子向外面照三寸，
怕生人接近仙草。
守仙水的亚哈王杀洛呵，
他还有一个宝石做的远望筒。

"生人遇上了这两件法宝，
生命就从此完结。
要想拿到这两件东西呵，
可真是万难办到。"

贡麻那听了以后呵，
不知应该怎么去办？
贡麻那接着说：
"牙谢呵，
我已经来到了这里，
求你要多多指教，
你要帮助我呵，

一定要帮助我。

"你帮助了我呵,
我不会忘记你。"
牙谢要教给贡麻那几种法术,
让法术来保护着他。

牙谢教会贡麻那洪水法术,
牙谢教会贡麻那大火法术,
牙谢教会贡麻那飓风法术,
牙谢教会贡麻那灰沙法术。

牙谢教会贡麻那变换法术,
可以一时飞到天上,
也可以一时钻进地里,
想变什么就变什么。

可以变成很辣的太阳,
也可以变成暴雨,
还可以变成飓风,
变成天兵天将。

贡麻那学会了法术,
贡麻那学到了本领,
贡麻那向牙谢拜了二拜,

贡麻那向牙谢告别。

贡麻那背上了筒帕①。
贡麻那对牙谢说:
"你教给了我法术,
我学到了无穷的本领。

"我又要向前走了,
愿你长生不老,
愿你万事如意,
愿你吉祥幸福。"

贡麻那很是高兴,
贡麻那摘下路边的鲜花,
摘一朵,闻一朵,又丢一朵,
贡麻那边走边唱。

贡麻那又走了三千里路,
不吃力地来到了一个地方。
他摘下路边的无名水果,
味道十分鲜美香甜。

贡麻那边走边跳,
走得轻松愉快,
就像一股南来的轻风,

---

① 筒帕:挎包。

将他推向远方。

混习加天神呵，
从六里听到了贡麻那的歌声，
贡麻那唱出了找仙药的想法，
混习加十分欣赏。

混习加变成了一幢房子，
立在路边边上。
他变成了一个老人，
有病睡在地上。

老人少了几颗牙齿，
穿着破烂的服装。
上衣虽是白的呵，
裤子黑色不亮。

上衣有点破烂，
包头布吊在肩旁。
老人不断呻吟，
想晒一晒早上的太阳。

贡麻那来到了住房，
向老人不断询问：
"老人家呵，老人家，

你为什么独自靠在地上？

"你是人还是神呵？
我想同你一起坐坐，
不知可愿意？
远来的人把你麻烦。"

老人混习加说：
"我生长在人间，
独自住在这里，
如果你想停一下脚，
就请随便坐下。
我怕孩子们打扰，
才搬来森林里居住，
我已经住了多少年了。

"你来这里干什么？
独自一个人来到这里。"
阿暖[①]贡麻那呵，
说明了自己的来意。

混习加老人说：
"仙草不是好拿的药，
魔鬼十分狡猾，
无能的人很难取胜。

---

① 阿暖：傣语人名前缀，表示英雄。——编者注

"我送给你两件法宝,
让它们帮助你战斗。
这一件是神弩,
另一件是宝刀。

"如果你遇到了难事,
弩箭会飞向敌方。
如果弩箭失灵了呵,
长刀会为你向前。

"如果你取到了仙药,
回来时再还给我弩箭,
回来时再还给我宝刀,
我在这里把你等候。

"如果你走到了于扎纳地方,
你会遇见一件好事。
有人会帮助你,
有人会为你效劳。"

贡麻那接过了神箭和宝刀,
他又扶老人睡下:
"我为你没有做什么事,
也还未说几句好听的话。

"老人呵,老人,
请原谅我的失礼。

等我取回了宝草仙药,
我为你第一个人使用。

"祝你越活越好,
祝你健康长寿,
祝你的病早日好,
祝你幸福万年。"

贡麻那走了还没有多远,
他回头遥望老人,
房子已经不见了,
老人也没有了。

贡麻那心里明白:
"老人就是神仙,
为我来到人世上,
给我两件宝呵。"

贡麻那向天合掌,
贡麻那微微低头,
嘴里发出了声音:
"阿弥陀佛,阿弥陀佛。"

这段故事完了,
下面我们再唱一段,
阿弥陀佛,
阿弥陀佛。

7

父老姊妹们，
我来为大家唱下一段。
请大家仔细地听，
请大家不要急呵。

贡麻那走呵，走呵，
来到了多底尚杏弄。
这里是三千万座森林，
是动物的王国。

有一天，
动物聚集在一起，
它们集会在一处，
互相谈谈说说。

它们谈到天地的来源，
洛小①来撒青草，
猫头鹰撒谷种，
小兔是动物的首领。

领头的是轮流更换，
一个接一个呵，

水里有水里的领头，
地上有地上的领头，
森林里有森林里的领头。

领头的由大家推荐，
不管你是大动物还是小动物，
都可以当选呵，
看谁领得最好。

大家说大象的鼻子长，
身子也很大呵，
它可以做地上的领头，
任何东西碰不动它。

老象说它没有本领，
不配做大家的首领。
今天是走兽们最近的一次推选，
想选出最理想的首领。

大家推选了黄牛、水牛，
大家推选了野猪、黑马，
它们都说自己无本领，
都不愿做动物的首领。

小兔虽然不算大，

---

① 洛小：一种小鸟。

外表也许其他东西不怕,
但是小兔呵,
它的主意最多。

小兔的耳朵一上一下,
眼睛鼓鼓地望着大家:
"我太小了,我太小了,
怕管不了大家。"

有的提出老虎和狮子可以做首领,
老虎跑得快,
雄狮站得高,
它们的力气大,
它们的声音洪亮,
敌人会怕它们。

地上的这次推选呵,
走兽们互相推举。
老虎和雄狮也点了点头,
它们就成了走兽中的大王。

现在开始了水中的推选,
有的提出要选鲤鱼,
有的提出要选乌龟,
它们都不愿担任。

水中最后选出了水龙和海豹,

它们也同意了。
龙成了龙王,
海豹最勇敢。

贡麻那来到了这里,
看见了动物们的聚会。
他躲在树叶里,
开始了念法术。

贡麻那大呼一声,
老虎和狮子跑了,
龙王和海豹跑了,
所有的飞禽也都飞了。

麂子垂下耳朵跑,
马鹿拖着尾巴跑,
小鸟歪歪扭扭地跑,
龙王摇头钻进水里。

地上剩了猫头鹰,
白天它东张西望,
乌龟爬得最慢,
它们两个被抓住了。

贡麻那说:
"我抓住你们了,
我可以剥去你们的皮,

好好地吃一顿。"

猫头鹰和乌龟害怕，
向贡麻那求饶：
"你可怜可怜我们，
不要把我们吃掉。

"今天是我们聚会的日子，
改选我们的头领。
你不要吃我们呵，
我们会给你带来好处。

"求求你放了我们，
我们可以帮助你，
我们不会骗你，
快说出来吧。

"只要你把话说出口，
你需要什么都行，
我们都为你效劳，
你快快说吧。"

贡麻那接着说：
"我是来取仙水，
我是来取仙草，
就是来取这两种东西。"

猫头鹰说：
"晚上我出去寻吃的东西，
去到过魔鬼的园子里，
见到过这两样东西。

"见到过仙水，
见到过仙草，
两个魔鬼各捡来了一个姑娘，
长得格外漂亮。

"每隔七天呵，
她们就去园子里玩耍。
白天守得很严，
只有晚上我才能去到。"

乌龟说：
"如果你要仙水，
我愿去龙王那里取来葫芦。
以前我去龙王那里玩，
每七天见到有两条小龙在水里玩耍，
它们玩够了将葫芦放在水边，
然后就游走了。

"我去为你取来葫芦，
让你再去取仙水。"
乌龟说完以后，
就钻进了水里。

碰巧遇到了小龙玩过了葫芦,
正丢在水池旁边。
乌龟悄悄把葫芦拿走,
乌龟游出了水面。

乌龟将葫芦送给了贡麻那。
乌龟还说:
"如果以后你有什么事要我,
你就在地上用右脚跺三下。

"我听到了声音,
我就会游来见你。"
说完这些以后,
乌龟就游回家去了。

贡麻那对猫头鹰说:
"我带上葫芦,
我们两个也走吧!"
他们不断向前走。

贡麻那念了法术,
自己也变成了猫头鹰。
他们两个一齐飞,
向魔鬼住的地方飞去。

他们来到了仙水的外面,
贡麻那解开了七层铁盖子。

贡麻那又变成了人,
他让猫头鹰用葫芦取来了仙水。

猫头鹰领着贡麻那来到仙草的外面,
贡麻那又揭开了七层铁盖子,
里面有一大蓬仙草,
长得圆圆茂盛。

贡麻那采下了四株仙草,
贡麻那又变成了猫头鹰,
往园子外面飞去,
他们飞出了园子。

魔鬼的眼睛跳了又跳,
魔鬼一夜都未睡熟。
魔鬼取出了镜子,
魔鬼取出了远望筒,
照见了贡麻那。

两个魔鬼领着小魔鬼,
四面八方将贡麻那围住,
有的小魔鬼还拦在天上,
贡麻那被围在了中央。

两个魔鬼大叫:
"你这个小人,
胆敢来偷仙水和仙草,

赶快将它们放下。

"你偷去的仙草不会救活死人，
你偷去的仙水不会让你长生不老。"
天渐渐亮了，
贡麻那念了三次法术呵！

他大呼了一声：
"嘿！"
然后变出了千千万万的兵马。

有的拿出长刀，
有的拿着木棍，
有的拿着弩箭，
有的拿着火石。

贡麻那嘴里大骂：
"你们这些魔鬼，
赶快向我们跪下，
不然你们会不得好死！"

地上的魔鬼被砍成七节八节，
天上的魔鬼被砍掉了鬼头。
他们杀掉了一千个呵，
可是又变出两千个。

魔鬼越来越多，

魔鬼越来越猛。
两个大魔鬼的手上也杀出了血，
血都流到了脚杆上。

贡麻那抓起了灰沙，
灰沙变成了马蜂，
一齐飞向两个魔鬼，
去叮两个魔鬼。

两个魔鬼摇身一变，
变成了大火，
烧死了高飞的马蜂。

贡麻那用嘴一吹，
喷出了更猛的烈火。
两个魔鬼又摇身一变，
变成了漫天的洪水。

洪水灭去了烈火，
贡麻那用嘴一吹，
变成了更大的洪水，
从天上压了下来。

两个魔鬼又摇身一变，
变成了高山大岩，
要压住洪水。

亚哈王杀洛魔鬼呵,
外加了洪水,
从高山上涌下来。

贡麻那变成了大风,
吹走了洪水,
吹倒了高山。

魔鬼亚哈王杀利又变成长矛,
投向贡麻那,
贡麻那举起了宝刀,
将长矛砍成两段。

亚哈王杀利拦住了贡麻那,
亚哈王杀洛放出了弩箭。
贡麻那用长刀砍断了箭杆,
贡麻那向魔鬼冲去。

双方越战越猛,
双方难分胜败。
一方上去另一方又下来,
另一方上去一方又下来。

贡麻那的手紧握长刀,
手指都伸不直了。
魔鬼向他扑了过来,
贡麻那退到了海边。

贡麻那跺了三次脚,
乌龟游出了水面,
问贡麻那有什么事情,
贡麻那请它帮助。

贡麻那钻进了乌龟的壳里,
里面比人间住房还要大。
贡麻那松了一口气,
坐在里面静静休息。

魔鬼们追到了海边,
不见了贡麻那。
它们到海里去找,
它们到天上去找。

它们从石头里去找,
它们从草里去找。
它们找不到呵,
找不到贡麻那。

乌龟救了贡麻那,
贡麻那是一个好人。
乌龟对贡麻那说:
"你为什么还打不败魔鬼?

"你有那么大的本领,
为什么不全用出来?

你可以变成两个很小的蜂子，
钻进魔鬼的肚子里。"

贡麻那从乌龟壳里出来，
魔鬼们还在水里乱摸，
还想找到贡麻那，
还想捉住贡麻那。

贡麻那变成了两个小蜂，
高高地飞在天上。
小蜂顺着轻风，
钻进了魔鬼的嘴里。

小蜂到了魔鬼的肚子里，
两个魔鬼还不知道。
魔鬼满以为贡麻那输了，
魔鬼心里在暗笑。

贡麻那扯着魔鬼的肠子，
两个魔鬼大喊大叫：
"我要死了啊，
肠子要断了！"

贡麻那在魔鬼肚子里说：
"你们害的人太多了，
你们应该早死了，
早就应该死了！"

两个魔鬼跪在地下：
"不要扯死我呵，
我承认自己输了，
我们两个向你求饶！"

贡麻那说：
"魔鬼的话不可信，
如果我饶了你们，
你们会翻脸不认人。

"我不会相信你们，
你们也不要再骗我，
谁承认你们输了，
这里没有旁证。

"魔就是魔，
鬼就是鬼。
人不能上当，
我不能相信。"

两个魔鬼说：
"你快快出来，
如果你出来了，
我们翻脸的话，
大地活活将我们吞掉，
苍天用烈火将我们烧死。
所有魔鬼可以做证，

我们大家向你跪下。"

贡麻那说：
"如果你们再作怪，
我自会有办法，
你们会死得更惨。"

贡麻那飞了出来，
两个魔鬼向他跪下。
魔鬼的头低了下来，
双脚发抖，双手发麻。

嘴里不断在说：
"原谅我们不知道你是好人，
原谅我们与你战斗。"
魔鬼双手合掌，
等候贡麻那说话，
贡麻那教训说：
"你们以后不得骗人，
不要再像以往那样。

"我来取仙水和仙草，
不是为了自己，
我是为了大家，
才来到这里。

"我想去医好病人，

我想去让老人年轻，
我想让百姓顺利，
我想让坏人不得横行。

"如果我先向你们要这两件东西，
你们肯定不会给我，
因为你们是魔鬼之王，
反会把我杀死。

"你们见了人就会吃掉，
你们的心最毒，
好坏你们分不清。
以后你们要记住，
不准杀人、吃人、打人，
不准咒骂百姓，
不准乱吃小的动物，
你们一定要记清。"

魔鬼领贡麻那来到自己的住处，
贡麻那坐在上面。
魔鬼亚哈王杀利叫来一个姑娘：
"这是我捡来的美女呵！
我将她转送给你，
为了感谢你不杀之恩，
我才这样做呵，
我一定要这样做。"

魔鬼亚哈王杀洛也说：
"我也捡来了一个姑娘，
她像鲜花一样，
来自美好的人间，
为了感谢你呵，
我也要将姑娘送给你。
请你不要推辞，
一定要把她收下。"

魔鬼们不让贡麻那走了，
要他在这里称王。
贡麻那忙说：
"为了找到仙水和仙草呵！
我才来到这里，
我不做你们的王子，
我还要转回去，
去为大家送仙草。

"你们送给我两个姑娘，
我愿意把她们带回家去，
让她们幸福地活着，
去见见她们的亲人。"

亚哈王杀洛说：
"救命的人呵，

你可能不会留下来，
你把仙水多带一点去，
让大家都吃一吃，
让大家都多洗一点。"

亚哈王杀利也说：
"好，好，好！
你实在要回去，
就多带一点仙草，
让它多给人们治病，
让大家都终身不老。"

魔鬼准备好了仙水，
魔鬼准备好了仙草。
贡麻那叫来哈体忙戛拿①，
让它将水、草带走。

哈体忙戛拿呵，
它有三头六尾。
它高飞在天上，
能带走很多东西。

亚哈王杀利还会一种魔术，
让大象变得很大很大。
亚哈王杀洛又教了一种魔术，
让大象变成很小的东西。

---

① 哈体忙戛拿：一种会飞的大象。

贡麻那又学会了两种法术,
他可以叫大象变小变小,
变得很小很小了呵,
小得可以放在筒帕里了。

贡麻那很高兴呵,
亚哈王杀洛说:
"我要派八个魔鬼呵,
将你送出森林去!"

亚哈王杀利送给贡麻那很多东西,
有最好的宝剑,
有最好的衣服,
有最好的饮食,
有金子、银子,
有金柜子呵。

还选择了一个最好的日子,
举行一次盛大的赶摆。
魔鬼管的地方呵,
都来看不平常的盛会。

年纪大的来了,
年纪小的也来了。
有的吹号,

有的敲铓,
有的打象脚鼓,
有的跳舞,
有的唱歌,
大家欢乐了一场,
大家高兴了一台①。

8

摆过完了,
又过去了七天,
今天是最好的日子,
贡麻那要求要回去了。

魔鬼的老婆祝贡麻那一路顺利,
她要贡麻那常来常去,
要贡麻那不要忘记了这里,
愿贡麻那终生如意。

成群的人送贡麻那上了大象,
那两个姑娘呵,
也高兴坐在象背上,
大象走出来第一步。

成群的人,这儿相送,

---

① 台.云南汉语方言,量词,意为"次""场""回"。——编者注

送到了魔鬼王国界碑的地方。
大象蹲了下来，
大象飞上了蓝天。

魔鬼国的送行呵，
对着天空合掌。
他们对着贡麻那飞走的方向，
低头不断念着：
"祝你们顺着春风，
飞到你们想去的地方。
祝你们吉祥安康，
阿弥陀佛，阿弥陀佛！"

贡麻那飞到了动物集会的地方，
贡麻那飞在森林的上空，
贡麻那的大象停了下来，
定在天空之上。

贡麻那叫来了猫头鹰，
要猫头鹰同他一起走。
贡麻那的大象来到了海边，
他要乌龟同他一起走。

大象的背上除了贡麻那呵，
还有两个漂亮的姑娘。
象背上有八个送行的魔鬼，
还有猫头鹰蹲在象背上。

贡麻那双手捧着乌龟，
贡麻那对它特别亲热。
象飞到牙谢住的地方，
贡麻那叫象落在草坪上。

贡麻那走进了奘房，
大家向牙谢合掌。
阿弥陀佛，
阿弥陀佛！

贡麻那向牙谢说清了经过，
一直说到取回了仙水和仙草。
牙谢为贡麻那高兴，
牙谢祝福他说：
"望你从今后日子幸福，
望你从今后不会生病，
望你好好地离去，
去到人们向往的异乡。"

贡麻那他们又要走了，
大象又飞到了云层之上。
大象飞呵，飞呵，
飞到了贡麻那变大青树的地方。

大象停在了地上，
贡麻那对远送的魔鬼说：
"魔鬼王国送给我的礼物，

请你们将它们埋在这里。

"你们不要再走远了,
你们不要远送了,
谢谢你们呵,
你们可以回去了。

"如果我往后遇着急事,
我会再来求你们。
你们快快去吧,
谢谢你们的远送!"

天黑的时候,
贡麻那的大象又往前飞去。
人家都睡觉了呵,
大象还在向前飞行。

大象飞到了老人的花园,
贡麻那走下了大象。
贡麻那上前敲门:
"爹呀,娘呀,
快开门来,
我回来了。"
老人忙着来开门,
苏温娜点燃了柴火。

苏温娜向贡麻那右边合掌,

苏温娜向贡麻那弯腰。
贡麻那对苏温娜呵,
扶着自己的爱人。

老人们与两个姑娘谈论,
互相间言谈热烈,
大家都有说有笑,
睡意都被欢乐逼跑了。

贡麻那取出了仙水和仙草,
让老人们先吃先洗,
老人变年轻了,
老人变胖了。

贡麻那又将仙水和仙草呵,
递到了苏温娜手上,
苏温娜吃下了仙草,
苏温娜用仙水洗澡。

苏温娜也变了呵,
变得更漂亮了。
一家人都更年轻,
一家人都更美丽了。

这一家人呵,
他们的好事传开了,
都说他们这样美,

都说他们最美好。

贡麻那对妻子说:
"你要脱下最好的衣服,
不要穿金挂银,
将它们锁在柜子里。

"你要穿上一般的服装,
不要让别人知道是公主。
我们要小心过日子呵,
不然又会引来灾难。

"就是我的大象呵,
也要让它变小。"
贡麻那用右手拍了拍大象,
大象变得很小很小。

贡麻那不让妻子出门,
只让她侍候老人。
年轻的苏温娜呵,
整天就在花园里。

他们什么地方都不去,
他们只住在家里,
有时在花园里走走,

日子过得还算美好。

勇敢的贡麻那呵,
他的故事一节接着一节,
让嫩①花开得美好,
有时它又会遇到雨暴。

开花的日子过得不平常,
他们好像是躲在老家,
不敢抛头露面呵,
阿弥陀佛,
阿弥陀佛。

9

贡麻那的故事呵,
像草芽又要冒出嫩尖。
贡麻那呵,
就像我们的太阳,
光芒射向四方,
它照耀着人们的心里,
让人们安康。
贡麻那的故事啊,
让它记在人们的心里,
让故事一代传一代,

---

① 嫩:一种黄色的花。

永远永远传下去。
下面唱勐帕纳西的事情。

勐帕纳西的公主呵，
眼睛大大的一双，
她的皮肤最白，
她的身材细长。

国王十分疼爱她，
侍女们也称她最漂亮。
勐帕纳西的姑娘啊，
谁也难把她比上。

美丽的公主啊，
盛名传遍了人间，
一百零一个国家都知道了，
都想来看一眼姑娘。

很多国家的王子都派人来说亲，
有些送来大象，
有些送来神马，
有些送来重银，
有的送来绸缎，
红的、蓝的、白的，一共有八种，
想让公主喜欢，
去当王子的妻子。

有一个国家求婚的人说：
"我们国家的王子求婚，
如果公主不同意，
我们就放火烧掉他们的宫殿。"

又有一个国家求婚的大臣说：
"如果公主不嫁出来，
我们一百零一个求婚的国家，
就会一起出兵。

"如果再不答应，
我们所有的国家呵，
就在同年同月同日，
一起向公主的国家发兵。"

"我们的兵已经埋伏在森林，
做好了一切准备，
只等国王一声命令，
你勐帕纳西就站满了我们的兵。"

向勐帕纳西求婚的人呵，
礼物都摆满了坝子，
来求亲的大臣啊，
多得像赶街子一样。

有的人还向国王问一声好，
想得到他的答应。

有的人就不太讲理，
说不给也得给呵。

有的人叫国王要看远点，
有的人一定要公主答应。
国王不好开口，
国王不好应答。

国王对求婚的人群说：
"你们都先回去，
等我想想看，
再回答诸位大臣。"

求婚人退出了大殿，
国王召来了宰相和大臣。
国王对他们说：
"我遇到了一件难事呵！
请大家出个主意。
有一百零一个国家来向公主求婚，
我答应给哪一个国家啊？
不好由我来定。"

国王又说给王后，
王后听得清清。
王后和大臣们说：
"还是先问一问公主，
由她自己来决定。"

公主来到了大殿，
国王对她说：
"我的女儿呀，
现在有一百零一个国家的王子来求婚，
看你愿意去到哪里？"

公主慢慢地说：
"我的父王呀！
我哪里也不想去，
我只想同你们在一起。

"你们如果一定要嫁我，
我也不会去，
我还很小，
我不能离开你们。"

公主离开了大殿，
公主回到了屋里。
公主心中暗想：
"难办啊，难办！

"一百零一个国家求婚，
去哪里都不行。
如果给了一个国家，
其他一百个国家又不答应。

"他们会互相斗打,
为勐帕纳西带来不幸。
为父王带来烦恼,
为王母带来不幸。

"我成了一个多余的人,
活在世上不幸。"
公主取下了自己的腰带,
高挂在屋门上。

公主吊死了啊,
惨死在门上。
公主死在黑夜,
人们都睡熟了。

公主没有合眼,
公主想不下去了呵。
公主终于死了,
她离开了人间。

第二天清晨,
侍女端来了洗脸水。
公主死了啊,
侍女们吓慌了。

侍女大叫着:
"不好了啊,

公主死了,
公主死了!"

大臣们跑来了,
王后赶来了,
国王也来了,
大家都来了。

人人流下了眼泪,
大家都很伤心,
都可怜公主,
遭到这样的不幸。

王后还在哭呵:
"我的女儿呵,
你为什么要死去?
丢下阿爹和阿妈。

"我爱你爱不完,
我想你想不完,
你死去了呵,
叫我们怎么活下去?"

国王说:
"别人来求亲,
由我们来定。
不去就不去,

何必自寻死。"

国王回头对大臣们说:
"公主已经死去了,
快告诉所有的人,
让大家都知道。"

大臣传下了国王的命令,
一百零一个国家求婚的人都不相信:
"有的说不会吧,
没有的事啊。"

"昨天才说亲,
今天就死去。
怪事,怪事,
没有听说过。"

一百零一个国家都派人来看,
有的说已经不出气了,
有的说真的死去了,
有的说有点臭了。

有的用手摸摸公主的嘴,
有的用耳朵听听公主的心,
有的用手摸的公主的脉,
都不说什么了。

国王说:
"公主为了国家的平静,
不让你们互相论争,
她一个人死去了。

"如果哪个真有本领,
救活了我的公主,
我就把公主嫁给他,
让他们仍终身相好。

"有本领就用出来吧,
不要停在说亲的嘴上,
你们不是说要打嘛,
现在就比一下高低。"

一百零一个国家的王子呵,
看了看漂亮的公主,
有的只是摇摇头,
有的站着不动。

没有一个人说话,
能救活可怜的公主。
想讨就是想讨,
可是没有本领。

没有一个王子救活公主,
大家都成了哑巴,

大家都成了蠢人,
救不活我们的公主。

有一个王子说:
"死了的人不能活,
这是一般常理。
我们做王子的人呵,
也救不活公主。"

王子们一个一个跑出了大殿,
王子们一个一个低着头,
他们各回各的国家,
一个比一个更是生气。
他们没有讨到公主,
反带来一肚子烦闷。

国王准备埋葬公主了,
国王命人抬出了金棺材,
放在大大的木架子上,
棺材上套了一个房子。

架子上系着两股绳子,
就要将公主拖向森林,
有的人吹号,
有的人扛着白色的旗子。

有的敲锣,

有的击鼓,
一起拖出了公主,
来到贡麻那的家乡。

贡麻那问他的干爹:
"爹呀,
是什么人死了?
为什么这样多人?"

老人回答说:
"死的是我们国家的公主,
没有人能把她救活,
真可怜呵!

"公主是一个好人,
为了国家的平安,
自己死去了呵,
真是可怜!

"现在是送公主去森林里,
去把她好好埋葬。
没有人能救她呵,
可怜,可怜!"

贡麻那对老人说:
"爹呵,爹呵,
我能医治公主,

我能让死人回生。"

贡麻那对送葬的人说：
"你们把公主拖回去，
我会医病呵，
会医好公主。"

送葬的人说：
"你是不是疯子，
死人怎么能治活？
公主都快臭了。"

贡麻那又说：
"你们快拖回去，
我会医活她的，
我一定医活她。"

送葬的人又说：
"如果你医不活，
我们不愿再拖公主了，
那就由你背着公主去埋葬。"

贡麻那说：
"我能救活公主，
死了两三年的人我都救活过，
你们快去对国王说。"

国王知道以后，
派人牵马来接贡麻那。
贡麻那带上了仙水和仙草，
贡麻那坐上了自己的大象。

贡麻那来到了国王的宫殿，
贡麻那对国王说：
"国王呀，国王，
我已经来到了。
公主在哪里呵？
我去看看。"

国王对贡麻那说：
"听说你很有本领呵！
如果你医活了我的公主，
我将国土分给你一半，
我将公主嫁给你，
你要什么都可以。"

贡麻那让大臣铺好公主的垫子，
贡麻那叫人取来白色的缎子，
用七层缎子围在床的四周，
床顶还盖着七层缎子。

国王派人将公主放在床上，
贡麻那用手掀起白缎子，
公主的身上都有点臭味了，

贡麻那将仙水洒在公主的身上，
公主的身上开始变香了。

贡麻那掰开公主的嘴巴，
将仙水倒进公主的嘴里，
三滴仙水进去了呵！
公主开始有点气了。

贡麻那将仙草放进公主的嘴里，
公主像睡醒了过来，
打了个长长的呵欠。

贡麻那用仙水在公主的身上呵，
抹了一次二次三次，
公主慢慢睁开了双眼，
公主爬了起来。

公主对贡麻那说：
"我的小哥哥，
你是神还是仙？
从死里将我救活！"

贡麻那接着说：
"公主呵，公主，
我不是仙也不是神，
是勐帕纳西的人。

"公主呵，公主，
你为什么要这样死去？
你不应该死呵，
你还有福气活着。"

公主又说：
"为了我的父王，
为了我的母亲，
为了所有的人们呵！
为了大家平安无事，
我才这样死去。

"你将我救活，
我应该与你成亲。"

贡麻那掀开了白缎子，
公主走下了床，
他们互相手牵着手，
一同来到大殿。

国王和王后都很高兴：
"你是哪家的后代？
为什么会有这样大的本领？
是从哪里学来的啊？

"我已经老了，
你也不要走了，

你应该是这里的国王,
大家都会听你使唤。"

贡麻那说:
"我是守花园老人的后代,
我已经有妻子了,
都住在你的国家。"

国王派大臣去接栽花的老人,
国王派人去接贡麻那的妻子,
国王派去了牛车,
还跟着去了很多人。

贡麻那骑上了大象,
高飞在天上。
贡麻那走进了自己的家里,
说明了自己的经过。

贡麻那说:
"苏温娜呵,
我的妻子,
快脱下你的旧衣裙。
穿上你的白上衣吧,
穿上你的新长裙,
戴上最亮的珠宝,
插上最香的鲜花。"

贡麻那将桌凳装上了牛车,
老人、妻子和猫头鹰呵,
还有乌龟,
都坐在大象背上。

大象飞到了宫殿,
迎接的人群拥了上来,
都说贡麻那的妻子漂亮,
说他的本领高强。

有的人还说:
"贡麻那的妻子也很好,
可能是他救活的吧,
不然为什么会这样漂亮?"

贡麻那拉着妻子,
一起向国王、王后跪拜,
国王、王后早候在这里,
等着远来的贡麻那夫妇。

贡麻那一家人在一起了,
这是他们命中的注定,
贡麻那应该做国王了,
他做了不少的好事情。
他有了今天的欢乐,
这是大家的福气。

贡麻那的故事呵,
这一段又要完了。
关于他的事情,
下面还有一幅一幅的图画。

我们将完全写在经书上,
故事还没有说完。
这里暂时放下,
阿弥陀佛,
阿弥陀佛。

10

第九段完了,
第十段就要开始,
贡麻那的故事呵,
像金子一样,
水淌不走,
火烧不烂。

这一段故事呵,
我们要说那一只大嘴鸟。
它抬走苏温娜的事情,
被生意人传到了干塔纳国家。

生意人说苏温娜还活着,
说她还活在勐帕纳西国家。

听说贡麻那捡得苏温娜,
来往的商人互相议论。

说贡麻那能救活死人,
说贡麻那很有本领,
来往的生意人传来传去,
百姓们也听得真切。

干塔纳国家的人们呵,
人人都很高兴,
他们高兴苏温娜公主活着,
他们高兴贡麻那的本领。

生意人向干塔纳国王禀告:
"国王呵,
我们的公主还活着,
被贡麻那从大嘴鸟口里救下。

"贡麻那住在勐帕纳西地方,
那里的日子很好很好。
贡麻那很有本领,
他救活了自己国家的公主。

"他现在做了勐帕纳西的国王,
我们在那里知道了这件事,
我们的生意都还未做,
就忙着回来禀告国王。"

国王流下了眼泪：
"我以为自己的女儿死去了，
没想到她还活着。"

王后也哭起来了：
"我的女儿呀，
我以为大嘴鸟将你吃了，
没想到你还活着，
我很想念你呵！"

王后还在流泪，
眼泪滴在楼板上，
王后哭呵，哭呵，
哭得停不了啊。

王后自言自语：
"女儿呀，
你做了贡麻那的妻子，
叫父母怎么办呵？

"你小时候许给了别人，
我们同意与别人定亲。
现在怎么办呵？
怎么办才好？"

王后向国王合掌：
"国王呀，夫君，

我们的女儿早许给了别人，
现在又该如何是好！

"是不是我们去见一下女儿，
还有什么办法？"
国王叫来了大臣，
向大臣说了自己的事：
"我的女儿还活着，
救她的人是贡麻那。
她成了别人的妻子，
我们又应该怎么办？

"请大家前来商量，
望大家仔细想想，
什么办法最好？
大家出点主意。"

大臣们议论着：
"贡麻那救了我们的公主，
他与公主成了亲，
这是应该的事。

"公主早与达戛西王子订过婚，
我们也告诉过他们。
公主被大嘴鸟叼走了，
他们自己不去营救。

"事情由公主做主,
事情得公主来定,
我们得先问一问公主,
由她自己考虑。"

国王给达戛西国王去信,
这是第二封信了,
差人送到了达戛西,
达戛西国王收下了信。

国王叫出来了王子,
国王与王子看完了信,
王子信未看完,
就拔出了长刀:
"苏温娜早与我订婚,
为什么又嫁给别人?
贡麻那是一个魔鬼,
大鸟就是他的化身。

"勐帕纳西的国王呵,
也上了魔鬼的当,
他虽有各种法术,
我也要拔刀相争。

"父王快快发兵,
我愿亲自出征,
不讨回苏温娜呵,

我决不收兵。

"不拿下贡麻那的头呵,
我死不甘心!"
战鼓响了三下,
兵马站满全城。

一家人来了一个伙子,
庄庄都有士兵,
王子还给邻国去信,
请求给予援兵。

战旗走在前面,
战鼓响穿山林,
大锣也响了,
马上就要出兵。

士兵走在后面,
有的高举长刀,
有的抬着棍棒,
有的乱跳乱奔。

有的骑着战马,
有的头上插着孔雀翎,
还有一排象队,
后面跟着人群。

王子走到了勐帕纳西边界,
队伍扎在界边。
他们搭了帐篷,
战壕挖得深深。

王子亲笔写信,
写给贡麻那呵!
"这封信写给你,
你赶快交出苏温娜!

"苏温娜早与我订婚,
你不能将她霸占。
如果你不交出人来,
我就打进你的宫廷。

"我的战士等在国界,
请你快交出苏温娜,
我的邻国都来了,
一定把勐帕纳西踏平。"

王子又给勐帕纳西老国王去信,
信中这样写道:
"老国王呵,
听说你的公主已经出嫁。
公主的丈夫是一个无爹无娘的人,
他自己有头无脑,
他只是一个骗子,

是魔鬼变成。

"他曾经变成大嘴鸟,
叼走了苏温娜,
他是一个妖魔,
又骗去了你的女儿。

"现在他又变成伙子,
进出在你的宫殿,
骗子还是骗子,
我想把他戳穿。

"如果你还不醒来,
勐帕纳西就会出现灾难。
快快送出苏温娜,
以免大祸来临。

"快快交出贡麻那,
为人间除去不平,
如果不交出魔鬼,
大火就得烧身。"

勐帕纳西的老国王看完了信,
就像烈火烧在全身,
老国王走来走去,
就像尖刀戳在了心。

老国王低下了头,
又像长刀穿进了背心。
本来老国王在为公主的复活高兴,
又遇到了这样的恶信。

老国王把信放在桌子上,
贡麻把信看得很清。
贡麻那看完了信,
他不出半点声音。

他离开了桌子,
脸上出现了讥笑,
老国王心中着急。
老国王开始说道:
"贡麻那呀,
你为什么不着急?
你还在笑呀,
我的女婿!"

和尚们,
人们呀,
贡麻那的故事,
第十段过去了。
下面我还要唱,
现在暂时停一停,
阿弥陀佛,阿弥陀佛,
阿弥陀佛。

11

第十段过去了,
第十一段又来了,
我还要继续唱贡麻那,
他的故事还没有完,
贡麻那将来会变成菩萨,
我们的眼睛要好好看,
我们的耳朵要认真听,
我们的心要牢牢记。

我现在往下面唱啊,
贡麻那还会有困难的,
往下听吧。

一百零一个国家的王子呵,
他们都知道贡麻那救活了公主,
他们又要来勐帕纳西向老国王求亲,
都不愿贡麻那独占公主。

一百零一个王子心中像火烧,
他们说老国王看不起王子,
千不选万不选呵,
偏偏选上了贡麻那这个伙子。

一百零一个王子一齐出兵,

有多少士兵呵，
没有人能将他们数清，
到处是人喊马叫。

四处都是象群，
黑夜也像白天，
没有半点安静，
战马一群又一群。

遍地都是灰烟，
就像大雾盖着森林，
有的士兵胸部文身
是两个雄狮的头。

有的士兵在手上文身，
有的士兵在脚上文身，
有的背上文着孔雀，
有的背上文着龙头。

队伍到了勐帕纳西的国界，
有的停下来磨刀，
一百零一个王各骑一头大象，
团团围住勐帕纳西。

达戛西的王子首先开口：
"我们的苏温娜被贡麻那夺去，
你们向勐帕纳西的公主求婚呵，

也被贡麻那夺去。

"贡麻那欺负了我，
也欺负了你们。
我们一齐出兵，
把勐帕纳西踏平。"

一百零一个国家的王子也说：
"勐帕纳西的老国王真笨，
为什么去信任这样的坏人？
反将公主嫁给了他。

"我们都是些王子，
是傣家人中的贵人，
他偏偏不要这些，
反要无父无母的脏人。

"昏头的国王受骗了，
昏头的国王老了，
我们没有一个人服气，
都要与贡麻那斗个输赢。

"原来他说公主死了，
我们才回到自己的国土，
他又将自己的女儿呵，
嫁给贡麻那这个仇人。

"国王，昏头的国王呵，
他真是侮辱了我们，
他不能平安地活着，
将他的国家一火烧尽。"

王子们的书信送给了老国王，
老国王看完书信：
"信中的话横蛮无理，
信中要将坝子削平。

"信中都是些杀、砍、烧、打，
各国的士兵围住了我们。"
老国王叫来了贡麻那，
让他看看书信。

贡麻那看完了书信，
平静如常，感到可笑。
他对国王说：
"我的老父王呀，
请你不要过分担心，
请你不要劳神，
这样一点小事呵，
由我来独自担承。

"不要怕呵，
我的老父亲，
你就安心住在宫殿里，
一切由儿子去顶。"

贡麻那抬笔回信，
信中说：
"你们围住了我的国土，
我一点也不担心。

"对你们战斗，
吓不住勐帕纳西人们，
你们想要围住我，
那你们会先在我的手心。

"你们的兵马那样多，
顶不了我的一只手臂，
不管你有多大的本领，
你们不会从云中下来。

"你们就是地下钻出来，
也吓不住我们，
什么时候来我都欢迎，
白天也行，黑夜也行。

"如果哪个不相信，
就请出来试试看。"

贡麻那请来了猫头鹰，
要它前去送信，

猫头鹰从空中送去了信。
猫头鹰还对王子们说：
"王子们呵，
这是给你们的信，
望你们好好地看，
可不能有半点粗心。"

王子们看完了贡麻那的书信，
心里像乱箭刺穿，
他们觉得有些心痛，
个个拔出了长刀。

王子们的士兵向前进攻，
百姓们跑到了勐帕纳西都城，
贡麻那要大家安心住下，
紧紧关住四周的城门。

王子们的士兵来到了城下，
像疯狗跑红了眼睛。
双方都高举长刀，
杀得刀光剑影。

双方都使用了火药枪，
双方都死了无数的人，
双方又放出了带毒的箭，
将头杀向一边。

有的人头钻进了草丛里，
有的人头滚到了石头下，
有的人头掉进了水里，
有的人头落到了地上。

双方的人死伤很多，
双方不分胜败，
贡麻那的士兵放出了火药炮，
飞向了王子们的兵营。

有时候贡麻那的士兵打胜了，
有时候贡麻那的士兵又败回，
士兵不断向老国王报告，
老国王叫贡麻那一起听令：
"王子们的士兵快要进城，
我们的士兵又不敢前进，
现在又该怎么办呵？
贡麻那你赶快指挥众兵。"

贡麻那对老国王说：
"父王呀，不要慌乱，
先让他们战斗几天，
最后我会收拾他们。

"几天后他们会死去，
想活也活不了几天。"
猫头鹰在外面"咕、咕"地叫，

它在提醒着人们。

贡麻那送给猫头鹰小鸟吃,
贡麻那送给乌龟小虫吃,
贡麻那要猫头鹰黑夜去到天空,
去查看一下王子们的士兵。

猫头鹰又要飞去魔鬼的王国,
去邀请那送行的八个魔鬼,
猫头鹰带着贡麻那的书信,
向魔鬼的王国飞去。

时间过去了三天,
猫头鹰飞到了,
猫头鹰送到了书信,
魔鬼王仔细看信。

魔鬼王对八个魔鬼说:
"猫头鹰来到了这里,
贡麻那遇到了不幸,
你们马上准备出发!

"去帮助贡麻那他们,
你们快去快回,
不要在路上停留,
去吧,去吧!"

魔鬼当夜就来到了勐帕纳西,
他们向贡麻那跪拜,
贡麻那扶起了他们,
贡麻那请他们坐下:
"这里有一百零一个王子,
他们无理来攻打我们。
我想到你们常年在森林里,
吃不着活活的凡人。

"长期不吃人肉,你们会枯瘦,
这回请你们饱餐一顿,
一百零一个王子的肉鲜美,
你们可不要先吃。

"向你们开战的人才吃,
不开战的士兵饶了他们,
那一百零一个王子呵,
要提活的来见我。

"苏温娜的父亲也先抓来,
可不要先伤害他们,
达戛西的国王也要抓来,
我要好好教训他一顿。

"这两个老人也不管事,
分不清好坏事情,
你们快去快去,

我等候着你们。"

八个魔鬼十分高兴,
他们手舞脚蹈,
他们出宫殿去了,
去对付他们的敌人。

八个魔鬼吃着好战的士兵,
左手抓来四个放在嘴里,
右手又抓来五个放在嘴里,
真像抓沙子和灰土一样。

魔鬼的腮巴都吃酸了,
肠子挂在嘴角上,
王子们的士兵向魔鬼放出土炮,
炮弹打不进他们的皮肉。

魔鬼吃得周身是血,
不少士兵都吓跑了,
有的跑不动呵,
被魔鬼扯下手脚。

魔鬼的眼睛比水牛的大,
魔鬼的牙齿像锄头硬,
魔鬼的眼睛一眨一眨,
大胆的人也有几分惧怕。

有的士兵吓呆了,
有的士兵跪下求饶,
不少的士兵跪了,
有的士兵还不断地说:
"我们本来不想作战,
我们是被王子抓来的。
你们不要吃我们呀,
饶饶我们的小命。"

魔鬼弹了一下舌头,
士兵们都低下了头,
他们不敢再往上看,
一个个都吓昏了。

魔鬼的肚子吃大了,
魔鬼不想再吃了,
魔鬼一起去抓王子,
抓住了所有的王子。

魔鬼使王子们害怕,
有的王子哭了,
有的王子叫了,
有的王子呆了。

所有该抓的抓来了,
一个也没有短少,
贡麻那坐在城门上,

老国王也来了。

王子们跪在城门下，
头都低在地上了，
他们嘴里不断在说：
"不敢了，不敢了。

"我得罪了你呵，
国王贡麻那！
我们向你求饶，
请你宽恕我们。

"贡麻那国王呵，
你是一个好人。
我们有眼看不清呵，
求你不要杀死我们！"

有的王子双手吓得发抖，
有的王子吓倒在地上，
有的王子吓得闭上眼睛，
嘴里还在不停地求饶。

干塔纳的国王呵，
也跪在地上，
达戛西的国王呵，
双手向贡麻那合掌。

他们与其他的王子，
都在城门下面，
他们要求饶命，
低低地跪在地上。

人们可以看到，
一百零一个王子，
还有那两个昏王，
他们的心不正，
落到了今天的下场，
他们的心是弯的，
他们的心是坏的，
他们不讲理呵，
他们没有想到，
失败跟着他们，
他们打自己的嘴巴，
百姓们觉得可笑，
王子们那样疯狂，
可没料到会有今天。

我写的这个故事就是应该这样，
我的故事还没有完呵，
下面还有收场，
你们，我们，
阿弥陀佛，阿弥陀佛，
阿弥陀佛。

12

十一过去了，
十二又开始，
它好像花的芳香，
永远看不完。

贡麻那的故事呵，
又要继续唱了，
男女老少们，
好好地听吧。

我们要花的芳香
散遍四面八方，
这朵花虽小，
它的作用不小，
它教育了四十八代人，
和尚们，百姓们，
不管哪里呵，
贫富轮流循环。

一百零一个王子，
先去攻打别人，
现在又向别人跪下，
这是他们自己找来的。

贡麻那站在高高的城楼上，
向众王子们说教，
他要大家静下来，
听听百姓们的声音。

贡麻那放声地说：
"下面跪的都是些王子，
你们当时想把我吞下，
出动了那样多的兵丁。

"我没有向你们先发出一箭，
我没有向你们先砍下一刀。
你们当初死都不怕，
为什么现在又来跪下？

"如果不是我手下留情，
我早让魔鬼将你们吃掉。"
众王子收缩成一团，
像水冲洗着泥巴。

贡麻那传来了四方的客人，
人群接着人群，
大家都想来看个热闹，
看贡麻那处理四周的敌人。

众王子哀求贡麻那，
求他给一条活命：

"大王贡麻那呵,
我们愿做你的奴隶。

"只要我们还活着,
干什么事都可以。
我们所管的百姓,
都愿并到你这里来管理。

"一百零一个国家合成一个国家,
合成一个强大的大国。
你来管理我们,
你来统管天下。

"所有的人都属于你,
所有的土地都接连着勐帕纳西。"
贡麻那又说:
"你们忘记了一切呵!
你们低估了我贡麻那,
我自己还未动手,
只出动了八个魔鬼,
你们就不战自败。

"从今后不准你们欺侮好人,
从今后不准你们压住穷人。
你们不想想以后,
只是一贯横行。

"你们现在才知道害羞,
你们现在才学着跪下。
如果不是我事先说好,
你们早成了魔鬼的饭菜。

"我还未拔出长刀,
我还未发出弩箭,
我还未施展法术,
你们就跪下来了。"

王子们气了又气,
王子们怕了又怕,
他们只顾点头,
听着贡麻那的训教。

干塔纳的国王也跪在地下,
老了的人也不知好坏,
反来害自己的女儿苏温娜,
　封信、两封信投向达戛西。

苏温娜的父王嘴里在说:
"我应该相信自己的女儿,
不该通风报信,
我也不该活呵!"

众王子又向贡麻那连连低头,
求他不要杀死他们。

贡麻那说：
"大家请静一静，
我再来说说，
大鸟叼走了苏温娜，
我将她救下，
今天她才好好地活着。

"达戛西的王子你听着，
苏温娜被叼走以后，
你为什么不去出兵？
你为什么不去救人？

"你反说我是魔鬼，
说我是在骗人。
还有一百零一个王子，
你们向公主求亲，
你们逼死了公主，
死后你们也不过问。
等我救活了公主，
你们又来发兵。

"你们以多想欺负弱小，
想用恶势力压住我们，
你们打到了勐帕纳西，
想将这里铲平。"

王子们又将手举过了头顶，

又三次向贡麻那低头。
贡麻那又说：
"你们放心吧！
我不会杀你们，
我将你们放了，
从今后不准再干坏事，
不准欺负好人。"

王子们又多次低头，
对贡麻那多次跪拜。
贡麻那最后高唱：
"我们要举行一次庆祝大摆，
欢庆今天的胜利，
大家高兴一台。

"八个帮忙的魔鬼呵，
快去将埋着的金银挑来，
快去将金柜子挑来，
快去将漂亮的绸缎挑来。"

八个魔鬼各挑十箩筐金银，
高高地堆在宫殿外边。
贡麻那给每一个人呵，
都分发了无数金银。

贡麻那对大家说：
"大家请将金银挑回去，

缝几件好衣裳，
然后再来赶摆。

"我们的大摆呵，
要举行七天七夜，
一定要欢乐个够，
欢乐个舒畅！"

就在这个时候，
苏温娜走了出来。
她见到了她的父王，
她流出了热泪。

"如果不是贡麻那救我，
我还见不到你呵！
等父王回去后，
告诉一下我的阿妈呵！

"告诉我们的亲戚，
告诉我的女伴，
祝他们以后能过好日子，
祝他们健康长寿。"

苏温娜的父王也流出了泪水，
他对自己的女儿说：
"见到自己的女儿谁不高兴？
见到自己的女婿谁不称心？

"自从你被大鸟叼走以后，
我派人找遍了森林，
我们没有找到你呵，
一直到现在才算放心。

"只要女儿好好活着，
那我也才高兴。
现在我才笑了，
才开始愉快称心。

"本来我不想来这里，
不想给达戛西国王去信，
后悔当初订了婚约，
怕别人说自己失信。

"干塔纳的王子未去救你，
这说明他对你少情。
贡麻那是一个最好的人，
父王我现在全部认清。"

清晨来到了，
贡麻那高声谈论：
"众位百姓们，
大摆就要开始了。
我们的痛苦已经过去，
欢乐已经来临。
大家尽情地欢乐，

大家愉快、高兴。"

贡麻那开始了表演：
他从筒帕里拿出了小象，
将小象安放在手心，
这是魔鬼王送给他的。

贡麻那念了三下，
嘴向小象一吹，
小象成了大象。
贡麻那取出金葫芦装的仙水，
贡麻那取出了仙草，
把它们放在桌子上，
让大家仔细地瞧瞧。

人群挤着人群，
人群越围越紧。
贡麻那背上宝刀，
贡麻那抬着弩箭。

贡麻那骑上了白象，
白象飞到了天上。
白象在空中回旋，
白象在天空飘荡。

贡麻那举起了弩箭，
贡麻那手舞着宝刀。

宝刀的闪光像闪电，
划破了蓝色的长空。

一百零一个国家的王子，
嘴里发出低低的微叫：
"我的妈呀，我的妈呀，
这样的本领真是少见。

"这样的人才配王子，
他真是一个好人。
阿弥陀佛，阿弥陀佛。

"如果他不可怜我们，
闪光的宝刀早落到我们头上，
他真配做一个活菩萨，
谁也比他不上。"

大家都把贡麻那称赞，
人群用谷花撒向贡麻那，
大家用苞谷花撒向贡麻那，
撒向他们最尊敬的人。

大家不断在说：
"你是我们最好看的花，
你永远看不完呵，
快下来吧，我们的国王。"

贡麻那像银光落在地上，
贡麻那像金光落在地上，
贡麻那像宝光落在地上，
贡麻那站在高高的台上。

贡麻那叫人抬来了槽，
槽里盛满了仙水，
他为人们添着仙水，
他为人们洒去仙水。

老人变年轻了，
老人也不老了，
年轻人更年轻了，
年轻人更美丽了。

贡麻那在仙水里放入了仙草，
人们吃了仙草呵，
耳朵也不聋了，
眼睛也不瞎了，
癣也好了，
头疼也好了，
牙疼也好了，
肚子疼也好了。

眼睛花的也好了，
手疼的也好了，
九十六种病呵，

全都好完了。

一百零一个国家的人都来了，
大家都吃到了仙草，
大家都洒到了仙水，
人人都高兴呵！

大家都像鲜花，
一朵比一朵盛开，
一朵比一朵更香，
盛开在人间百花园。

大家尽情地跳，
大家尽情地唱，
从白天到黑夜，
一直欢乐了七天。

铓锣的声音飞上了天，
象脚鼓的声音飞进了森林，
人间的好日子呵，
来到了，来到了！

人间的幸福万万年，
人间的欢乐千千万。
唱吧，
唱不完；
跳吧，

跳不完!

贡麻那的故事已经说完,
贡麻那的歌已经唱完,
就唱到这里呵,
我还未唱全。

贡麻那的好事会传到四方,
会受到好人的赞扬,
你传我呵,我传你,
永远永远传下去。

牙谢做了大好事,
他上到了天上,
成了和尚的首领,
永远住在天上。

贡麻那和他的妻子呵,

永远在一起了,
他们会过得很好,
他们会永远幸福。

猫头鹰成了在菩萨身边的神鸟,
乌龟侍候着菩萨,
八个魔鬼也成了仙,
贡麻那以后会变成菩萨。

活佛讲的故事完了,
它会永远发光,
望大家遵守教规。

贡麻那的故事永远会看,
我们将它写在纸上,
我们将它刻在叶子上,
阿弥陀佛,阿弥陀佛。

文本二

翻译者：克勤
时间：1980年6月4日译完
搜集地点：云南省德宏傣族景颇族自治州芒市
文本来源：歌手唱本

1

……
听吧，佛祖的信徒们！
提起我的前世，
穷困和苦难超过了世间所有的人。

从前，有个国王的大地方巴拉纳细，
宽广的城池，房屋密密，人口众多。
广阔的坝子望不到边，
勐龙①的两头两尾和中间飘绕着白云。
勐龙里有官，有民，有穷人和富人，
共同生活在那欢乐的时代。
到了热闹的季节，
处处都赶摆，
十二种器乐锣鼓响震全勐，
姑娘们尽情地舞蹈和歌唱。

那时的国王声誉传得很远很远，
像鲜花四处飘香，
阿戛麻叶西王后陪伴在他身旁。
那时很多地方都来进贡，
荣耀的名声超过了多少国家的国王。
那时的巴拉纳细王国真好啊，
几百年几千年都难得有，
没有哪里能比得上。
一白个地方的国王都来朝贡，
多少地方的商人来到这里经商，
即使在这里长久地住下去也很习惯。
那时各处的男女老少自由幸福，
人人穿着新衣裳，
天底下的人都称颂巴拉纳细，
各处的人都向往着这个地方。

那时，
散玛散布塔几位佛祖还在神界，

---
① 勐龙：傣语为大地方。

我就下凡到人间，
在一对穷困夫妇家里投胎。
等到胎满十个月，
我才离开母怀降生成人。
看吧，
五官长得样样齐全，
我的容貌像明珠一样，
多少地方的人都比不上。
父母双亲喜爱得没法说，
天天把小宝贝挎在肩上背着，
抱在怀里喂奶，
给我取名叫变亚干塔①。

可是，
两夫妇的穷困和愁苦超过世间的人，
多可怜这可爱的小宝贝！
他们缺吃又缺穿，
披的盖的处处破破烂烂，
有时没有一点东西下肚只能挨着饿睡下。
因为穷得无法生活，
父母双双只得背着心爱的儿子到处去讨饭。
荣耀宽大的巴拉纳细城呵，
妈妈背着小儿子走遍了每个角落，

就这样天天出去讨饭来度日。

这样过了七年，
疾病和摆子②侵染到父亲身上，
死难落到了父亲身上。
那时乡亲们听到了都来帮忙，
把遗体送进了竹林，
办完丧事各自走上岔路回去了，
只剩下娘儿俩哭哑了咽喉。
过了七天，
母亲又跟着死去了，
只剩下幼小的变亚干塔在后边受苦。
妈妈死了，
幼小的变亚干塔还不懂事，
这时，人间的苦难啊，
变亚干塔受的苦更深。
他只会扶着门边哭泣，
他只会在门外边，不会去哪里，
那时人们不会把死者丢在城里，
才来把妈妈的遗体送出去。
埋葬好了，
人们各自回去了。
那时（贡麻纳）只依靠众乡亲帮助，
他的苦难超过了任何人，

---

① 变亚干塔：即有本领的人。
② 疾病指的是普通疾病，摆子指的是瘟疫。——编者注

要找灰尘粒大的一点好处和快乐
都不能得到。
他只得孤苦伶仃离开穷家去流浪，
有时躲在人家的鸡圈猪圈，
染得污黑又肮脏。
人人喝骂又驱赶，
幼小的阿暖啊真是太悲伤。
有的人家可怜他就给一点好吃的
饭菜，
有的莫说给吃的，还要喝骂。
有时小阿暖饿得一身瘫软，
天天从一个寨子到一个寨子去讨饭。
小阿暖就这样在城里走来走去，
有时讨得一团饭，
才养得一线生命长点劲。

阿暖长到十四十五岁，
就像池塘里的荷花长得正茂盛。
阿暖的力气大得犹如公象一样，
世间没有谁能比得上。
那时人家才来找他去帮工做事，
叫他去帮种菜种田。
各种活计阿暖都用心勤劳，

无论下雨或烈日炎炎，
阿暖都在干活。
帮满一年才得离开一家，
才得一点白银装进自己的筒帕。
因为阿暖无论做什么活计都勤谨
卖力，
从来不懒惰和推卸，
这样人家都想要他去帮工，
家家都来叫他去帮工。
原来雇阿暖的那家又舍不得放，
要阿暖长久帮下去。
"假若我家有一个女儿，
就好抬做姑爷留他一辈子在①下，
只愁家里没有一个女儿，
小布冒②如此温纯勤快，
令动的人没有谁能比得上，
要是离去真是太可惜。"
他们要阿暖就这样帮下去，
一辈子留在这里。

阿暖从早到晚天天忙做活，
又围园子、种瓜、种菜，又耕田。
城里的鸡一拍起翅膀啼叫，

---

① 在：云南汉语方言，意为"在某地方待着"。——编者注
② 布冒：傣语男孩的意思，通常还写作卜冒。——编者注

阿暖就拿着扁①挎在腰间，
戴起箆帽披起堆②，
骑着水牛去犁田了。
无论做什么活他都很用心，
他一天埋着头做活，
勤快又规矩。
无论犁田还是做别的活计，
阿暖都做得比别人快，
阿暖的力气大得没人比，
他天天勤勤恳恳不知道累。

已经在这里住了九年，
阿暖才恳求离开。
"因为愈在下去，年纪也慢慢大了，
我得离开我们这个家独自出去走走。"
好心的主人跟他说：
"小召冒③啊，
还是跟我在一起享乐吧，
如果遇上有缘的小卜少，
我将讨来跟你在一起。
我们勐里的卜少多得像飞蚂蚁一样，
你去挑选一个肉皮最白最嫩的吧，
如果你真的爱了，

就领进我们宽大的家里来，
我就赶紧称上白银给她家。"
听了大伯他主人家的话，
阿暖好言好语做了回答：
"现在我还不想要姑娘，
我还不想成家。
如果遇上那话多、嘴多、习性坏的人，
将给自己带来灾难。
有的人面貌手脚倒是好，
心又是黑的，
天天咒骂自己的丈夫和父母，
又发脾气又砸东西。
有的样子丑，良心还好，
可是要作为相爱夫妻过一辈子啊，
又不合意。
人世间难遇上样样完好的人，
我宁愿不娶人家的姑娘来做妻。
我要一个人走遍整个地方，
游遍勐龙的高山和平坝，
驱散自己的忧愁。"

那时大户主人不好再说什么话，
才放年轻的阿暖离开家，

---

① 扁：傣族群众劳动时习惯把小箆箩挂在腰后，便于装东西。
② 堆：用一种硬棕叶做成的雨具，汉族群众叫榻扇。
③ 小召冒：对小布冒的尊称。

才称上白银付给年轻的阿暖。
白银整整有九看①，
递给阿暖好好包藏带着走。
因为阿暖帮工已满九年，
每年一看白银送给穷小伙，
装进筒帕上路奔前程。
阿暖嘱咐了又嘱咐：
"在着吧，如养父养母的一家啊，
现在我要离开你们往前走了。"
他们主人也来好言相送：
"好样的青年人啊，且去吧！
到了明年再回到宽大幸福的家来
帮我们就好了。"
这样双方互相嘱咐了许多话，
阿暖才孤身一人离开这里。
阿暖走上了巴拉纳细干国的宽大
地方，
朝着远方走去。
走过了一村又一村，
穿过那密密的房屋和拥挤的人群。

阿暖心里暗自思量：
现在我的筒帕里有了银子，

如果吃用下去，
它将一下用光，日后又无靠。
若要拿做本钱做生意，
又怕无头无尾不得利。
还是拿去找那沙铁问问，
把它换成金子吧，
若要换得了，
带着它穿过那万木茂密的山林将
会更轻。
阿暖这样想去想来，
要去找沙铁兑换。
"沙铁大人啊，
锞金盛满箩装满仓的沙铁啊，
现在我有一个心愿来找你，
我有九看白银，
我要求换你沙铁大人的金子，
不知行不行？
随你给多少，
只要合我的心愿，
让你享有金箱银箱的召②沙铁看着
办吧。"
阿暖口口声声求沙铁，
金库的主人回答了：

---

① 看：十看为一乜，一乜合一公斤半。
② 召：一种尊称。（召：傣语，意为"头人""领主"，通常指历史上的"召片领"，也即"广大土地的领主"。"召片领"在傣族傣泐支系文化中既可以指古代国王，也指元明清时期的宣慰使。——编者注）

"你带来的九看白银，
拿来给我看看吧。"
那时阿暖才拿出白生生的银子，
拿给好心的沙铁大人看。
沙铁满心欢喜说："真是好银。
九看银子我得换给你九锭赤金，
价值相等。"
沙铁真的给了九锭赤金，
使得阿暖合心又欢喜。
阿暖把金子装进筒帕背到肩上，
离开了沙铁的家。

阿暖游逛在巴拉纳细大地方，
带着他的金子到处去串去玩。
阿暖心里又在思量：
"这金子要换成闪光的珍珠就好了。
这金子又不能零用又怕人偷，
只带在身上也就成为不贵重之物了。
我要拿去换那闪光的珍珠，
带着更加轻便。
假若换得宝光闪闪的戒指戴在手上，
众人看着多么羡慕。"
阿暖去到巴拉纳细城里的沙铁家，
好言好语来询问：
"召沙铁啊，
现在我有九锭赤色金子，
拿来找你有珍珠宝库的沙铁来了。

你若有那闪光的珠宝，
就换我变亚干塔带来的九锭金子吧。"
阿暖轻声细语地停留询问，
沙铁拿出了他藏着的珍珠。
"你的金子成什么样？
出示给我们看看吧。"
阿暖一拿出金子来展示，
沙铁也把珍珠递给阿暖，
他们心里都十分满意，
九锭金子换了九颗珍珠。
换得了珍珠，
阿暖离开了沙铁的大院。
阿暖手拿珍珠看了又看，
装进筒帕挎上肩，
在巴拉纳亚的大地方游逛。
肚子饿了他到村里人家去讨吃，
太阳落了他到田篷里安歇。
清早天亮了，
阿暖起身出去，
他就在大地方里不停地走。
这时阿暖又在思量：
"闪亮的珍珠带在身上，
假若别人暗栽赃，
或是半夜来偷盗，
真是可怕。"

想起过去曾听人家说，

谁有多的财宝切莫藏在身上。
人家说九锭银换成金粿更好,
古人的教诲我们要时时牢记。
若有金子多到九堆,
叫换成一个闪闪发光的珍珠。
这是古时的传说。
又说有了光彩夺目的珠宝,
要换成一身聪明智慧和本领。
现在要是谁有聪明和智慧,
样样本事精通,
我的九颗珠宝就送给他。
"年轻的岩、依兄弟,
年老的叔伯们啊,
现在我带来了九颗闪光的珍珠,
要是谁有聪明智慧和本领,
就来换我的九颗珍珠好了。"
阿暖走遍了巴拉纳细广阔的地方,
走访王国里千千万万的人。

有的说:
"年轻的小布冒啊,
带着九颗珍宝游遍全勐的人啊,
来换我的大刀、小刀、凿子和编
成花纹的箩箩吧,
我将教给你编各种各样的篾器,
做成装的、背的,
挑到街市上摆着卖,

一个可卖得一钱两钱零碎银子,
那时就由你靠着编艺,
吃用养家永远不用愁了。"

阿暖摇摇头笑着说:
"这种编艺我无心学,
这样的小箩小筐不成什么大器。"
阿暖离开一处又到一处,
到集聚说笑的人群中去探问。
"我有九颗光彩夺目的珍宝,
要换取真正的本事,
你们谁有?"

阿暖拿出放光的珠宝给众人看,
全勐各个地方的人个个都想要。
有的说:
"我会唱戏的跳跃拳术,
我要教给你打拳,
让你到各个地方玩耍,
我只要你的一颗珍珠,
我要做成亮闪闪的戒指,
去招引情人。"
这也不合阿暖的心意,
他又摇摇头:
"我不想玩这种跳跃拳术,
这种本事我一点也不爱。"

阿暖又离开那里到处走，
又到众人集聚的另一个地方。
"谁有那超人的本领？
我要用闪闪发光的珠宝来换取。"
阿暖把珍珠拿在手上给众人看，
人们个个都说想要他的珍珠。

有的说：
"半大小伙子啊，
走遍地方找本事的好人啊，
你那贵重的珠宝没有谁能换取。"
有的说：
"我有灵验的咒语，
什么妖魔鬼怪都不敢近身。
有的说我会法术，
只要念念咒语，吹吹水瓶，
可以用烧红的铁棍穿通瓶子。"
有的还说：
"我会那灵验的阿索①，
可以叫人家的姑娘立即爱上。"
有的说：
"我有三句咒语，
吹在手掌上去轻轻拍姑娘的背，
她就会回过头来对你微笑。"

有的说，他会变出槟榔送给姑娘们。
有的说："会变出果儿给姑娘吃，
姑娘就会走来就②你。"
他们都说：
"串地方的小伙子啊，
你就换我们的这些本事吧，
我们只要你一颗纯粹的珠宝。"
这样个个都来诱哄阿暖，
都求他换给珍珠。

这些都不合阿暖的心意，
整个王国阿暖都走遍了，
没有哪种本领能遂阿暖所望。
阿暖找遍宽大的巴拉纳细国土，
没有遇到一个阿暖喜欢的能人。
那时有一个游串各地的人，
不知他居住在何方，
他到大戛索地方学本事来到这里，
在路上迎头遇着了阿暖，
他们俩互相问起串地方的情由，
互相问起谁有什么本事。

阿暖说：
"我有光辉闪烁的珠宝，

---

① 阿索：传说能迷人和诱使姑娘倾爱的法术。
② 就：云南汉语方言，此处意为"迁就""接近"。——编者注

颗颗都是价值高的国宝,
我带着到处去寻找本领,
走遍了巴拉纳细各个地方,
没有一个本领高强合我心意的人,
我走遍整个地方也找不到有本事的人。"

那个访学本事从大勐索回来的人,
才对阿暖把话讲:
"寻找本事的人啊,
我到了外边的大勐索地方,
还去传教那好学的本事。
你这位好人不知想学什么样的本事,
你试说来让我知道。"

阿暖才告诉串地方的伙伴:
"我要学那超过千百个地方的本领,
假若你有这样的本事,
我将把闪光的珍珠送给你。"
这时那个到大勐索学本领的人回答说:
"就是让全勐千人万人都惊奇的本事我也会,
只是那使人一生不老不死的本领啊,
人世间哪里会有?

只听说假若谁有那清亮的仙水,
还有那喷香的灵芝草,
就是弓腰驼背白发掉牙的老人,
吃了那灵芝草,
都会变得年轻美貌。
还有那清亮的仙水,
要是拿来吃下又涂抹,
我们就会变得美貌超群。
这也不过是前人的传说,
也不知哪个地方会有。"

大勐索来的朋友诉说了这件事,
喊亮阿暖又向他询问:
"你说那使全勐人都惊讶的本领,
试试说来表演看。"
那时从大勐索学本领回来的人就把咒语念,
头倒立在大地上,两脚朝天,
刹那间变成枝叶繁茂的大青树,
大青树高得望不到顶,
满树的果子金黄金黄,
粗壮的树干有二十抱,
成群的各种鸟雀都飞拢到这棵树上,
全勐的千万人都惊呼:
"一生从未见过这样的事。"

人们从四面八方来看,
只见高大的青树一下变成了人。
"半大小伙的好朋友啊,
我只有这个本领了,
如果遇到我们饥饿时,
变幻成这高大叶茂的树,
所有饥饿就会完全消失,
即使百年千世不得吃一顿饭,
也不再有饥饿的时候。
还有那呵斥一声使千百种动物都
惧怕的咒语,
使你走遍各个地方,
灾难会远远离开你。
这两件确是至高的法宝,
我要换取你所带的珠宝如何?"

那时喊亮阿暖见了他的本领,
心里喜欢真想换,
九颗珍珠都给了他。
这时那人才传授了吹念的咒语,
阿暖聪明智慧的心里即刻记住,
所传的秘诀阿暖都能背诵,
他想当众来表演,
让众人喜欢喜欢。
他念了三遍咒语,
顿时头朝大地两脚向上竖起。
阿暖变成了枝叶茂密、高耸入云
的大树,
树干有二十抱粗,
树枝伸长得很高很高。
各种各样的飞鸟,
有那鹭、鸢、乌鸦和鹊雀,
有那鹦哥和金丝鸟,
许多鸟雀扇着翅膀飞过来,
鸣叫得好听又热闹。

那时众人抬头仰望看不到顶,
称赞这样的本事世上少有,
正在这时贡麻纳一下变成人。
当时他们各自喜喜欢欢交换了宝物,
一个得到九颗光彩夺目的珍珠,
一个得到变幻大树的本领,
各人满意又高兴。

那时两个互相好言道别分了路,
一个去一边朝着自己想往的地方
走去。
贡麻纳得到咒语秘诀随身的本领,
在王国的大地方高高兴兴向前进。
只是阿暖的心里惦记着那仙池里
的水,
还有那叫作灵芝的仙草,
想着那使人不老不死的仙药。
"我试着去走访全勐的老和少,

说不定有人晓得那仙水和灵芝草。"

阿暖在巴拉纳细大地方走来走去,
哪里遇见人都留心访问:
"叔伯、爷爷和大哥们,
老年人和青年们,
你们知道哪里有那仙池和灵芝?"
那时人家都说:
"这人怎么这样愚蠢?
人间再没有比这更蠢的人。"

有的说:
"你来问这样的话,
真像疯人一样。"
有的欺负阿暖回话戏弄他,
指着脏水、浑水、牛滚塘说:
"就是那个了,
要是你想要那仙水来抹身,
你就拿去又吃又擦从头抹到脚吧。"
有的指着那众人常撒尿的园边说:
"那个就是你要找的仙水池了。"

有的说:
"你要找的仙水就在园边了,

只要你拿去又吃又抹,
就会立即变得年轻又白嫩了。"
有的指着各种绿叶和园边的鸡屎菜说:
"是了是了,这就是使人变年轻的灵芝了,哥啊。"
有的指着园边的苦子果①说:
"那个就是你说的喷香的药了。"

个个都用恶言来嘲弄,
人家戏谑嘲讽的这些话,
使阿暖厌恶。
他离开那里去到一个又一个地方,
他朝着人多热闹的地方走去。
"叔伯兄弟们,
同辈同乐的青年们,
你们是否认得清澈不浑的仙池在哪里?
以及那馨郁芳香的灵芝,
起死回生的仙药哪里有?
麻烦你们诸位尊者和朋友告诉我。"
喊亮阿暖这样向大家请教,
人人都用欺侮的话戏弄他。
"寻物的人啊,

---

① 苦子果:滇南常见的香料植物,是木兰科含笑属植物白花含笑(Michelia mediocris Dandy)的果实。——编者注

来向我们询问仙水、仙草的人啊，
你去舀那菜园边上猪打滚的泥塘吧，
要是你拿去吃喝和涂在身上，
将会变成美貌的小布冒。"

有的说：
"要是你想得到芳香的灵芝草，
寨脚的田野里到处都是。"
人们各自拍脚、拍手取笑，
指着树叶杂草告诉他的也有。
也有的真心实意好好告诉他：
"哥啊，
这没有的东西，
你就找遍我们的整个大地方，
成年累月找下去又怎能得到？
生活在世间的人，
往往只听人家讲故事传说，
这仙水和灵芝人世间哪个地方会有？
纵然你去问遍全勐的老一辈人，
你找的这东西又有谁见过？
那么好的仙药只不过是一种传说
罢了。"

听见人家这样说，
阿暖独自一人又到别处寻找，
问遍了召勐的各个地方。
没有一个人知道那清澈不浑的仙
水哪里有，
阿暖为此走去走来，
已十分劳累。

这时阿暖又去找到替国王守护花
园的老两口，
要求在他们那里歇息几天。
老两口看见阿暖都十分怜爱，
像爱自己亲生的儿女一样。
"年纪小的召啊，
还这样会恭敬，
说这好听的话要求歇住。
你就放下筒帕和物件，
安心住在我们家里，
做我们的儿子吧。
我们俩穷得连一个儿女都没有，
召啊，你就永远安定下来，
当作我们亲生的儿子好了。"
老两口十分喜爱年轻温顺的阿暖，
留他住在自己家里。
这时阿暖放下包袱，
满意又高兴地住下来。

阿暖把老两口当作生身父母，
叫他们作亲爹、亲妈，
使老两口非常高兴。
每当清早起来烧火做饭，

阿暖都勤勤快快帮着忙活。
到了薅锄整理花园的时候,
阿暖就帮着砍去乱枝又锄杂草,
打扫落花、落叶和刺藤。
有时阿暖下去井边打水,
勤勤快快侍奉两个老人,
阿暖天天做活不觉劳累。
每当吃完了饭,
他们就坐在堂屋里热热闹闹聊天,
老两口像对自己亲生的儿女一样
喜爱阿暖。

这时贡麻纳阿暖问起二位老人:
"我整天寻找那好宝物,
总是不得见,不可知。
现在我已学会咒语和本领,
只是还想得到灵芝草和仙水。
我找遍了巴拉纳细宽大的地方,
问遍了众人,
谁也没有清清楚楚实言相告。
假若二位双亲曾经见过,
请详细告诉儿吧。
灵芝和仙水在哪个宽大的地方?
在哪个别国的领土上?
如果二位双亲曾经听到,
或秘密地记在心里,
请指点你儿,

让我能实现自己的心愿吧!"
阿暖恳切地请教二位老人,
这时老头抚着胡子,
轻轻拍着胸把话讲:
"父亲心爱的年幼的儿啊,
这个只听人家讲故事说,
在那东南方魔鬼的大森林里,
那个地方很大很远,
要走很久很久才会到那儿!"
守花园老人谆谆诉说给阿暖,
句句话牢记在贡麻纳的心里,
阿暖一听养父、养母的诉说,
心里向往着那古老的森林,
想立即就走。

阿暖用轻柔的话说:
"儿想去到那大森林里寻找,
得与不得也要去到目的地,
不管那魔鬼的森林如何险恶,
你儿也要去找找。"
守花园的老两口耐心劝说阿暖:
"那古老的森林我儿一次也别想去,
那里尽是豺狼虎豹,
尽是伤害人的猛兽,
密林里有千千万万凶恶的魔鬼。"
守花园的二老劝了又劝,
不放阿暖走。

阿暖苦苦哀求不休：
"养父、养母两位老人啊，
我一个孤苦的青年人，
来投奔你们，依靠你们，
就像一小片树叶长在大树上。
因为我日夜想找到仙水和仙草，
纵然远在天边，
纵然是魔鬼的地方，
我也没有丝毫害怕。
我还有咒语和法术，
能使魔鬼惧威，
能把魔鬼喝退。
纵然那深山密林要走上几年，
我也得去把仙药找回勐里来。"

阿暖定要奔往深山的豪言，
使守护花园的老两口焦愁。
因为阿暖口口声声定要去，
守护花园的老人才不得不把事由
说明：
"尽管我们是这样地爱怜，
苦苦规劝爱子留下，
怎奈不听从我们老两口的话。
说是一心想要起死回生的仙水、
灵芝，
定要到那魔鬼的领地去寻找，
定要实现自己的心愿。

我要告诉阿暖，
你要记住我守园者的话。
你要朝着日出的东方直直地走去，
走到视力所及的十倍路程，
那里有一位雅写久住在深山密林中，
他来来去去遨游在空中，
有时他还到巴拉纳西大地方来化斋，
有时去到龙宫水域，
以及所有人在的地方，鬼在的地方，
他都到处游到、见到了。
有时他到高山林中寻找山芋、番薯，
所有的高山深箐和密林，
他都走遍、看遍了。
有时还到宽大辽阔的魔鬼的地方，
因为他行走在空中迎风破雾，
到哪里都很方便。
也许他到魔鬼的地方见过，
我告诉了你，要早去早回。"
老两口一应允放行，
阿暖连忙拜谢，
答应着这样那样的叮嘱，
带上物件和筒帕走出花园离去。

朝着阳光灿烂的东方，
朝着百花盛开的东方往前行，
阿暖没有丝毫怯懦和反悔，
一心想早早走到那

树林密密、古藤盘错的深山。
阿暖将走过漫长的路程，
走过远离人居地方的古林。
无数可爱的野雀叽叽喳喳叫着，
成双成对的翠羽鸳鸯像夫妻一样，
还有密林中的三千鸟兽叫出各种声音，
乌鸦和喜鹊在啄食枝头的果子，
成群的猴子、鹭、鸾和鹦哥争着啼鸣，
鹭、鸾、白鹤和细长脖颈的波碎①，
叫得热闹又好听。
有的哗哗哗哗叫着，
欺那黑桂②枝条细软，
在上面踩来踩去。
谷公和哥五③在山谷里咕咕叫，
所有深山密林里的雀鸟，
远的和近的一起喧闹。
成群的猴子在相戏追逐，
在竹丛中跳来跳去，
又有犀牛和熊豹，
千百种鸟兽和小虫，
天天生活在这清香的密林里。

山林里有赞信、赞戛和金黄的欢王写花④，
有时阿暖摘来戴在耳朵上，
相继开放的占宝花，
黄的、红的各种野花盛开在路旁，
微风吹送着浓郁的芳香。
千万种声音日日夜夜响着，
羽毛像缎子般的鹦哥在啄食果子。

阿暖越向前，
越是走进有上万种林木的深山，
心里真是无比欢畅。
这时阿暖觉得肚子饥饿了，
就来变作枝繁叶茂的大青树。
他念起咒语，
头倒立在林中的大地上，
立即变成了高大的好一棵大青树，
高得插入云霄，
引得千百种鸟雀欢叫着成群结队聚拢到这里。
大青树高过了林中所有的大树，
树干有二十抱粗，
累累果实压弯了树枝，

---

① 波碎：一种鸟名。
② 黑桂：一种灌木。
③ 谷公和哥五：啄木鸟和布谷。
④ 欢王写花：花名。

超过了所有的果树。

有个宽大的地方叫作干塔纳，
有福气的国王掌管着地方，
他的宫殿像宝塔一样，
大家都把他赞扬。
他有一个女儿长得白净又美丽，
父母天天喜爱得超过一切，
父亲造了一座最好的花园送给她住。
姑娘名叫苏万纳，
白里透红真可爱，
父母喜爱到了极点。
有一天，
公主要离开居住的宫殿，
去看那开满板宝花的花园。
公主叫上女仆们，
女仆簇拥在她的两边。
花园里鲜花盛开，
公主选着最好最香的花，
摘来插在发上。
名叫啼楞夏的大鸟
——经书里这样叫出它的名字，
不知从哪片古林飞到这里，
突然离开高空俯冲下花园，
叼起公主又冲上天空。
跟随的人们都怕死，
赶快掉头纷纷逃跑出去，

那时大鸟叼得公主后，
冲上云霄返回去了。

那时所有同去游园的宫女们，
各自怕死，吓得哭哭叫叫，
赶紧跑回宫里，
一跑上高高的宫廷，
就如痴如疯地禀告：
"国王啊，
灾难降临到身上了，
害鸟飞来叼走了公主，
实在太可怕了。
不知叼到了什么鬼地方、人地方，
不知是不是丢到荒郊野坝失踪了，
不知恶鸟是不是已把她整个地吞
下肚去，
我们美好的公主是死是活是失踪，
还是已被吃了头吃了心也不知道。"

跟随公主的众人，
跪着禀告国王，
就像利刺扎在身上一样，
使国王痛惜伤心。
她的父母无比痛心，
声声哭叫，
全城的人都为她着急。
那时众人各自带上了弓弩和利刀，

出动了浩浩荡荡的军队，
到山里寻找公主。
国王和王后由军士跟随着，
哭叫着朝深山丛林去寻找公主，
伤心得昏了过去。
"心肝啊，
我的宝贝离开人间死在哪里？
害鸟把你叼到了什么地方？
父母找遍了高山和深箐，
也见不到你。
还有众多军队和召的奴仆们，
一起来寻找，
也见不到你的一点影子。"

哄闹的军队回到了勐里，
因为找不到公主，
她的父母不停地伤心泣哭。
母亲看着女儿居住的地方，
看着女儿的龙床，
看不到女儿身穿绸缎衣裙走出走进。
"珍宝一样的儿啊，
你的母亲心疼得像烈火烧身，
你的父母天天在伤心流泪。
我的珍宝啊，
我的芳香的鲜花，

你已是远方王子定亲的姑娘，
达嘎细的王子早已送了春茶来求亲。
父母已把你许配了别个地方的王子，
待到金黄的十二月，
他们就要按期来迎娶。
现在到了六月，
我儿进花园采花，
怎会遇上不吉利的日子？
遇上灾难死去，
离开了自己的地方。"

这时父王拿来洁白的纸，
给远方的王子写了信，
信里说，从远处飞来的害鸟叼走了公主，
不知叼到哪处山林吃了身。

王子十分伤心，
就像多少刺扎在身上。
居住在远方达嘎细的王子，
把国师召进王宫来询问：
"你们布掠依快快卜卦，
公主是不是已经死去？"

这时魔古纳①才展开卜本来卜看，

---

① 魔古纳：打卦的先生。

说公主还没有死,
待到明年十二月,
就会有公主的音信传到这里。
假如我们动兵去打,
将会上当失败。
假如我们的召不想去争斗,
不调动象队去打,
我们的地方才会平平安安,
不会有灾难。

魔古纳告诉了威武的王子,
年轻的王子怒火满腔,
他什么也不怕,
他没有忘记遇到的灾难。
"既然公主已许配我们,
哪怕他什么人什么鬼,
我哪里会怕他?
假如我们得不到报来的消息,
假如他不把公主送来,
我就要调兵去攻打。"
怒气冲冲的达嘎细驸马,
急切地等待着公主的信息。

再说那干塔纳,
苏万纳公主居住的地方。
自从啼楞夏大鸟叼走了公主,

父王、母后天天焦急伤心,
就像大火烧着身子一样。
国王也叫魔古纳来卜算:
"不知公主是吉是凶,
不知公主是好是坏,
不知是否已死在空中,
被大鸟吃了。
或许还没有断气,
还在人间,
你们魔古纳要好好卜算。"

那时魔古纳才一起来卜算,
他们从远到近,
从公主的前缘算起,
算得细了又细,
查得清了又清。

魔古纳说:
"真是出自神圣的布掠依卜书中,
这里已真真实实注定。
现在大鸟已叼走我们的公主,
去到了别的独立王国。
书中说:
'有一个有福有威的年轻人,
喝住了大鸟,
大鸟把公主丢了下来,

那个人把公主接在手上。'
我们的公主没有离开人间,
真的有人接住了,
只是不知在哪个地方。
待到明年这个时候,
就会有公主的音信。"
魔古纳把卜卦结果禀告国王:
"我们不要为此去拼杀卜当。"
这也使国王愁苦又为难:
"我们将会冒犯别国的王子——我们的女婿。
等公主有了音信,
再去告诉远方的女婿,
要怎么办也随他达嘎细的王子吧。"

写在白纸上的诗句啊,
叙述阿暖身世的诗句,
现在要停歇了。
芳香的花现在要谢落一朵,
向男女老少叙述阿暖身世的诗句
要停一停。

2

破土萌芽芳气飘香的金荷花啊,
现在又开放出另一朵鲜花,

记叙贵人阿暖的诗句还很长,
现在让它一句句一行行来讲清。
现在要叙述长嘴大鸟叼着美丽的公主飞去,
要把这个故事继续讲给傣家记住。

那天啼楞夏大鸟把公主叼上天空,
它飞的声音响彻云霄,
它扇起的风刮得凤尾竹哗哗摇晃。
哭叫声响在云端,
公主像断了心肝昏死过去。
大鸟叼着年轻的公主飞走,
飞到了密密的大森林,
飞到了远远的地方,
飞到了巴拉纳细王国的领地,
飞到了阿暖变幻的大青树上,
要在阿暖变的大青树枝头啄食公主。

那时贡麻纳注目观看,
原来是害鸟叼来了哪个王国年轻美丽的公主,
喊亮阿暖有心要搭救公主,
要让啼楞夏害鸟放下公主,
阿暖立即还原变成人,
口念咒语呵斥害鸟。
那害鸟大惊又惧怕,

甩甩头放下了公主，
飞上了高高的云层。
害鸟一放下公主，
喊亮阿暖双手接住了公主。
公主已昏死过去，
只有一丝丝口气儿。
贡麻纳接住苏万纳公主，
他很可怜公主，
双手托着抱在怀里。
阿暖托着公主轻轻摇着：
"醒吧，醒吧，
珠宝一样的人啊，
快睁开眼睛向年轻的哥哥诉说吧。"

阿暖双手托着公主一再摇唤，
轻声细语为公主招魂：
"眼魂、耳魂快随着人的灵魂回来吧，
一起来吃甜美的饭菜！
面目的灵魂，
身躯的灵魂，
脚手的灵魂啊，
全都来归附在公主的身上吧！"

过了很久，公主才慢慢有些知觉，
睁开眼把贡麻纳观看几次。
知道自己已复活，

公主定一定神再把阿暖看，
公主猜想是害鸟变成人在她身边。
害鸟还要把她啄吃，
公主看着阿暖怕得全身颤抖。
"吃吧，吃吧，
快把我全身吞下罢了，
何必还把我摆在绿林里看守？
不要做出为难样子，
要吃就快快吞下吧，
不要变作世间的人在这走来走去。"

公主怕得战战兢兢，
只管闭着眼睛讲话，
只当是大害鸟变作人守在身边。
这时阿暖好言回答宝石样的妹妹：
"哥哥不是吃人的啼楞夏大鸟，
妹啊，你不要说赌气的话。
哥哥是我们所居住的国家的人，
神仙引我来到密林里变作大树。
你的哥哥要去寻找仙药、仙水，
才来到这绿荫覆盖的山林。
因为我肚子饥饿，
你哥哥才变幻成高大繁茂的大青树。
不知大雕从哪个国家叼来到这里，
还要在你哥哥变成的大青树上把你啄吃。

心爱的人啊，
妹妹不要像那绕紧的丝线，
把线头藏着。
妹妹居住在哪个地方？
请好言告诉哥哥吧。
如果我是大害鸟想把你试探，
就不会让你讲了一句又一句，
早在饥饿叼来时把你吃下肚去，
早就吃掉你美好的身躯，
让你离开人世了。"

阿暖正在耐心劝慰着公主，
对此公主没有丝毫相信。
啼楞夏大鸟又一次来探寻，
它飞过高空云层，
它的翅膀扇着风呼呼响，
它还朝着阿暖和公主在的地方飞来，
看见阿暖和公主在边界领土上，
它盘旋在高空，
遮住了阳光。
整个大地一片阴暗，
看不见天上的太阳和月亮。
阿暖这才告诉美丽的公主：
"妹啊，
你看那力大无比的啼楞夏大鸟，
因为它想吃你鲜花一样的娇嫩身体，

它没有忘掉吃你，
它又转回来探寻了。"
他俩一起抬头观看，
见那害鸟飞离高空直冲下来就要攫，
这时公主慌忙张开两手紧紧抱住
阿暖。
"救命人啊，
快救我脱离苦难吧，
这下我可相信你了。
请让我离开死难获得重生，
我愿作为你的仆人永远服侍你。"

公主哭叫着紧紧抓住阿暖，
紧贴着阿暖的胸膛，
公主的心就像要断气一样。
这时阿暖才拍手跺脚念起咒语，
大声呵斥凶恶的害鸟。
顿时啼楞夏大鸟就像要死一般，
载着斛斗随风飘去，
它还飞上高空的云层，
飞回它栖息的大山密林。
这时贡麻纳阿暖又才轻声对公主讲：
"这时我们俩脱险了，
灾难已远远离去，
没有什么来烦心的事了。
可是那时我说我是世间的人，

妹妹你总是不信。
妹妹还说：
'你是啼楞夏变成人形，像传说中讲的一样。'
现在我确实是力大无比的啼楞夏大害鸟，
我就要啄吃你美好的身躯，
要让你这好人离开人间了。"
这时，公主紧靠在阿暖的怀里，
凄楚地哭泣。

"救命的召啊，
搭救我年轻的生命，使我重获新生的召，
现在我相信了，
哥哥的恩情胜过了养育我成人的双亲，
哥哥的恩情比天高，比地大，
像罩在头上的伞一样。
奴家没有什么来报答哥的救命恩，
奴家要跟随哥哥进密密的森林，
不管哥哥去到哪里，
我也要跟着服侍救命的哥哥，
永远不离开你。
无论怎样我也不违抗你的话，
跟着到哪里都行。
就是要娶为你的爱妻，

我也丝毫不违抗哥哥的话，
哥哥有什么样的心愿，
你美丽的黑眼珠妹妹一点都不违抗，
随你的意愿看着办吧。"

公主用清脆的声音说着好听的话，
阿暖又用话对答：
"六月的鲜花啊，
神圣的宝石，
你怎么说出这样的话？
哥哥是到处流浪的人，
是卑微无福气的人，
怎么能把一个国王的公主当奴仆？
要说娶为妻成双成对，
你哥哥也不配，妹啊！
只怕天下的人笑话。
就连公主是哪个地方的人都不知道，
哥哥要把你送到父母面前，
像他们所希望的那样。
也不知公主你已是人家定亲的未婚妻，
我们俩在这里说了一句又一句也是白说。
可惜妹妹已是人家定着亲的妻子，
已为人家所占有，
哥哥我在这里拉拉你的手尖都感到害怕。

不知你是哪个地方的人，
是谁的儿孙？
哥哥要送你回到父母跟前，
送到你们居住的地方。
还有你父母叫什么名字？
妹妹你居住在哪座城？
妹妹你都清清楚楚地告诉我，
像我心里所希望的那样。
你是国王的女儿，
还是沙铁的姑娘，
快告诉急切想知道的哥哥吧。"
变亚干塔这样跟公主说着话。

公主说着好听的话慢慢告诉阿暖：
"绿叶衬着的鲜花啊，
天上的神仙下降的我的哥哥啊，
请哥哥好好听妹妹告诉你，
我们自古以来居住的地方，
叫干塔纳王国，
我的父亲是管理这个地方的国王。
我是国王的女儿，
名声传到一百个王国，
很多王子都来求婚，
因为达嘎细最先来求婚，
父王就将我许给了他们。
等到金色的十二月到来，
才来接我到他们的国家。

奴家的名字叫作苏万纳。

"有一天，
我想到花园去摘花，
约着在一起的众多宫女，
一起到开满鲜花的花园，
我们漫游在花丛中，
观赏那盛开的鲜花，
大家在花丛中走来走去地玩耍。
还未来得及采朵花戴上，
不知那啼楞夏离开哪座山林飞来，
它飞在高空的云层上，
它的力气大得可怕，
一下把我叼起直冲上天，
这才来到这里，
你看到叼着的是人，
喝住了大害鸟，
才使我脱离了灾难。
假如你没有爱怜之心，
没有你的福气罩在头上，
我要想第二次成人就不必说了。
所以才说哥哥你的恩情之大，
没有什么可比，
该因我完全归属于你了。
我的哥哥你别再疑虑重重，
我的一切都属于你，
不管你有多穷我也要。"

黑眼睛闪亮的姑娘，
说出了清脆悦耳的知心话。
阿暖又回答黑发垂到下巴的姑娘：
"无尽的爱啊，
姻缘和命运从前世带来，
要让你哥哥娶人家定亲的未婚妻
实在不称。
人家明明有人所管，
这事使我害怕，
就是我要了，
人家又怎会依？
现在普天下人们怕的是人家先定下的女子，
妹啊，
怎能让你的哥哥又去攀采人家爱的花，
已配成双的人？
快走吧，
你那定着亲的未婚夫正在路口盼望哪，
哥哥还送你回到你们居住的地方。
漂白的丝线啊，
哥的妹不要担心回去走错了路，
哥哥要把人家认着的香花送回去。"

喊亮阿暖说着好言好语，
像铜口弦一样好听，

就愈使公主伤心难过，
她拥抱着阿暖，
紧紧贴在他的怀里，
哭泣着对哥哥说：
"别个地方的哥啊，
快别绕着弯子找借口，
说了一句又一句。
无论如何，
我都不离开你身边，
我要跟着你走遍各个地方，
走遍我们居住的大地方。
不管怎么样，
都要让我报答哥哥的救命之恩，
姑娘我一下也不离开你了。
因为你来搭救，
姑娘我才能脱离灾难，
无论如何，
我都要跟着你，
报答你的恩情。

"哥哥为何要疑虑重重，
怕什么人家已定亲，
既然啼楞夏大鸟已叼着离开金城，
我等于已经死去。
哥哥救了我，
我的生命才第二次回还。
就像一件东西已被大河水冲走，

若有人捞得就算他的了。
哥哥又疑虑什么花园里的鲜花人家已认定，
这话请哥哥不要再说，
让它跟着落日消失去吧。
我小时曾听老人们讲过：
'不能成为情人的，
会被狗抬去，
定了亲也会落空。
应该得到的，
金城里的鸡会啄过来，
才会成为爱夫爱妻生活在一起。'
现在大鸟叼着我送给哥哥，
我这朵鲜花应该你来戴。

"不该得到的，
是他远方达嘎细的王子，
尽管他送了绸缎金银定了亲，
却让大鸟叼着我离开了居住的地方，
真的就像狗咬着肉块送给你一样。
救命的哥哥啊，
救我离险化夷的哥哥，
你不要再说这说那，
不要把我气疯了。
鲜花一样的哥哥啊，
妹妹我不离开你的脚，
不离开你的手，

天上神仙已把姻缘牵到你这里。"
公主这样对阿暖说着，
公主的话和阿暖的心愿一样。

阿暖把话来答：
"既然情妹这样说了许多话，
哥哥就要娶为相爱同享福的妻子了。
只怕姑娘你没有忘掉达嘎细的王子，
你定亲的未婚夫，妹啊，
时间久来会把我厌恨，
那会叫我害羞脸发热的。
魔园里的香花啊，
这也是我俩的姻缘注定的。
永不分离的爱啊，
我俩在前世一同供了净水，
神仙送我们来到了一起，
因此才遇上你，声音好听又会说话的姑娘，
就像梦中祝福的那样，妹啊！"

阿暖又说：
"现在你的哥哥要做的事啊，
像大山压在身上。
因为你的哥哥想得到仙水和仙草，
我才远离自己的地方，
你的哥哥才走进深山古林，
你的哥哥盼望见到古林中的好药，

我才独自一人走进这响着风声、
开着鲜花的老林，
你的哥哥才决心走上遥远的路，
才得在这里遇上哥的妹。
因为哥哥已经说出了口，
我不能改口退缩。

"现在我要带上我的妹妹，
回到我们居住的地方，
让妹妹和守花园的公婆在一起。
因为我的父母在我七岁时早已死去，
才使你的哥哥在王国的广大地方
到处流浪受苦受难，
才来遇上守花园的老两口，
认作我的再生父母。
他们俩也没有一个儿女，
老人日夜劳累，
来抚养我爱妻。

"因此哥要带着年轻美丽的公主，
领到那国家的花园里，
和我的养父、养母在一起。"
阿暖这样对公主说着，
声音轻柔又温和，
公主听着阿暖的叮嘱，
依从阿暖的每一句话。

阿暖和公主，
双双离开那里的古林，
他们走上了回故乡的路，
朝着开满鲜花的花园走来。

他们一起越过一座座深山，
走过一片片芭蕉林。
清风轻轻吹来，
林中的树叶轻轻摇动飒飒响，
多么好看。

阿暖和公主，
双双走过漫长的路程，
走过了高山峻岭。
汗珠留在公主的双颊，
嫩红的脸儿更艳丽。

阿暖和公主愈向前走，
只见路旁满山花，
粉红的花枝伸到路旁。
有时阿暖采一朵最好的给公主戴上，
有时公主采来金黄的花，
给阿哥插在耳朵上。

阿暖和公主，
采摘那鲜艳的花朵，
互相插在鬓边，

他们是那样的快活。
有时忘却了穷困和愁苦，
人间的忧愁都离开了他们。

阿暖和公主，
朝着阿暖的故乡走来，
朝着微风吹送芳香的花园走来。

他们来到了老两口看守的花园，
二老看见了两个年轻人，
多么高兴，
多么怜爱。

阿暖和公主拜了老人，
他们双方互相问候，
问到爱子从哪里带来年轻的姑娘，
美丽得像飞到莲池洗澡的楠木诺①
一样。
阿暖才诉说他变作大青树的经过，
说道：
"大鸟叼来公主落在大树上，
它要把公主来啄吃，
我看见后念起了咒语，
害鸟才丢下公主飞去。
我双手接住公主，

公主苏醒过来，
我们结成了爱夫爱妻，
我们没有分离，
一起回到这里。"

说道："姑娘是干塔纳王国的女儿，
姑娘到花园去采花，
啼楞夏大鸟从高空飞下来，
它叼起公主飞到我那里。
盖因我们成为同饮一杯酒的结发
夫妻，
儿世因缘引我们来到一起。

"因为儿要进入深山古林，
要到魔鬼的地方，
不便带着公主踏露水前行，
才带着公主返回花园，
让公主在园里等待我贡麻纳吧。

"公主啊，
你要脱去王宫里的穿戴，
把全部绸缎衣裙装进箱柜，
好好收藏。
不要让众人见到你公主的迹象，
公主啊，我的妹，

---

① 楠木诺：孔雀公主。

你要换上旧的布衣，
让众人看见了，
都说你是傣家百姓的姑娘。
我的好姑娘啊，
你要拿上工具帮做活，
我的妹妹，
你要好好守着父母双亲，
不要离开去哪里。"

贡麻纳嘱咐了父母双亲，
嘱咐了公主，
阿暖就要踏上遥远漫长的路程，
阿暖就要往前走了。

这时啊，
美丽的姑娘，人中之宝，
声音清脆又柔和，
流着眼泪来嘱咐。

"我的哥哥啊，
你莫丢弃我们俩的爱情，
要像说的话一样，
早早回来。
去吧，去吧，
我的留下誓约的哥哥啊，
不要让你的妻子我天天盼望哥哥，
为想念我的好哥哥而流泪。

祝愿我的哥哥，
去去来来都顺利，
不要有什么忧愁把你烦扰，
祝愿你早日获得仙草、仙药早早回。

"我的召啊，
你不要丢弃我们俩的爱情，
我们俩的心啊，
一时也不要分开。
愿我的哥哥早早来会你爱妻，
你不要把她忘记。"

美丽的公主啊，
声音凄凉又悲伤，
她哭着跟了一段路，
停下来再把哥哥叮嘱，
脸上的眼泪啊，
就像滚落的珍珠。

这时贡麻纳回答美好的姑娘：
"喷香的赞宝花啊，
我的妻子，
你不要忧愁悲伤，
要同双亲好好在家里，
我怎会把你丢弃？
我的爱妻啊，
我怎么能离开你？

"纯净的珍宝啊,
我们有着一千五百二十八年的姻缘,
命运已把我们紧紧结在一起,
永远不会分离。
即使烈火烧遍大地,
我们俩也会紧紧连在一起,
哪能分离?
停下来吧,
蜂蝶飞聚的香花啊,
哥哥我不会丢弃我们的爱情,
不会忘记我挂在心上的妹妹。

"在着吧,
坐在仙池里的荷花啊!哥的妹,
你同二老双亲好好留在花园中的
家里吧!"
各种话都细细嘱咐完了,
召阿暖离开了心爱的年轻美丽的
公主,
召阿暖离丌家又走进森林。

好公主天天侍奉两位老人,
她勤快又温顺。
所有的绸缎披巾和衣裙,
所戴的金银首饰,
公主都从红嫩的身上脱下,
把它们好好珍藏。

她只穿上隔汗的旧布衣,
她天天服侍两位老人,
就和傣家百姓的姑娘一样。
两位老人怜爱又喜欢,
就像对待自己亲生的儿女一样,
天天叫唤她乖顺的儿媳妇,
老两口太喜欢了,
把姑娘当作镜子一样,
随时摆在面前照看。

长长的诗句啊,
像露水滋润的粉红花永远丌不败,
记述了公主和老两口在一起,
在那宽大的花园中隐迹,
她天天守在家里,
等待盼望着贡麻纳。
现在盛开的一枝花谢落了,
我们的诗行要停歇了。
你们各位!
阿弥陀佛!

3

香喷喷的荷花啊,
从池塘中长出,长高,
在微风中摆动,
现在让你散发出芳香吧。

鲜嫩的荷花啊，

开落了一朵，

又有一枝钻出胶泥长出水面，

它将长出嫩绿的秆秆，

长出鲜艳的花。

我们的话啊，

要回来讲述贡麻纳，

讲他离开花园慢慢向前走去。

他要找到仙药和仙水才回来，

像他的心愿一样。

阿暖走进了竹林，

天天在密林深箐和山梁上行走，

有时候大山中静悄悄、阴森森，

真有些害怕。

有时候听到老熊虎豹在深草中叫嚣，

密林中还有松鼠和猕猴，

有时好像它们围绕着身边叫，

有时叫声"叽叽喳喳"，

回头听在左边又像右边叫，

其实又看不到什么，

人间的山野啊，

真是奇异！

当阳光在大山背后消失，

天黑下来的时候，

阿暖就在绿茵树丛中歇息。

有时阿暖搬下树枝盖在身上，

风吹得树枝飒飒作响，

阿暖在寒冷中睡去。

等到清晨天发亮，

各种小鸟飞出安眠的地方，

阿暖又独自走进千枝万叶的密林。

他就这样天天走，

一下也不停，

一时也不松劲。

阿暖是这样的勇敢，

世间的人都感到惊奇！

要是现在的人啊，

独自一人走在深山密林中，

已经被虎豹吃下肠肚去了。

唯有贡麻纳啊，

只身走在深山密林中，

没有遇到什么灾难。

这时才又走他变作大青树的地方，

啼楞夏叼着公主停留的地方，

阿暖想起来啊，

真感到阴森可怕。

他鼓着勇气赶快走，

不让自己有所畏惧，

他只顾往前走，

也不知到了什么地方。

那宽阔的大森林里，

没有一条人走的路，
只见麂子、马鹿的脚印，
只见猴子攀折树枝钻往远处的痕迹。

幸喜是神灵下来为阿暖引路，
阿暖信步走着，
他经过一片又一片密林，
来到了一处树木稀疏的山上，
来到了一位雅写①居住的地方。
阿暖细细地看，
阿暖心里在想：
"这莫非就是那修行者住的地方？
莫非就是那位知道灵芝草的修行者的地方？"

阿暖心里想着，
走上了雅写的篾房。
阿暖放下筒帕，
小小心心地跪拜，
他还问到尊贵的雅写是否平安，
召雅写住在大森林中有没有什么灾难。
阿暖跪着问候雅写，
雅写一一做了回答：
"我天天住在这密林仙境中，

天天诵经拜佛，
没有遇到过不好的事，
没有生病，
没有伤风感冒，
没有染上什么疾病，
人间所有的疾病都远远离开我。
我常年住在这深山密林中呵，
还很平安。
你这位好人住在哪个国家哪个地方？
怎么会来到这里？
你没有什么苦难没有什么疾病吧？
年轻的信徒啊，
你来到我这地方，
有什么事？
要寻找什么？
这么大的山，
这么远的路都能来到，
世间的任何人从来没有来到过这里，
只有你这年轻人怎么随意到这里？"
雅写这样询问着。

阿暖回答说：
"好雅写呵，
天天在深山古林中静心修行的雅写呵，

---

① 雅写：仙人。

由于你严守教规，
世俗和污秽都远远离开你，
你的福气罩在我的头上，
我靠着你的福威和恩德，
天天清吉平安，
没有什么灾难。
我居住的地方啊，
远在巴拉纳细王国，
因为我想找到仙水和灵芝仙药，
我要把它带回我们的地方，
我想拿去救普天下的人，
让他们脱离疾病和苦难，
让全勐的男女老幼，
健康又快乐。

"我用心询问了全勐的众人，
问遍了所有的男人和女人，
没有哪一个知道。
我才走过深山密林来到这里，
听说雅写经常腾云驾雾遨游到各个地方，
说不定你老曾看见过，
曾听说过，
曾到过那地方亲眼看过。
因此呵我才径直朝这里走来，

来向你老请教。
假若你召知道灵芝仙草和仙水在哪里，
请细细指点吧。
不知它在西边还是东边，
在哪个地方，在哪个角落，
请福威大的雅写呵，
做做恩德细细告诉我吧。"

阿暖跪着，向雅写苦苦祈求。
雅写慢慢想着对阿暖说：
"虔诚的弟子呵，
人间从来未见未闻之物，
你为什么偏想寻找？
你越过千万座高山，
又怎能得到？
年轻人呵，这样的仙物，
人间的国土上从来没有。
这种仙物呵，
原是桑判法[①]创造天地时种下的，
它只生长在魔鬼的地方，
它只生长在魔鬼居住的高山深菁里。

"好心的年轻人呵，
你只向世间的男女众人询问，

---

① 桑判法：开创天地的神。

哪里会知道？
只是我雅写，常常走来走去，
遨游在太空，
有时去到那原始森林，
还往往看见。
那老魔王所管的大花园里有着，
雅写我往往去观看，
见到的情景心里记得清清楚楚。
那两个魔王呵，
一个有一座宫殿，
一个管一座森林，
一个管着九千九百万个魔鬼，
他们从各个地方来归顺他，
一个魔王各自管着一个地方。
这两个魔王十分威风又凶恶，
什么人什么鬼都近不得他们的地方。
一个魔王名叫米萨利，
他有着灵芝仙草。

　个魔王名叫米萨裸，
他那大大的园里，
树木长得高又高，
古藤串得密又密，
园中有一个仙池，
池中的水清又清，
从来不会浑，
那就是仙水。

老魔鬼用竹桩扎得紧又紧，
用铜篱笆、铁篱笆围着。
篱笆围了七层七道，
各个通道都堵死了。
整个园子都用铜刺、铁蕨蒙得密又密，
什么人也看不见，
什么人也休想看。
大魔鬼米萨利的花园啊，
都是铜刺、铁刺围着，
也是七层七道篱笆，
铁篱笆扎得牢牢的，
铜刺又盖得严严的。
边上还有铁墙、石墙，
七层又七道，
封得死死的。
铜刺、铁刺重重叠叠，
加得厚又密，
不让任何人进得园里，
不让谁偷到半点仙草。

"年少的弟子啊，
假如你没有齐全的护身本领，
要想到达那里，
要想见到那里，
哪会办得到？

即使我们用什么办法偷到了仙草、
仙水,
那两个老魔鬼呵,
就会知道和看见。

"老魔鬼米萨利,他有一个宝镜,
他每天要接连照三次。

"老魔鬼米萨裸,
他有一个光芒四射的宝石远望筒,
他每天要拿来照看三次。

"谁在什么时候盗去了灵芝仙草,
一拿来照看呵,
就看得清清楚楚,
他就会马上追赶上去,
所以呵,要想得到那仙药,
真是千难万难,
真叫人太发愁了。"

雅写就这样把各种情由详详细细
告诉阿暖,
真使好心的阿暖发了愁。
阿暖对雅写说:
"现在要怎么才能拿到仙药,
使得称心如意,
我只有依靠你老人了,

托你老的福了。
假如你召有称心的智慧和本领,
让我能托靠你老的福吧。
既然我已一心一意来找你召雅写,
我的召呵,
就请你发发慈悲,
帮助我吧!
让我能得到仙药,
实现自己的心愿吧!
因为我一心想依靠你老,
我才远远来投奔,
让我能托你老的福吧,
像头顶上的宝塔一样。
你老会什么武艺和法术,
帮助指点给我,
我不会忘记你老的恩情。"
阿暖求了又求,
再拜三拜,
这时雅写才传授给他各种咒语。

"年轻人啊,
你要想去到魔鬼的地方,
假如没有咒语法术,
假如没有护身的武艺,
休想再得还乡。
老魔鬼会降给你灾难,
你会在他们的手下丧生,

你就休想二次三次回返家园了。"
这时雅写才传给阿暖各种咒语，
叫他一一背诵，
有各种能变幻的咒语，
要想变什么立即就变。
要让阿暖变成呼呼猛刮的狂风也能，
要让阿暖变成滔滔滚滚的大水也会。
即使要变作倾盆大雨，
即使要变作各种蜜蜂、马蜂、黄腰蜂，
追着叮咬敌人，
也立即会变。
即使要变作哪一种野兽，
即使要变成飞的、爬的动物，
要变作深草中的麂子、马鹿，
也很容易。
即使要变作当头的炎炎烈日，
或者要把草草和竹木
变成带弓带箭的千军万马，
一下子统统都变成了。

各种各样的灵验咒语，
雅写全部交给了贡麻纳阿暖，
一句都没有保留，
全部七十二变的本领，
都教给了阿暖，
叫他牢牢记住。

各种咒语都好好记在心里了，
阿暖就要离开雅写的篾房，
他就要走进千树万藤的深山，
他只想快快去到魔鬼的地方，
走到那林木繁茂、百花盛开的地方。
"往前去的路呵，
不知是朝西还是朝东？
请尊师雅写指点给我，
像我心里所盼望的那样吧！"
这时雅写又指给他：
"前去的路呵，
直直对着大竹林，
你就穿过大竹林往前走吧。"
雅写给阿暖指了路，
阿暖离开雅写住的地方，
朝着密林的深处走去。

阿暖唱着山歌，
走在密密的大竹林里，
越往前走呵，
他心里越高兴。
山花伸展着枝芽，
弯弯垂到路边，
真是可爱。
有时阿暖挑选最好的花，
插在鬓发上。
红的、黄的摆网花，

开在路边上，
一排排一串串香味芬芳。
各种各样的花呵，
一朵挤着一朵，
开到了尖尖上，
压得枝枝弯又弯，
开满整个山岗。

再来看各种野果，
结得很多很多，
把树枝都压弯了。
有的熟透了掉在地上，
阿暖停在树下尽量捡吃。
时间过了一季又一季，
阿暖越过了一座又一座高山，
穿过一片又一片密林，
他越走心里越快活。
山中有许多小鸟，
有的脚是红的，
站在枝头上，
叫声拖得长长的。
各种叫声混合在一起，
热闹又好听。

虎豹和老熊，
从早到晚常年在深山密林里，
一下也不离开，

还有獐子、羚羊和马鹿，
野兔、猴子和野狼，
它们的叫声响遍山谷。
野鸡和山雀，
在树枝中间串来跳去，
鹦的羽毛像绿缎子一样好看。
山里的风摇曳着树枝，
刮得飒飒响。
这些响声使贡麻纳高兴，
像是有意给他壮胆，
像是有意把他陪伴，
心里真是高兴。

有时候，
深山古林里静悄悄的，
阿暖独自一人走着，
也有点害怕。
这时，空中响起雷声，
空中炸起了响雷，
空中亮起了闪电，
天庭热得像烈火烧着一样，
混习加天神感到不安宁。
混习加天神低头察看天底下，
察看泥土铺着的宽广的人世间。
他看见了阿暖，
天上神仙的后代，
遇到了艰险。

他独自走在密林中，
没有带着护身的武器。
"假若我不亲自下凡去援救，
只怕他在古林中失踪，
只怕他在这古林中丧生。"
这时混习加天神，
才带上神弓、神箭和宝刀，
离开天庭下到凡间。
他变出一间草棚，
立在路的当中，
等着阿暖到来。
他变作一个老人，
弯腰又驼背，
发白又缺牙。
他装作在院中晒太阳，
又不停地咳嗽，
又蹒跚地走来走去，
又伸着脖子往前看。

这时，
阿暖来到了混习加变幻的草棚前，
阿暖还疑是魔鬼的住处，
阿暖慢慢逼近晒太阳的老人。
他向老人探问：
"老人啊，
你是什么鬼神？
你是什么人？

怎么会住在这深山密林中，
只独自一人？
怎么会住在荒郊野林里？
怎么你一个老人家，
来蹲在院坝里一下也不离开，
又咳得这么厉害？
难道你是深山中的鬼，
变作人样来在这里，
不管你是久住深山的什么人，
或是深山中的什么鬼，
我也要借你的草屋歇一歇。"
阿暖和和气气同老人讲，
混习加变的老人，
回答了年轻的阿暖：
"好心的年轻人啊，
你问的话是这样的好听，
我本是住在宽大的勐里的人，
如果你这小孙儿要借宿的话，
你就放下筒帕和包袱，
在我的家里歇吧！"

混习加老者回了话，
阿暖就在这里住下。
老人问起他，
阿暖恭恭敬敬把话答：
"我要到魔鬼地方去，
我要去找世间最好的东西，

要找灵芝仙药和仙水。"
天神变的老人跟阿暖说：
"孙儿啊，你是这样的心切，
离开自己的家乡，
走这么远的路，
来到我居住的深山，
这种仙药啊，
只有深山古林中的两个老魔王才有，
可是无论任何神任何人，
要想去到那里，
要想拿到这种药，
都办不到。
因为那两个老魔王，
厉害又机灵，
他们的本事相当大，
什么人都敌不过他们。
他们俩在深山古林中为王，
管着山林中的九千九百万魔鬼。
他们的力量无比强大，
什么人都敌不过他们。
他们有法宝又有好武器，
一个有金把的宝刀，
只要挥舞一下，
广大的密林就会全部毁坏。
另一个有一杆神矛，
神矛指向哪边，
对方的身上就成千洞百孔，
立即死在草丛里。

"孙儿啊，
你要想去盗取仙药，
假若没有超人的本领，
假如没有护身的好武器，
哪能办得到？
现在你就带上我的小宝剑，
还有我的金箭弩，
人们要进入三千里古林，
要想实现自己的心愿，
假若没有宝剑和弓弩，
是不行的。
假若什么灾难降到身上，
你将靠什么来保护自身呢？
我的剑和弩呵，
等你回到这里再还我吧。"
混习加变的老人，
谆谆嘱咐阿暖。
他还说：
"你离开我的家往前去，
将会遇到一桩好事，
一个常年生活在密林中的动物，
它将大力帮助你。"
阿暖十分高兴，
拜谢了老人的指点，
答应着老人的嘱咐。

他们双方说了许多话，
样样都嘱托完了，
阿暖离开了混习加老人，
又向前方走去。
阿暖直直朝着前方，
穿过了密林和古藤，
他心里非常高兴。

现在，
他得到了宝剑，
牢牢系在腰间，
又有一把弓弩，
样样武器都备全了。
"即使什么时候遇到灾难，
我什么也不怕了。"
阿暖迈开两脚，
离开了混习加的小草屋，
他走了一段路，
回过头来望一望，
林中已不见小草屋，
也不见那老人的踪形，
阿暖感到奇怪：
"莫非什么神来到凡间，
有意来帮助我吗？"
阿暖合掌举到头顶，
对着天祷告：
"神灵保佑慈悲，

让我快快找到仙水和灵芝吧！"
阿暖在深山密林中，
选着路径朝前走去，
穿过红白黄蓝的野花丛走去。

那天，
他走完了视力所及的一段路程，
去到了一个地方，
那里有许多动物，
有麂子、马鹿，
有猴子和野狼，
有老熊和虎豹，
有犀牛和大象，
还有小兔和许多飞禽，
它们集中在森林里，
它们要选举一个动物做森林之王，
管理林中的千万种动物。
他们当中有水中的动物，
有林中的动物，
它们在商量讨论：
"我们要选哪一个为王，
来管理大家呢？"

它们推选大象，
因为它比它们任何一个都大。
"大象呵，
你应作为我们众动物之王，

当我们走来走去的时候，
能有个依靠，
就像在大树下乘凉一样，
因为你身子大又壮，
鼻子又长，
你的牙长又尖，
伸出在外边，
在这森林里呵，
谁也敌不过你。"

各种动物都说让大象为王，
这时大象立即大声争辩：
"众动物呵，
你们都说叫我当大家的王，
假若说我身躯之大，
是应称王了。
只是大象我呵，
身躯虽大，
可惜没有什么聪明智慧，
行动一点也不敏捷，
我不想当官，
不想管理大家，
我不敢妄自尊大。"
大象大声回答争辩，
他的声音响震整个山谷。

动物们又提名叫骏马当王，

所有的骏马也都一个不想当王，
它们都说自己没有什么本领。

它们叫谁当王，
谁都不愿意，
要说让小兔为王呵，
可惜它的个头又太小，
即使让它当王呵，
谁都不会惧怕，
只是它倒聪明伶俐又有本领。

小兔也说：
"我一点都不想当官，
因为我个儿太小了，
又没有多大本领，
要为大伙办事可不行。"
这样它们个个都不愿当森林之王，
吵吵嚷嚷的声音响遍森林。

他们又推选胡子翘翘的斑斓猛虎
和那吼声极大的狮子。
因为猛虎有着二十一把剑和矛，
让它管理方圆三千里的大森林呵，
个个都惧怕。
那金毛狮子呵，
它的力气大无比，
它的吼声也最大。

它在山谷里吼一声,
所有的小动物就会被震聋两耳,
立即死去。

那时,
金毛狮子和猛虎,
说不过大伙,
才答应做森林之王,
天天管辖林中所有的鸟兽和小虫。

那些生活在海中的动物,
推选老龙和鳞片密密的大蛇,
让它俩做水中的统领。
大蛇和金角老龙没有推辞,
它俩就做千万水中动物的统领。

森林中的动物还在闹闹嚷嚷,
阿暖来到林中遇见,
阿暖悄悄躲在一边,
他大声一喝,
集聚的动物立即惊散。
阿暖在地上跺了三下,
大声喝着从深草中出现,
所有的动物害怕得四散逃跑。

阿暖逮住了呆呆的猫头鹰,
它忙在林中睡觉,

因为太阳耀眼看不见,
没有来得及钻进它的树洞。

那些水中的动物,
阿暖逮住了一只花背乌龟。
因为乌龟没有别的跑得快,
背上又压着沉重的龟壳,
使它不能快步逃跑,
才被阿暖把它逮住。

"想死了吧,
你们还敢集聚在这里做什么?
我正想吃野味,
我要把你们两个拿去剥皮又烘烤。"

这时,
花羽毛的猫头鹰和乌龟连连点头,
赶紧向贡麻纳告饶:
"好心的召啊,
可怜可怜我们吧!
让我们逃命吧!
我们众鸟兽正在这里商量大事,
我们来选举管理森林的王,
才被你召到这里来看见,
让你逮住了我们俩,
召啊,
求你可怜可怜我们,

你的两眼要看得远远的，
我们一点也没有冒犯你召，
求你召让我们脱离灾难，
让我们逃生吧！
你召的恩情罩在头上，
我们永远不会忘记，
你召想要林中的什么东西，
我们俩将会帮助你，
或者你什么时候有了灾难，
我们也会帮助你脱险。"
它们俩用好言好语向阿暖告饶，
求阿暖放它们逃生。

贡麻纳阿暖呵，
才把事情一件一件告诉它们：
"两个牲畜呵，
现在我也是有一件事情，
心里时刻在盼望，
我想要仙水和灵芝草，
仙水、仙草都在魔鬼的地方，
我一心一意来到这里，
才遇见你们众鸟兽，
聚集在这森林里，
这么说，
你们俩要尽力帮助我，
你们俩才得免死。"

乌龟和贪睡的猫头鹰
听了阿暖的话，
都十分高兴。
羽毛蓬松的黄眼猫头鹰说：
"这件事你召不要发愁，
因为我曾飞到他魔鬼的园里，
偷看过仙水和灵芝，
只是它们那些魔鬼呵，
看管得很严。
事情就是这样，
我告诉了你呵，
你要牢牢记住，
那两个大魔鬼呵，
各有一个女儿，
正合同你贡麻纳相配，
那米萨利的女儿呵，
是从哈大花丛中捡来的，
他认作自己的女儿，
给她另盖了宫殿，
供她好吃好穿，
每七天这仙女到花园采花一次，
有时还攀折那灵芝仙草来插在身上。
那姑娘呵，
美丽得没法说，
超过了人世间所有的姑娘。
姑娘走起路来，
轻轻甩动两手，

镯声叮咚响。
她穿的绸缎衣裙，
像花瓣一样好看。

"要说他米萨裸的女儿呵，
是从扬麻花丛中捡来的。
她的魔鬼父亲，
给她盖了百层高楼的宫殿，
上面还有金光闪闪的尖顶，
姑娘在这宫殿里，
生活得很好，
没有什么事来把她烦扰。
每七天里，
姑娘就到花园来一次，
经常在那仙池边洗澡。
因为她生活在仙境里，
姑娘长得超人的美丽。
我猫头鹰呵，
要带你召去申那姑娘。"
羽毛蓬松的猫头鹰，
把事情细细告诉阿暖，
阿暖真是满意。

生活在海中的花壳乌龟又说：
"年轻的人召啊，
假若你想要魔鬼园中的仙水，
我将帮助你取到，

可是你想得到仙水，
还没有装的东西，
怎么能带回来？
我看到龙王的宝葫芦，
放在大海中间，
摆在海中央的大石头上，
在闪闪发光。
每七天，
那两个金角龙就到海里玩耍一次，
它们常常含着宝葫芦，
高高兴兴玩耍，
它玩够了，
就把宝葫芦放下，
把它摆在海中间的大石头上，
它们就回去了。
我要悄悄去偷来，
给你召去装仙池里的水，
让你召能称心如意。"

水里的乌龟，
把这些话告诉阿暖，
使阿暖想去拿仙水的心更急切了。
他对乌龟说：
"现在你快快去偷来！"
乌龟立即离开那里钻进了大海，
朝着闪亮的宝葫芦游去，
它悄悄偷到了宝葫芦，

它径直回来送给贡麻纳，
这个宝葫芦呵，
如果装一般的清水，
足够装三碗。
如果给阿暖装上仙水，
带着回故乡呵，
又吃又擦用不尽。
如果阿暖要把仙水倒出来，
再倒多少也不会干，
它将像清泉一样，
不断涌出来，
永远流不完。
乌龟把宝葫芦送给阿暖，
又细细嘱咐阿暖：
"如果你召有什么紧急的事，
你就念起我乌龟的名字，
到海边来找我，
我就会帮助你有福气的阿暖。"
海中的花壳乌龟，
给阿暖留下了话，
贡麻纳听了十分高兴。

阿暖得到了闪闪发光的宝葫芦，
阿暖小小心心装进筒帕，
带在身边。
阿暖去叫上爱睡觉的猫头鹰：
"走吧，走吧，

我们俩快一起走，
快走到老魔鬼的地方吧！"

太阳落山了，
天黑了，
已到人们沉睡的时候了，
阿暖默念起召尚雅写教的咒语，
变成了羽毛发亮的好一只猫头鹰，
叫唤着久住老林的那只猫头鹰，
他俩一起展开翅膀，
离开居住的森林，
快快飞向前方。
黄眼睛的猫头鹰领着阿暖，
飞到魔鬼的地方，
仔细察看出入的路。
猫头鹰领着阿暖，
飞进了魔鬼所管的花园，
它还领着阿暖，
来到清澈的仙水池边。
那里啊，
尽是铜刺和铁刺，
编得厚又密，
铜篱笆和铁篱笆，
围了七层七道，
把仙水池关得紧又牢。

阿暖一飞到这里，

立即还原变成人，
阿暖走到圆圆的仙水池边，
就动手撬开、扒开篱笆。
阿暖的力气呵，
胜过了七只大象，
紧盖着仙水池的篱笆呵，
阿暖轻轻就扒开了。
阿暖叫猫头鹰带上宝葫芦，
快快钻进去舀仙水，
一取到池中仙水，
阿暖又变作猫头鹰，
一起飞升去。

他们又飞到米萨利老魔鬼的花园，
那有着灵芝仙草的花园，
他们连夜飞到那里。
这里呵，
也是铜刺、铁刺编成的篱笆，
围了七层七道，
四面八方关得紧又紧，
阿暖又变成人，
打开了铜刺、铁刺篱笆，
两眼看清了花园，
径直走到园里。
阿暖采摘了三枝仙药，
阿暖带着仙药，
扒开篱笆赶快离开，

和猫头鹰一起飞离了花园。
这一夜呵，
老魔鬼的两眼跳个不停，
魔鬼从宝床上惊醒，
他们拿起宝镜和宝石远望筒照看，
他们看见阿暖盗走了园中的宝物。

两个魔王呼唤起众魔兵：
"快去追赶那盗走我们仙水、仙药
的人！
他竟敢这样大胆，
来把我们的宝物偷去，
他是什么人？
他是什么鬼？
竟如此狂妄，
敢这样欺负我们！
我们各自要快快行动，
把他追捕回来，
吃他的肉，啃他的骨，
才能解恨！"

魔王们个个怒火烧，
他们挑选了众多魔鬼兵，
催动众魔去追赶。
整个夜晚呵，
魔鬼们手拿快刀和利剑，
他们追进了树林，

有的追上了天空云层，
有的在地上走，
他们叫着吼着，
从四面八方蜂捅追上。
千千万万魔鬼呵，
吼声震天动地，
整个大地像要翻掉一样。

魔鬼多得数不清，
不知有几千几百万，
四面八方铺天盖地追来，
很快就追上了阿暖。

魔鬼们咿哩哇啦吼叫：
"等着，等着，
你为什么要偷我们的仙水和灵芝？
管你跑不跑，
你是无法脱身了，
我们就要吃你的肉，
我们就要吸你的血了！"
魔鬼们自天上追到地上，
贡麻纳镇定沉着，
一点也不害怕。

有福有威的贡麻纳呵，
大声呵斥着群魔：
"我贡麻纳正想找你们，

尽管你们有成千上万，
蓬头的魔鬼呵，
你们将在我的宝刀下灭亡！"
阿暖手握着闪光的宝刀，
砍向众魔鬼，
把他们一个个砍成几段。
阿暖杀上天空又杀回大地，
杀得天像要塌，地像要翻，
魔鬼被杀了一万，
又增加出两万，
他们纷纷围过来，
把阿暖围在中间，
阿暖杀了二三十万到四十万个魔鬼，
魔鬼又多出千千万万个，
像山上的野草丛生。

这时，
贡麻纳才捧起碎草、灰尘和沙石，
变作无数的马蜂，
追上去叮咬群魔，
群魔纷纷退去。

这时老魔王米萨利和米萨裸，
突然变出熊熊烈火，
燃遍了大地，
燃遍了大森林。

阿暖又变出更大的烈火烧过去，
魔鬼变出滔滔江水冲向烈火。
贡麻纳又变作奔腾的激流，
冲向魔鬼，
魔鬼变出了高山、石岩，
从中间把激流分开。

有时魔鬼变作河山冲来，
阿暖变作大风把它吹回去。
有时魔鬼用长矛刺来，
阿暖用混习加的宝剑挡开。
有时阿暖挥着利剑杀过去，
老魔鬼在群魔簇拥下，
用长矛来抵挡。

有时老魔王米萨利和米萨裸
用弩箭射来，
阿暖用宝剑砍去，
魔鬼的箭被砍作几节，
纷纷掉落。
有时候阿暖用弓箭射向魔鬼，
魔鬼又用长矛挡掉。

双方都仗恃着自己的本领，
谁要战胜谁都很费力，
双方就这样杀来杀去，
不分胜负。

阿暖杀死许许多多凶魔，
他们的尸体倒成一堆一堆，
魔鬼越来越多，
越来越逼近阿暖，
阿暖的剑柄呵，
凝起了厚厚的血污。
这样杀过来杀过去，
阿暖冲杀着，
没有一点惧怕。

魔鬼越来越逼近身边，
眼看着就要捉住贡麻纳了，
贡麻纳才想起乌龟留下的话。
他径直朝着海边跑去，
他对着大海喊那乌龟。
"快来吧，快来吧！
神龟呵，
我贡麻纳遇到灾难了，
快来援救我吧！"

乌龟听到阿暖的呼声，
赶紧钻出水面，
赶紧爬到贡麻纳的面前。

"现在呵，
魔鬼的兵有几千万，
像水一样漫过来了，

他们很快就要把我淹没了。
我像砍芭蕉树那样,
把他们杀了千千万,
他们越来越多,
铺满了整个大地。
现在你将如何帮助我呢?
你快援救我脱离这灾难吧!"

这时乌龟才说:
"圣明的贡麻纳呵,
众魔的追赶你不用愁,
你钻进我的壳壳里来吧!"

贡麻纳钻进了乌龟壳,
乌龟壳突然变得很大很大,
就像自己家乡那样广阔。
乌龟带着贡麻纳,
潜下了海底。

魔鬼的众兵,
追到了海边,
追到了海里,
找遍了整个大海,
找遍了所有的山谷,
搜遍了大森林的各个角落,
有的还搜遍地上所有的洞穴,
搜遍海中的礁石缝缝,

搜遍了大海的边边角角,
连海中的石缝都摸遍了,
他们把三千里的大森林呵,
踏得稀烂,
一处也见不到贡麻纳的踪影。
贡麻纳死里逃生,
海中的乌龟救了他的性命。

背脊花花的硬壳乌龟呵,
才说出一句话来指点贡麻纳:
"人间尊贵的召啊,
你既是天界下凡的人,
怎么还不能战胜他林中的魔鬼?

"我来告诉你一句话:
'你何不变作一股徐徐吹着的风,
吹进那两个老魔鬼的肚子里,
等你进到了他的肚里,
你就在他肚里蹬踢跑跳。
到那时呵,
他俩就会疼得要死,
他俩就会哭哭叫叫,
疼得在地上打滚。
这样,
你才能战胜那两个魔鬼。'

"你就这样做吧,

你就变作一股冷风,
侵入两个魔鬼的腹腔去吧,
你不要再犹豫!"

贡麻纳说:
"是了,是了,
我俩商量的这个办法,
它将有远久的好处。"

乌龟把贡麻纳带出了大海的水面,
贡麻纳一离开乌龟,
就变作了一股风。

魔鬼的众兵离开了海边,
从四面八方汇拢到一起。
贡麻纳变作一股席卷大地的强风,
刮进了两个老魔鬼的肚里,
贡麻纳在他们的肚里叫,
贡麻纳在他们的肚里跳。

两个老魔鬼呵,
肚子疼得受不了,
他们大声哼叫着,
在地上打滚。

贡麻纳在魔鬼肚里讲了话:
"你们两个的死期到了,

再也不得管理万里森林了。
死去吧,死去吧,
让你们的妻儿为你们愁苦去吧!
魔鬼呵,
我要在你俩的肚里翻跟头,
叫你们俩立即死去。"
两个老魔鬼呵,
肚子疼得要死,
才赶紧声声讨饶:
"不敢了,知罪了,
冒犯你召的神威了!
我们在这森林里给你下跪,
求你不要把我们治死,
你的福气罩罩我们的头吧,
让我们俩还得管理我们的山林吧!"
老魔鬼米萨利和米萨裸,
连连认罪告饶。

阿暖停下动作,
把两个魔鬼训斥:
"你们太狂妄了,
竟敢张着大嘴,
想把我贡麻纳咬碎,
现在知道了吧?
知道你们就要死去,
才软下来向我投降。
只怕你们的心是弯的,

只怕你们容易忘记自己的誓言,
只怕你们不守信,
等我出来后呵,
你们又会起坏心加害,
现在你们要再次起誓,
我才出来外面。"

这时,
两个魔鬼才认罪讨饶:
"神仙下界的召呵,
福大威大的召呵,
如果我们敢骗你,
就让我们下地狱,
永远泡在地狱的隔泥塘里;
如果我们敢说假话,
就让混习加天神,
在半路把我们劈死;
如果我们不守信,
就让我们遭瘟,
让豺狼虎豹把我们咬吃!"
两个老魔鬼怕死,
连连对着天地起誓。
他们跪着拜了又拜,
都说决不反悔。

"召呵,
我们管着三千座山林,

统领着九千九百万魔鬼,
他们都归顺了我们两个。
论我们的本事呵,
谁也敌不过我弟兄俩,
要说我们两个的威福呵,
大大超过所有的人、所有的鬼,
谁也不能比,
谁也不敢在我们面前逞威。
可是呵,
你这位年轻的召,
来到这里一较量,
我们败在了你的手下,
我们亲眼看到了你的本领。
你召像是福威崇高的王子,
你召像是统治人间的帝王,
你召像是上界下凡的神灵。
我们俩再不敢在你面前逞能,
一点也不会伤害你,
我们惧怕你的神威,
我们向你拜降!
求你快出来吧,
不要让我们在此丧生!"
两个老魔鬼咕噜咕噜说着,
向阿暖认罪。

阿暖又在他们肚里说:
"我是上界下凡的神仙,

我的神威没有谁能比。
你们俩竟敢逞威风，
还想害我贡麻纳。
所有世间的人，
谁也不能和我相比，
你们俩还几番较量，
现在才知罪投降！"

贡麻纳从老魔鬼的口里跳出来，
站立在魔鬼面前。
魔鬼看见了贡麻纳，
害怕得直打寒战，
赶紧向贡麻纳跪拜：
"好心的召呵，
我们再不敢在你面前逞凶了。
我们生来性凶顽，
眼睛黑了分不清好坏，
才冒犯了你有福有威的召。
如果我们早知道你的神威这般大，
我们就不会这样那样来较量，
我们就远远去迎接你召了。"
两个老魔鬼呵，
说了许许多多好话，
十个指头并得紧紧的，
高高举过头顶，
对着贡麻纳，
拜了又拜。

圣明的贡麻纳呵，
挑选着合适的话，
来教训这两个魔鬼：
"你们两个听着我的话，
你们不要再逞凶。
不管谁当了王，
都要遵守十条教规，
不能做坏事。
所有做召的呵，
都要记得四五套经文，
他才会荣耀，
他的威名会传扬得很远很远，
众人和神灵才会帮助他，
他才会越来越有好处。
现在我来取得你们园中的宝物，
是因为我怜爱世间的老少，
要让大家不会生病，
要让大家能够长生，
我才决心来到这里，
才来盗取你们的仙草和仙水。
要想好言好语来求你们俩呵，
又怕你们不肯给。
因为你们森林中的魔鬼呵，
性情太凶狠，
你们随时想吃人。
如果我好好走进你的宫殿呵，
你们更想害死我，

把我当作你们的下饭菜了。
怎奈你们现在胜不过我有福气的人，
魔鬼呵，
你们不要再逞凶顽了，
我教训你们的这些话，
你们要牢牢记清。"

老魔鬼米萨利和米萨裸，
诺诺应声，
记住了贡麻纳的教训。
"我们将永生永世记住，
再不想作恶，
再不吃林中的小动物了，
我们将牢记您召的训诫，
在这三千座山林里，
和别的动物和睦相处。"
两个魔王，
把贡麻纳迎请进宫殿。

老魔王米萨利，
把他那粉红菊花一样的女儿，
许配给贡麻纳。
"我们俩得到您的恩赦，
没有什么报答您的恩情，
只有一枚美丽芳香的哈大花，
姑娘在花丛中诞生，
我把她捡回来，

把她抚养长大，
我把她当作最稀奇的鲜花，
我把她当作娇贵的公主，
现在我把她送给您，
报答您召的恩情。"

老魔王米萨裸呵，
他也有一个美丽的女儿，
她在花丛中诞生，
也是美丽的扬麻花姑娘。
"我将把她当作最好的礼物，
送给您。"

管理山林的两个魔王，
把自己的女儿送给了贡麻纳。
他们为三个年轻人做了祝福，
把整个山林让给他们统管，
连那珠光闪烁的尖顶宫殿，
也让给了年轻的王子。

所有的魔鬼呵，
个个都说让阿暖在这里享福，
让三千座山林的魔鬼呵，
都得托靠他的福分。

贡麻纳忙向两个魔王
说明自己的心意：

"我一心一意来到这里,
为的是来取仙草和仙水,
我要把它带回人间去,
解救人们的苦难,
让人们脱离死难,
我要拿去送给勐里的男女老少,
让他们变得健康,
让他们能够长寿。
你们要留我住在这个地方,
可是,
我心里牵挂着天下各地方的人,
他们盼望着仙药,
他们还在路边等着我回去。
你们还把女儿许配给我,
我非常高兴,
我要带着她们,
回到自己的故乡。"
贡麻纳向两个国王说明了情由,
魔王不好再把他挽留。

魔王的两位公主,
有了形影相随的好丈夫,
真是高兴。
他们这样相亲相爱,
真是人间少见。

真是配得合呵,

他们三个年轻人,
配成了相亲相爱的夫妻。
哥爱妹呵,
伸出两臂手拉手,
三人相挽一同行。

妹见哥呵,
心里喜又爱。
感谢天上的神灵,
为她们送来了一个好丈夫。

"姑娘呵,
因为我们的爱情之树,
得到雨露的滋润,
树枝早已靠拢。
千神万神才把我们牵引到一起,
让我们成为相爱的夫妻,
朝夕在一起。"

贡麻纳的声音呵,
像铜口弦一样好听,
两个仙女听来喜又爱。
她们用衣袖半掩着脸,
做了回答:
"是了,
仙池中的荷花啊,
怕只怕哥哥的爱情不牢固。

要说我们两个姑娘的心呵,
真像获得珍贵的宝石一样高兴。
想必是我们的姻缘早已连在一起,
今天才成为相爱的夫妻,
真像梦中想的一样。
要不是哥哥来找仙水和仙草,
我们哪里能相会,
哪能来在一起?"

姑娘用清脆甜蜜的声音,
回答了哥哥,
他们各自心里多么高兴,
他们的爱情呵,
像丝线一样扭在一起,
永远不分开。

姑娘又说:
"哥哥呵,
你心里念着魔地的仙水,
和那灵芝长生不老药,
就多多带上吧!"

姑娘的声音清脆又好听,
姑娘的话呵,
句句合贡麻纳的心。
贡麻纳和两个姑娘,
并排着漫步在宫殿院内,

并排着走到翠竹旁。

贡麻纳心里挂着家乡,
贡麻纳心里想快快返回家乡。
贡麻纳对两个姑娘说:
"哥的两个妹妹呵,
我们现在就离开魔鬼的地方,
回我们的家乡去吧。
这个地方虽然热闹,
也还是魔鬼居住的山林。

"这里呵,
不是人间欢乐的地方,
这里完全是深山野林,
到处是古树野藤,
不是人在的地方。
现在,
我们要一起走回去,
回到自己居住的大地方,
回到人类居住的地方。

"回去吧,回去吧,
我的两个妹妹呵,
现在我们就一起去到宫廷,
去向两位魔鬼父王要求,
让我们回去吧!"

魔鬼的两个姑娘
都赞同贡麻纳，
要想回到人住的地方，
也随他的心。
她们执拗不过贡麻纳的心愿，
她们想挽留贡麻纳呵，
也留不住。
"我们的好哥哥呵，
你心里想怎么办，
就怎么办吧！
我们都顺从你！"

他们一起走上了宫廷，
去向两个魔鬼父亲要求。
魔鬼父母答应了他们：
"既然把整个魔鬼地都让你们管，
王儿都不愿承受，
只一心执意要回故乡，
我们做父母的呵，
也不好再挽留你们，
就答应你们一起回去吧！"
有仙水的老魔王米萨裸，
叫贡麻纳把仙水多多带上，
让王国的每一个人，
都能洒上仙水。
老魔王米萨利，
让贡麻纳把灵芝仙草多多带上。

他们都送上了礼物，
贡麻纳高高兴兴收下，
他要把魔鬼地方的宝物，
带回到自己的地方。

老魔王米萨裸，
把纯净的仙水送上，
还有一只飞得很快的公象，
它有三个长鼻六颗象牙，
背上配着镶宝石的金鞍。

他让贡麻纳和两个公主，
一同骑上飞象，
顺顺利利回故乡，
像他心里盼望的一样。

他又教给贡麻纳两句咒语，
一句咒语呵，
能吹得大象变得很大很大，
大得人们都害怕。
另一句咒语呵，
能吹得大象变到很小很小，
就像小老鼠一样，
让贡麻纳能装进筒帕，
随时带在身上。

众魔鬼都送了礼物，

让阿暖样样称心如意，
阿暖看到这些呵，
心中更加欢喜。

老魔王米萨利呵，
又把宝石远望筒送上，
让贡麻纳带回故乡。
魔王们送了很多很多东西，
真正配得上阿暖的荣耀。
又派了八个大胆量魔鬼，
挑上这许许多多礼物和金银，
送到阿暖的地方。

两个魔王呵，
备足了各种物品，
给两个女儿做嫁妆。
有镶着宝石和金子的首饰，
有宝箱、金箱，
有成堆的绸子和缎子。

只等着挑选吉利的时日，
就让贡麻纳和两个公主，
骑上神象离开这个地方。

两个魔王已准备停当来等待，
只等着吉日良辰到来呵，
就要热热闹闹赶大摆。

他们等了七天，
吉利的日子到来了，
他们热热闹闹赶起了大摆。

魔鬼们吹起唢呐，
敲起象脚鼓，
打起铓锣，
各种音乐一齐响。

魔鬼们高兴得张着大嘴，
他们大声欢呼狂笑，
他们手拉着手，
甩手甩脚舞蹈。

赶摆的魔鬼来了九千九百万，
大摆赶了七天七夜，
魔鬼们大大高兴了一场。

4

最好的日子到来了，
天空格外晴朗，
太阳格外明亮，
贡麻纳和两个姑娘，
一起去拜辞魔鬼父王。

"在着吧，

居住山林的四位父母呵,
祝愿你们在这大森林里,
永远没有灾难!"

三位年轻的召,
说出了告别的话,
她们的魔鬼父母呵,
两眼滚着泪花。
魔鬼妈妈搂着女儿:
"柔软的花枝呵,
你们在父母面前长成人,
你们在大森林中长大。

"现在呵,
你们就要跟着人间的好丈夫,
远远离开这里,
要去过人间幸福的生活了。
父母的两朵花呵,
你们将永远生活在人间,
你们的妈妈留在森林里,
将日夜把你们想念,
妈妈将为你们
擦不干两只泪眼。

"去吧,去吧,
我儿跟着贤明的召,
往前去吧!

你们带上消灾灭病的仙水,
带上芳香的灵芝,
到人间去吧!"

各种宝贵的礼物呵,
应有尽有,
样样使阿暖称心如意,
就连密林中的各种树叶呵,
都想让阿暖带上。

他们牵来了芒嘎腊大象,
那只能腾空驾云的飞象,
它粉红色的亮毛密又密,
它长着三个大长鼻,
六根象牙排在腮两边,
镶着宝石的金鞍闪闪亮。

他们把三位圣人举到象背上,
让他们在金鞍上坐稳。
芒嘎腊大象腾空飞起,
飞上了白云飘飘的高空,
迎着呼呼的大风向前飞去。

还有那八个大肚量的魔鬼,
他们挑着金银珠宝和绸缎,
行走在空中,
紧紧跟上。

它们飞过了一座又一座高山，
飞过了一片又一片密林，
飞到了许多动物集会的地方。

这时，
贡麻纳想起了猫头鹰，
贡麻纳要约上猫头鹰，
一起回故乡。

贡麻纳停在空中，
连叫三声：
"猫头鹰呵，
我亲密的朋友！
现在跟我回故乡去吧，
回到我们人类居住的京城，
同我去享受人间的欢乐吧！"
贡麻纳叫了三声，
猫头鹰飞离了森林，
它飞上了高空，
跟随贡麻纳，
向前飞去。
贡麻纳又飞向波浪滔滔的大海，
飞到那只乌龟住的地方。
"来吧，来吧，
水里的乌龟朋友，
快跟着我贡麻纳，
一起回故乡去吧！"

乌龟赶紧离开它住的礁石，
来到贡麻纳的面前。
贡麻纳托起乌龟，
把它放在金鞍上。

贡麻纳带上了猫头鹰和乌龟，
一起飞回自己的故乡。

金象带着贡麻纳和他的朋友，
腾空飞上高空，
飞过了月亮，
飞过了太阳，
飞过了云层，
两边的风声呼呼直响。

他们飞到了召尚雅写的奘房，
贡麻纳从高空下来，
去把召尚雅写探望。
贡麻纳拜了雅写，
诉说了取仙水、仙草的经过。
说到魔鬼调兵来追赶，
他使出了完全的本领，
把魔鬼打败。
说到魔鬼把女儿送给他，
还派魔鬼来送行。

雅写听了十分高兴，

给他们做了祝福，
祝愿他们回到人间得荣耀，
祝愿他们得到神灵的救助，
祝愿他们长寿幸福。
他们三人给雅写拜了两拜，
祝愿他在这森林里，
清吉平安，永远没有什么灾难。

"在着吧，
尊敬的雅写呵，
你住在这花木芳香的林子里，
祝愿你永远无灾无难！"

他们双方互相做了祝愿，
贡麻纳带着两个姑娘离开了獒房。
他们一起骑上金象，
金象又带着他们迎风飞向前方。
他们飞到巴拉纳细的国界上，
一处林荫覆盖的地方，
就是贡麻纳变作大青树的地方，
大鸟叼着公主来停落的地方。

贡麻纳在这里停下来，
跳下了金象金鞍，
八个送行的魔鬼，
也放下了金银绸缎的挑担。

贡麻纳对八个魔鬼把话讲：
"你们把金银货物紧紧埋藏，
你们埋藏好了，
就回魔鬼地方，
不必跟我进城去。
我什么时候有了灾难，
我再叫你们众魔鬼来相助。"

八个魔鬼在国界的竹林里，
埋下了八挑金银珠宝。
八个魔鬼驾着云，
回他们的魔鬼地方去了。

贡麻纳等待着夜晚降临，
等到夜深人静，
贡麻纳才带着两个姑娘，
骑上飞象飞进城。

他们飞到了花木葱郁的花园，
飞到了老两口的门边，
他们才离开金象的金鞍。
贡麻纳带着两个魔王的姑娘，
走进了老两口的草房。
两位老人和苏万纳公主，
听到了贡麻纳的说话声，
赶紧起身出了房门，
赶紧点上了灯。

贡麻纳带领两个姑娘，
拜见了养爹、养娘。

国王的女儿苏万纳，
拜见了自己的丈夫。
为他的顺利归来而高兴，
为他们的重逢感到幸福。
两位老人呵，
为贡麻纳娶得两个新媳妇而高兴。

他们互相道了问候，
询问了别后的情形，
贡麻纳拿出了魔鬼地方的仙水和仙草。

两位老人吃下灵芝，
两位老人洒了仙水，
双双变得多年轻，
双双变得多健美。

贡麻纳又把仙草和仙水，
送给苏万纳公主，
公主变得更加漂亮，
超过了人世间所有的姑娘。
贡麻纳吃了灵芝，洒了仙水，
变得更加年轻又英俊，
红红的脸庞像闪光的红宝石，
矫健的体魄更加威风凛凛。

三个姑娘太漂亮了呵，
贡麻纳怕勐里的众人看见，
怕消息传遍巴拉纳细地方，
贡麻纳叫两个姑娘换上旧装，
所有的好穿戴呵，
都装进柜子里，
紧紧锁上，
好好收藏。

叫她们像傣家的一般百姓，
隐藏在花园里，
别让京城里的人，
见到她们的踪迹。

还有那三个长鼻的金象，
也不让过往的人看见，
贡麻纳念念咒语吹口气，
巨大的金象顿时缩小，
只有小老鼠那样大，
贡麻纳把它藏进了筒帕。

贡麻纳隐居在花园里，
愉愉快快生活，
不让任何人知晓，
不让任何人看破。

三个姑娘呵,
也不让她们到外边逛,
叫他们好好服侍两位老人,
像孝敬自己的亲爹娘一样。

她们一起在花园中隐藏,
因为她们的美超过世间的人。
贡麻纳不让谁看见,
不让任何人知情。

贡麻纳在大花园中隐身。
我的诗句呵,
唱到这儿要停一停。

5

现在呵,
我们又要展开长长的诗篇,
让它像那迎着朝阳的香花,
继续开放。

光彩夺目的宝石呵,
放开你的光辉,
永远照亮人间吧!

歌唱九颗珍珠的诗篇,
一章接着一章,

像芳香的鲜花,
一枝接着一枝开放。

现在来说一说巴拉纳细国王,
他有一个女儿,
长得无比的美丽。
她娇嫩得像刚开放的鲜花,
白白的手腕配着金镯,
身材窈窕像金笔描画。

公主长得像下凡的仙女,
就是找遍千百个王国呵,
也没有谁比得上她。

公主的美名呵,
传到了许多国家,
传到了一百零一个国家,
就像微风吹拂青草一样。

一百零一个国家的王子呵,
听到了美丽公主的名声,
都想来求婚。

他们准备了大象和骏马,
他们准备了八色绸缎,
各个地方都带上许多礼物,
到宽大的巴拉纳细来求婚。

他们个个都说一定要答应，
他们个个都说：
"如果国王不答应呵，
我们就要放火，
把他们的京城烧为灰烬，
就要调兵来攻打。"

各个国家都调了重兵，
他们都在同一年同一月同一日里，
请了媒人来求婚。

求婚的人呵，
住满了巴拉纳细地方，
他们各个国家呵，
都调来了众多兵马，
驻扎在密林中。

他们在国界上，
搭起了密密的帐篷，
他们都挑选能说会道的人，
来到了王宫。

求婚的各个国家呵，
都挑选出最聪明、最有办法的大臣，
让他们带上礼物，
去到国王的宫廷。

来说亲的人呵，
个个带来最体面的礼物，
个个带来大象和骏马，
我去你来，
进进出出。

来说亲的人们呵，
把价值千金的礼物，
高高举过头顶。
他们问候国王是否平安，
他们问候国王是否快活。

他们说了许许多多话，
最后说到了求亲的事情：
"听说我们的国王呵，
有一个光辉闪耀的国宝，
它的光芒照到很远很远，
照到了一百零一个国家，
一百零一个国家都来求婚来了，
请国王多多爱怜，
把美丽的公主许配给我们吧！"

有的说：
"我们真心实意爱上你纯洁的宝石呵，
我才到这里来要，
尊敬的国王呵，
你要有爱怜之心，

你要两眼看得远远的，
把你的女儿许给我们吧！"

说亲的人们，
个个甜言蜜语，说得很好听，
他们从近说到远，
从远又说到近。

个个都说叫国王爱怜，
快快答应他们，
不要再犹豫不定。
国王不好接收那价值千金的礼物：
"到这里来的别国的大臣们呵，
我只有一个独生女儿，
我不好许给你们哪一国，
我不能撕开分给你们这么多国家。
如果我许给哪一位王子呵，
他得到了就会高兴，
得不到的人呵，
会生我的气，
会指责我们。

"我不好叫哪家空着回去，
我不能堵塞通往哪国的路。
你们诸位贵客呵，
暂且回各自的住处，
让我问一问我的女儿吧。

"她爱着哪一位王子呵，
听凭她自己的主意，
到那时，
我们才好答应嫁给谁。"

国王说出这些话，
回答了各国说亲的大臣，
他们才各自起身，
回转自己的本营。

他们回禀了自己的王子：
"国王要问一问他自己的女儿，
听凭她爱哪一个王子呵，
那时才许配给谁。"

大臣们回禀了这些话，
众人议论笑哈哈，
闹闹嚷嚷的声音呵，
响遍边境的平坝。

统治大地方的国王，
召来了各位宰相大臣。
"现在各国都派来了众兵，
他们一起来说亲，
他们都要娶得公主，
我们要许给哪个国家才好呵，
我们应该怎么办？

我这掌管国家的召呵,
拿不出主意!

"我们一起来商量吧,
我们该怎么办,
你们大家思量思量。
要我说呵,
还是问问公主的心意,
她爱上哪一位王子,
就随她的心吧!"

国王把事由告诉了大臣们,
他们个个都怕死。
个个面目干呆,
胆战心惊,
他们想不出什么办法,
个个都说问问公主。
国王叫来了女儿,
向女儿问了话:
"宝贝呵,
现在有一百零一个国家的王子,
都来向你求婚,
不知你喜欢哪个王子?
不知你愿去哪个国家?
由你自己挑选吧!
因为父王不好答应哪一家,
才把我儿叫来,

才来问我儿的话。"

公主回答了父王的问话:
"我的恩父、恩母呵,
要让我嫁给远方的王子呵,
我的命不配。
无论怎么样,
女儿我无心出嫁,
我不愿离开自己的国家,
我永远在父母膝下。
纵使父母把我许给哪个国家,
我也不愿出嫁,
我也不离开自己的国家。"

公主的回答呵,
使两位父母犯了难,
使两位父母发了呆,
他们不知该怎么办。

公主回到自己的宫里,
独自一人对床帐鲜花,
心里很是苦闷,
想去想来没有办法。

"现在呵,
多好的城池将为我毁灭,
多好的地方将为我受兵灾。

假若我还这样住在宫殿里呵,
将会引得众王子们,
眼盯盯看着,
惹人眼,烦人心,
实在不该!

"好姑娘我呵,
不如死离人间,
死离这豪华的宫殿!"

公主赶快抓起一根腰带,
勒紧自己的脖子,
立即丧了命。

宫女们纷纷跑来看,
宫女们议论纷纷,
她们急忙跑进宫廷,
向国王说明真情。

国王和王后非常伤心,
都来看望自己的女儿,
都伤心痛哭:
"我的儿啊,
你怎么这样死去?
你的父母爱都爱不尽呵,
才为你造了自己的宫廷。
纵然有众多王子来求婚呵,

你自己不爱,
我们也不会让你离开自己的国家,
我们会劝说那些王子回去,
我儿何必断了自己的性命。
现在呵,
我儿离开了人间,
叫你的父母怎么把你忘记?"

国王和王后呵,
哭哑了喉咙,
只想跟着女儿一起死去。
他们的痛苦呵,
像大山一样压在身上。

国王叫来了众位大臣,
叫他们去告诉一百零一个国家。
大臣们立即离开宫廷,
去到一百零一个国家的大营,
把公主的死讯告诉他们:
"远方贵国的王子呵,
现在我们的公主死去了,
因为痛苦缠绕着她的心。
因为公主只有一人呵,
她无法爱你们,
她怕自己的地方被毁坏,
她怕自己的国王为此沉沦。
她已经断绝了自己的性命呵,

你们远方的王子们，
假如不信我就去看看吧！"

听了大臣的话，
使许多王子感到伤心，
他们走出自己的营地，
都要亲眼去看个究竟。

他们有的在哄笑，
他们有的在吵闹。
"只怕公主是装死，
我们一定要去看清。"

他们各自走出了营地，
吵吵嚷嚷涌向宫廷。
有的伸出手尖，
摸摸公主的遗体，
为公主感到惋惜。

"真的不是计谋，
真的不是装死。
公主真的死了，
身上已发出臭气，
国王没有欺骗我们。"

巴拉纳细的国王，
公主的生身父亲，

向远方的王子们讲清：
"因为姑娘不好爱你们哪一位，
她怕国土上动起刀兵，
她怕为此引起战争。
她狠着心死去了，
她离开了我们。
远方的王子们呵，
如果你们谁能把她救活，
就把公主嫁给他。

"如果谁也无法救活呵，
只可惜公主这样消失去，
我们将把她送进坟地，
我们将把她埋进土里，
可惜美好的身躯呵，
就这样睡在土里！"

国王向各国王子们，
讲了一遍又一遍，
说了一声又一声，
王子们没有办法，
王子们干瞪着眼睛。

他们都说：
"不用说了。
人既已死去，
什么人什么神有本事救活？

普天下有谁能把死人救活？"

他们各自甩着手出去了，
拉起自己的象队和众兵回本国去了。
成千上万的众兵，
吵嚷声轰动整个坝子，
脚印踏坏了巴拉纳细的草木。

他们回到了自己的国家，
可惜没有娶到公主，
两手空着回来，
真是气恼！

那时，
巴拉纳细的国王，
看着女儿的遗体已僵硬，
叫人赶快办理送殡。

从王国各地调来了许多人，
一起办埋公主的丧事，
把公主装进了金棺，
密密地封闭。

到了好日子，
把公主抬出了王宫，
吹起了唢呐，
奏起了音乐，

唱起了送殡的歌，
念了送殡的经文。

锣鼓声响着，
白幡、白旗飘动着，
长长的队伍，
把公主的灵棺送到了城外。
送殡的队伍从花园近处经过，
贡麻纳问他的养父：
"阿爹啊，
人家为何吹吹打打，
旗幡摇动，
从我们这里经过？
还有当官的和贵妇，
成群结队路上走，
他们是做什么？"

老爹爹告诉他：
"年轻的召啊，我的爱子，
因为有一百零一个国家的王子
一齐来向国王的公主求婚。
公主一个也不爱，
公主自己用带子勒死了。

"国王还说，
有谁能救活公主呵，
不管他是官家，

不管他是傣家百姓，
不管他是富人，
不管他是穷人，
要招他为驸马。

"那一百零一个国家的王子，
没有谁能把公主救活，
所以呵，
人家才抬着公主的遗体，
要送到山林中埋葬。
所以呵，
他们送殡的队伍，
才从我们这里经过。"

慈爱的老父告诉了贡麻纳，
贡麻纳心里暗自高兴。
贡麻纳告诉了父亲：
"我想去救一救公主，
让她能起死回生。
阿爹呵，
你快叫住他们抬公主的人，
叫他们把公主抬回宫廷！"

守花园的老人大声叫唤：
"抬公主的人呵，
你们把公主抬回来吧，
我有一个年轻的儿子，
他说要救活公主的性命！"

老人大声叫了几次，
抬公主的人们回答说：
"你不要来哄骗我们呵，
你莫再叫，
世间哪有能救活死人的事？
如果公主救不活呵，
就叫背着送到山上行吗？"
听了众人的话，
贡麻纳又说：
"就是死了两年、三年，
我也能把她救活！

"你们何必为公主的死发愁，
我将会用药把她救活，
叫她很快就能复生。"

贡麻纳的话说得非常肯定，
说动了众人的心，
他们把公主抬回了宫廷。

他们禀告国王：
"现在有一位年轻人，
他说能医活公主，
他是守花园的人，
他愿医治公主，

让她得到复生,
但是要得到国王的允许,
这位好心的年轻人呵,
就会叫公主死而复生。"

国王听了众人的话,
命令去请贡麻纳,
叫人带上国王的象车,
请贡麻纳坐上象车,
快快来医治公主。
大臣牵来了金鞍马,
快快去到花园,
他们恭恭敬敬对贡麻纳说:
"年轻的召呵,
请你快去救救公主吧!
请你骑上金鞍马,
国王正在急切盼望。"

大臣的话正合贡麻纳的心,
贡麻纳背上了筒帕,
里边装上了仙草和仙水,
还有那三个长鼻、六颗牙的大象,
贡麻纳小小心心把它装进筒帕。

贡麻纳跳上了金鞍马,
去到国王的宫殿,
贡麻纳跳下金鞍马,

走进了金碧辉煌的宫廷。

贡麻纳拜见了国王,
贡麻纳禀告了国王:
"百姓我听说你的女儿死去,
你派大臣去把我贡麻纳接来,
现在我来到了你的金殿。"

国王问贡麻纳:
"听说你能救活公主,
是吗?
如果你真的把公主救活,
我就抬你为驸马,
让你统治这个国家。
整个巴拉纳细王国,
都计你管,
连下面的一百个小国,
全部让你管。"

国王向贡麻纳许了话,
贡麻纳告诉国王:
"公主的遗体,
要用丝绸帐子笼罩,
要用八种颜色的绸缎,
垫七层又盖七层,
我才进到公主在的地方,
要让公主复活呵,

就不难了！"

国王听了无比高兴，
命令把公主抬出灵棺，
买来了七层八色绸缎。

他们把公主放在丝绸帐子里，
用八色绸缎，
给她垫了七层，
又给她盖了七层。

他们请贡麻纳进了丝帐，
贡麻纳掀看公主的遗体，
她直直地躺着，
肉体已经发臭了。

贡麻纳从筒帕中取出了仙水，
仙水一浇下去，
公主从耳朵、眼睛到下巴都活动了，
公主慢慢地喘气了，
公主好像没有睡醒，
她不断地打呵欠。
又用仙水给公主洗了三次，
公主一下翻身坐起来说了话：
"福气大的召啊，
你是不是下凡的混习加？
我本来已经死去，

灵魂已远远地离开躯体，
你又下凡来，
救了我的性命，
让我再次变成人！"

"公主啊，
哥哥不是下凡的混习加，
哥哥本是我们地方里的人，
我听到了你的消息，
听说远方的王子来求婚，
公主你气恼自绝了性命，
我为你可惜啊，
好一个国王的公主，
我才来救你复生。
珍贵的宝石啊，
以后你不要再做这样的事，
不要有这样的习惯。
你既是有福气的国王的女儿，
你怎么做出这样的事，
损害了自己的名誉，
损害了国家的面子，
你这样做很不应该！"

贡麻纳的话啊，
句句合公主的心。
公主转过粉红的脸，
回了话：

"你真说得合啊,年轻的哥哥,
只因为忧愁缠绕着我的心,
父母要为我挑选远方的王子,
要把我许配他们。

"那远方的王子啊,
我一个也不爱,
即使有一家娶得去,
又会得罪别的人,
广大的王国啊,
将会动乱起刀兵,
广大百姓和父母啊,
将会遭受极大的不幸,
因此上,
我才狠心自缢死去,
我离开了人间啊,
就不会得罪谁人。

"救命的哥哥啊,
你才配做我的丈夫,
我不再放你走。"

公主直言说出了心里话,
公主拉着贡麻纳的绸带,
一下也不放开:
"好心的哥哥啊,
你就像天上的日月,

你就像上界的混习加,
要放开手啊,
只怕你飞掉。

"哥啊,
纵然你不想和我配成夫妻,
也要请你留在王宫里,
让我能天天拜你,
让我能报答你的恩情。

"第二条呵,
要让我的父母知道,
你住在哪里。"

虽然由于少女的羞怯,
开始公主很不好意思,
但又怕贡麻纳离开呵,
她忘记了害羞,
紧紧拉着贡麻纳,
一下也不松开手。

公主和贡麻纳,
双双举起酒杯,
向天祈祷:
"让上天的菩萨明祭,
让我们的婚约呵,
永远牢固!"

两位年轻的召呵,
轻轻私语,
对答了许多话,
两颗心像洁白的丝线,
紧紧拧在一起。

贡麻纳和公主,
手牵着手,
离开丝帐,
双双走出了房门。

贡麻纳和公主,
双双并排着,
给父王、母后下拜,
他们的父母看见了呵,
高兴得笑逐颜开。

父母给他们祝福,
让他们成为美好夫妻,
把整个王国,
让给他们管理。

国王又叫来魔古纳,
给他们念祝福经,
把他们的姻缘接在一起,
祝贺他们美好的爱情。

封赠贡麻纳成为驸马,
让他管理全勐的百姓。

贡麻纳升上了宝座,
他想起了自己的三个妻子,
他想起了守花园的老父母,
他们还在花园里等待着他。

贡麻纳禀告了国王:
"父王呵,
我还有老父、老母,
我还有三个年轻的妻子,
他们住在大花园里,
我想把他们接进城里来!"

国王命令众人快备车,
去接两位老人,
去接贡麻纳的三位贤妻。
人们备上了大象拉的车,
长的队伍朝着花园走去。

贡麻纳从自己的筒帕里,
取出了三鼻六牙的神象,
他要骑上神象,
去接自己的妻子。

贡麻纳对着神象,

念念咒语吹了三下，
神象顿时长得很大很大，
神象身长足有十二掰①零一肘，
它光亮的皮毛像锦缎一样。

贡麻纳骑上了神象，
神象带着贡麻纳，
飞上了高空，
贡麻纳赶到了队伍的前头。
贡麻纳进了花园，
叫他的三个妻子脱去旧装，
换上原来的绸缎衣裙，
戴上金银珠宝首饰。

三女换上了新装，
锦缎衣裙光彩夺目，
珠宝首饰闪闪亮。

贡麻纳把两位老人抱上金鞍，
把三个姑娘抱上金鞍，
还有猫头鹰和乌龟，
一起放到神象的金鞍上。

大队人马从大路上回来，
神象带着贡麻纳，

带着他的父母和三个姑娘，
在高空飞行。

神象带着他们，
飞离了花木葱郁的花园，
飞进了人口稠密的京城，
飞进金碧辉煌的宫廷。

人们敬佩贡麻纳的神威，
人们称颂贡麻纳的本领。
人们喜看三个姑娘，
她们个个无比美丽。

贡麻纳带着三个妻子，
拜见了国王，
她们身上的珠光宝气呵，
在闪闪发光。

现在他们一起在王宫里欢聚，
成为国家的最高统领，
他们的福气真好呵，
超过了世间所有的人。

人们传颂的故事呵，
我们把它写成了诗篇，

---

① 掰：意为"庹"。——编者注

让它传到远头的未来。
歌唱远古故事的诗篇呵,
现在又结束了一段。

6

芳香的花呵,
开谢了一朵又开一朵,
我们的诗歌呵,
唱完了一段还有一段,
现在让我们继续唱吧。

那个干塔纳的王国,
大鸟叼走他们公主的王国呵,
到了金色的十二月,
各处商人都离开家,
到别处去经商。

有一伙商人,
到了巴拉纳细的大地方,
听到了公主的消息。

他们听到人们传说:
大鸟叼走了公主,
遇上了贡麻纳,

他是想进古林的流浪汉,
他捡得了公主。

他自己有仙水和仙草,
他救活了死去的公主,
他成了国王的驸马,
继承国王来统治国家。
这件事呵,
很多人都在议论纷纷。

他们那伙出外找①钱的商人,
听说公主已做了他的妻子。
他们一离开巴拉纳细,
他们一回到自己的地方,
就去报告了国王。

"管理干塔纳的召呵,
我们有福有威的国王,
我们的苏万纳公主,
被大害鸟叼去,
叼到了巴拉纳细地方。

"那个叫变亚干塔的年轻人,
他独自走进深山密林,
他捡得了我们的公主,

---

① 找:云南汉语方言,意为"赚",特指赚钱。——编者注

是他救活了我们的公主。

"他还救活了巴拉纳细的公主,
他现在已经做了国王的驸马,
统治着整个地方。
我们的公主呵,
他已娶做妻子。

"这些传说呵,
我们听得确确实实,
我们才赶紧离开远方的国家,
回来禀报国王。"

听了他们生意人的话,
国王非常伤心,
两眼流下的热泪呵,
淌湿了衣襟。

国王想起失踪的女儿,
以为早被大鸟吃了,
原来她还活在人间,
她到了远方的巴拉纳细,
心里疼爱的女儿呵,
哪天才能再见到你!

王后说:
"如果我女儿没有福气呵,

早已成为大鸟的食物,
休想再活在人间,
休想再见到你的父母。

"现在不管怎么样,
我儿终成了王后,
伴随一个国家的王子。

"可是呵,
我儿脱离了死难,
没有摆脱身上的羁绊,
你是远方土子定着的人,
父母早给你定了亲。"

苏万纳的母亲,
苦诉着心中的愁苦,
想念着远方的女儿。
王后对国王说:
"我们的女儿有消息了,
她落到了巴拉纳细大国,
可是她早已许给了人家。
该怎么办啊?
怎么才能见一见心爱的女儿?"

苏万纳的母亲呵,
十个指头合并得紧紧,
两手高高举过了头顶,

好言好语启禀国王。

国王叫来了众大臣：
"大臣们呵，现在得到消息，
我的女儿苏万纳，
被大鸟叼进深山古林，
那个没有父母的流浪汉，
遇到了我们的公主，
他捡得了我们的公主，
他救活了我们的公主。

"他还救活了巴拉纳细的国王的女儿，
他们招他做了驸马，
让他管理整个国家。

"我们的公主好好活在人间，
现在已满一年了，
可是呵，
我们已许给达嘎细的王子。
现在我们该怎么办？
请你们众位父老大臣来商量，
谁有什么好主意呵？
请你们好好讲。"

大臣们听了赶紧回禀：
"我们的国王呵，

你叫我们来到宫廷，
你向我们下问，
叫我们大家商量这件大事情，
问我们怎样才能免除灾星。

"要说有办法呵，
谁也比不上国王。
要照我们说呵，
还是快去告诉达嘎细的王子。

"既然他的未婚妻已被大鸟叼去，
既然人家救活了公主，
现在已娶她为妻，
要怎么办呵，
看他自己！"

国王采纳了大臣们的话，
派了一个能干的大臣，
赶快去送信。

大臣带着国王的书信，
跳上快马赶路程。
一到达嘎细的宫里，
赶紧向国王呈上书信。

达嘎细的国王，
看了呈来的书信，

信中说公主落到了远方。

送信的大臣跪在国王面前，
详细禀告了各种情况：
"威名远传的国王呵，
我们的苏万纳公主，
你们定亲的姑娘，
现在落到了远方的巴拉纳细。

"那个没有父母的人捡了去，
做了他的妻子，
他还做了巴拉纳细的驸马，
这个消息呵，
到处都在传扬。

"现在我们来向你召禀报，
年轻的召呵，
你是最有办法的人呵，
该怎么办呵，
你试想想看。
只要能使公主回来，
要怎么办呵，
请你拿主意吧！"

听了送信人的话，
王子像万箭穿心。
"苏万纳公主是我的未婚妻，

是我最先把亲定。

"他是个骗子，
他是个魔鬼，
他就是啼楞夏大鸟的化身，
他还假装什么好人？

"现在他又变作人间男子汉，
他变去变来，
蒙骗了我们的公主。

"他还当上了国王，
管理巴拉纳细国家，
他还要让国王的公主呵，
损失在他的手下。

"他还装出有超人的本领，
到处诱骗人，
我恨不得握起利剑，
立即砍下他的头，
叫他马上死去！

"现在呵，
我们要调集众兵，
去讨伐这个骗子。"

刚烈的达嘎细王子，

心中的怒气像烈火燃烧。
他用心擂起了战鼓，
鼓声咚咚震人心。
鼓声催来了骑象的勇士，
鼓声催来了骑马的兵。

凡是国王管辖的地方，
不论是大村和小寨，
也不论是近是远，
都调集了众多的兵丁，
长矛密密似竹林。

王子又写了书信，
盖上红红的大印，
送到许多国家，
很快调来众多兵马，
各路大军都来临。

他们选定了好日子，
出征的队伍就离了城。
唢呐声和着鼓声，
各种音乐和吼叫声，
响成一片。
长杆的军旗迎风飘，
马队、象队拉出了达嘎细的京城。

有的扛着长矛，

有的腰间掖着斧头，
有的挥舞着长刀，
有的骑着战马，
头上插着孔雀的翎毛。

他们吼叫着，
他们蹦跳着，
都说要为他们的王子，
抢回美丽的公主。
骑大象的说，
要踏进巴拉纳细的城里，
为王子打仗，
为王子抢回美丽的姑娘。

出征的队伍离开了达嘎细，
出征的队伍走进了大山和密林。
身上刺着花纹的勇士，
带着队伍走在前面，
长长的队伍望不到头和尾。
达嘎细的王子，
骑着大象，
统领着整个大军。

王子性情暴躁，
用脚踢着大象的金镫，
恨大象走得太慢。

队伍来到干塔纳王国的城边,
王子派大臣去见国王,
要他派出兵马,
一起攻进巴拉纳细的国土,
把巴拉纳细踏平。

干塔纳的国王,
也调集了众兵,
把队伍拉出了京城。
干塔纳的国王,
和他达嘎细的女婿,
互相问候,
互相商量。

"年轻的国王呵,
我的好女婿,
现在我们一起出兵,
去攻打巴拉纳细。

"人家说,
明智的君王,
有本领的人呵,
首先要用好话去引诱。

"我们到了巴拉纳细呵,
要在各方驻扎,
把它团团围住,

要埋下竹尖桩,
要挖下陷阱,
让他们没有一条出路。
然后呵,
才写上盖红印的书信,
信里的话呵,
要说得婉转又好听,
要有说有笑,装作很高兴。"

信中要说:
'叫他们快把苏万纳公主,
送到我们的兵营。

'假若还指望两国间的友好,
假若还听取好言劝告,
不想让自己的地方荒废呵,
让巴拉纳细的国王,
往远处看,
细细思量。

'请快快送回苏万纳公主,
只有这样,
你们的国家才会平安,
才会像大青树一样常茂常绿。
若要逞强抵抗,
不把公主送来呵,
我们就要攻进你的王国,

打破你们的城池。'"

干塔纳国王说了这番话，
他远方的女婿句句依从，
又把大队兵马来催动。

兵马分成两三路，
兵马布满了山林，
兵马踏坏了草木，
兵马多得算不出，数不尽。

号声、吼叫声
和那战马、战象的嘶鸣，
一路喧闹不断。

队伍走了三个月，
才到巴拉纳细，
才停下来把营扎。
他们在边界上到处扎营，
边界上到处是吵闹声，
他们在四周挖了战壕，
他们在四周围了篱笆，
堵塞了各处通道。
他们还筑起了城垛，
他们还搭起了监视的高台。

他们驻扎好了，

他们处处围紧了，
达嘎细的王子才来写信。

信中的话婉转又好听，
说到了各种事情，
说得有头又有尾。

信中说：
"巴拉纳细的国王呵，
听说你招来了一个女婿，
一个没有父母教养的浪荡子。

"他原是一个魔鬼，
他原是一个大骗子，
苏万纳本是我的未婚妻，
是她的父王许配的，
那个魔鬼变作大鸟来叼去，
他又变作人间的年轻小伙，
把我的公主蒙骗。

"他又遇见你那死去的女儿，
让她死去又复生。
他还诈称是有本领的人，
他会咒语和法术。

"你竟招他做驸马，
把自己的女儿嫁给他。
如果你还要认他做女婿，

如果你还要让他当国王阿,
你的国家将会为这个魔鬼整个毁坏。

"现在叫他快快送出苏万纳公主,
若要再违抗啊,
就等着瞧吧!"

骄横的达嘎细王子,
在信中写了这些话,
派人立即送传。

送信人到了宫殿,
立即把信呈上,
回转了他们住的地方。

巴拉纳细的国王,
看了使者的来信,
句句像铁刺一样,
刺痛心肠,
便耳朵发烫。

变亚干塔驸马呵,
看着来信,
一字一字详细诵读。
他一点也不气,
他一点也不着急,
他的脸上还在暗自笑嘻嘻。

想听贡麻纳故事的人们呵,
我们唱的诗要歇一歇了。

7

含苞的花呵,
还要开放,
歌颂贡麻纳的诗呵,
我们还要接着唱,
要让他像点燃的蜡烛,
照亮大家的心房。

现在,
故事又回过来讲一百零一个王子,
他们曾经想要巴拉纳细的公主,
他们曾一起来求婚。

公主怕父母和百姓遭殃,
公主自绝了自己的性命。
贡麻纳用仙水来医治,
公主才死又复生。

公主和贡麻纳结成了美好夫妻,
这个消息像鲜花的香味,
随风飘到很远很远的地方。

消息传到了一百零一个国家,

就是来向公主求婚的那些国家,
各个王子气得火烧胸膛。

"我们是有福气的人,
我们是天神来投生,
他怎么把我们当成一般百姓,
这样轻视我们?

"我们本是统管地方的王子,
他怎么这样欺负我们?
把我们当成了憨人。"

他们各自率兵出发,
像狂风吹赶着浓云,
他们的兵马多得计算不清。

战象吼叫,
战马嘶鸣,
牛角号混杂着唢呐声,
整个国土上都是兵。
他们的脖颈和手上都拴着神线,
说是碰到对方的兵才能免难。
他们有的扛着火药枪,
有的抬着大炮,
里面装着弹丸和铁刺。
有的头顶上刺着花纹,
说是追杀敌人时才会取胜。

他们扛着长矛,
矛尖寒光闪闪,
一个个雄赳赳、气昂昂,
恨不得立即杀向敌方。

那众多的国王和王子,
都骑着大象,
走出了他们所管的地方。

队伍走进了深山,
队伍走进了密林,
到处是人喊马叫,
整个山里都不得安宁。
大队兵马到了巴拉纳细,
驻扎的小萠萠布满边境。

达嘎细的王子最先来到,
他会见了后来的国王,
和他们诉说着各种情形。

个个王子都怒火满腔,
"呸,呸,呸!"骂个不停。
"他如此欺负我们远方的国家,
他竟如此心狠。

"还骗我们说公主已死,
还叫人把公主抬到墓地。

原来公主回转了宫殿,
原来是在欺骗我们。

"现在又把公主嫁给了他,
一个穷人,
一个流浪汉,
一个卑贱的傣家百姓。

"巴拉纳细的国王啊,
他怎么去喜欢一个坏人?
把他当成了真宝,
让他来做公主的伴侣,
让他来称王。

"我们这些荣耀的王子啊,
反而受他欺负。"
一百零一个国家的王子,
拿起了纸笔,
给巴拉纳细国王写信,
信中尽是刺痛人心的话。

"老国王啊,
你统治着大地方,
大家都传颂着你的美名。
你怎么竟上了坏人的当?

你怎么败给了一个骗子?

"你明明知道他是个魔鬼,
他化成了人形,
他还要吃掉你们全勐的人。
你怎么这样喜欢他?
你怎么这样怜爱他?
你怎么把公主送给那吃人的魔鬼?

"想当年,
我们来求婚,
你还瞧不起我们,
把我们骗走。

"还骗说你女儿死了,
现在怎么又嫁给了一个冒沙佬①?
人死了又复生,
哪有这样的事情?

"你太欺负我们众位土子了,
你欺骗我们了!
现在啊,
你的城池将为此被火烧,
你的城池将为此被踏平!
你们全勐的人将会烧成灰烬!"

---

① 冒沙佬:闲游浪荡的男青年。

巴拉纳细的老国王，
仔细读了来信，
信中是猖狂逞凶的话，
句句都是威胁和挑衅，
句句都像利箭，
刺痛老国王的心。

老国王叫来变亚干塔驸马：
"我的好女婿啊，
国事不好了，
人家的军队已包围着我们。
变亚干塔呵，
我的好女婿，
有本事的人莫过于你，
怎样才能免除灾祸？
怎样才能幸福安宁？
你快出主意！"

贡麻纳没有着急，
他的脸上泛着微笑。
"父王呵，
你不必发愁，
你不必担心，
全部事情由我担承，
我会很好地处理，
让乌云散去，天变晴。

"众多军队只不过一百零一个国家，
他们不足使我害怕，
他们还不够与我对争。
即使他们的军队有百万千万，
即使他们的军队来自天上和地上，
又哪能与我们对敌？"

贡麻纳不慌不忙，
写起了书信。
信中的话一点也不示弱：
"你们一起率兵来到我边境，
你们想讨死吧？
你们要想怎么杀就杀来吧，
你们还比不上我的一个小指头，
你们的百万军还不够我杀。

"即使你们能从天上飞来，
又哪里是我的对手？
你们想什么时候来打？
无论是白天，
也无论是黑夜，
都随你们的便，
把你们的勇士放过来比比看。"

贡麻纳写好信，
叫来了飞得快的猫头鹰：
"你把信带到他们驻扎的地方，

把信丢下就飞回来。"

猫头鹰带着贡麻纳的信，
飞上了高空，
飞到众多王子的兵营，
它把信丢下去，
就回转了宫廷。

众王子的卫士拾到了信，
赶快送给他们的王子。
王子们细细看了来信，
信中的话像万支箭，
刺痛了他们的心。
他们催动了众兵，
杀进了巴拉纳细。

巴拉纳细的百姓，
纷纷惊跑，
边境上的小村小寨，
都一起逃进城里。

贡麻纳叫大家别害怕，
叫大家在四面八方驻扎，
把各条道路都堵死。

人们都在四面安营扎寨，
在各条通道严严把守，

只等那远方的兵一来，
才冲出阵去追杀。

他们远方的兵将，
像魔鬼一样猖狂，
他们射了箭，
又挥舞着长刀，
跳着冲上前来。

双方对着冲杀，
都想要取下对方的头。
双方奋勇拼杀，
谁也不畏缩。

那边用火药枪打来，
把对方打倒，
有时这边用铁筒扔过去，
又把对方炸翻。

双方都用石头垒起了坚固的寨门，
火药枪搁在寨墙上，
有的跳出石墙冲向敌阵。
杀去杀来，
渐渐逼近了京城，
人家众多的兵啊，
像水一样淹没过来了。

人们跑来向国王报信：
"我们的国王啊，
人家的军队从四面围过来了，
已逼近城下了，
要怎么办啊？
国王你快详察！"

老国王叫来了贡麻纳：
"我的好女婿啊，
人家的军队已逼近城下，
人家已把我们包围，
怎样才能消灾免祸？
怎样才能安宁？
天下有本事的莫过于你啊，
你快把主意来定！"

贡麻纳安慰着老父王：
"父王啊，
请你不必发愁，
请你不必焦急，
这件事我自会办理。

"只是他们既来到这里，
暂且让他们逞逞凶狂吧，
他们的死期不远了，
不久他们就要死成堆，
他们休想再回去。"

贡麻纳叫来了猫头鹰：
"猫头鹰呵，
你快来帮我办办事情，
你快带上我的书信，
去到魔鬼居住的古林，
请请送我们来的那八个魔鬼。"

猫头鹰接受了命令，
带着盖上红印的信，
立即展翅迎风，
飞向三千座古林。

白天太阳耀眼，
猫头鹰在林中睡觉，
当日落黄昏，它又飞行。
猫头鹰整整飞了三个夜晚，
才飞到魔鬼居住的地方。
猫头鹰向魔王呈上了书信，
又向魔王诉说详细情形。

魔王叫来了八个魔鬼：
"我们人间的女婿，
现在遇到了灾难，
叫你们八位快去援救。"

八个老魔鬼接到命令，
立即起身不稍停，

他们从高高的空中飞去，
还有猫头鹰一起同行，
当日就来了宫里。

贡麻纳升上了宝座，
八个魔鬼拜见了贡麻纳，
他们好言好语互相问候，
贡麻纳向他们说明了事情。

"他们一百零一个国家的王子，
来向我抗争，
你们长久住在深山密林，
从来不曾吃过鲜美的人肉，
他们众多国家的兵，
已围在城边，
你们去追捕来填自己的肚子吧。

"你们只管放开肚皮吃，
你们吃够吃饱了，
再去把他们的国王抓来，
他们的国王要抓活的，
一个也不要放跑。
连那干塔纳国王，
公主的老父亲，
你们也把他抓来，
莫让他跑掉。

"连那达嘎细的王子，
那个送了春茶去求婚的蠢女婿，
统统一起抓来。
我要好好教训他们，
不能让他们再逞凶狂。"

听了贡麻纳的话，
八个魔鬼无比高兴，
他们立即离开宫廷，
去追赶围城的众兵。

众兵打出了火药枪，
众兵放出了箭，
就像打在坚硬的岩石上，
伤不着魔鬼的一根毫毛。

魔鬼追捕着众兵，
抓到四个五个一起塞进嘴里，
吃得嘴角血淋淋。

有的一抓到就折断了腿，
魔鬼的样子真可怕，
下巴的胡子长又乱，
两眼闪着绿光一眨一眨，
白白的牙齿有板锄大，
他们捕吃着众兵，
活像鸟雀捕食小虫一样。

众多国家士兵呵,
有的吓掉了魂,
定定站着不会跑,
有的跪在地上求饶。

"密林里的大王呵,
可怜可怜我们吧,
我们是国王抓来的,
我们不敢违命,
现在我们知罪了,
惧怕大王的福威了。

"请大王恕罪,
请大王饶命,
我们永远不忘大王的恩情!
众兵们个个合着掌,
双手高高举过头顶。"

魔鬼们愈吃愈起劲,
什么话都不听,
他们把舌头弹得嗒嗒响,
瞪着碧绿的眼睛。

魔鬼们在林中饿了很久,
今天吃得真高兴,
肚子吃得胀鼓鼓,
全身吃得血淋淋。

无数的兵减少了,
魔鬼们再也吃不下去了。
魔鬼们又去追捕那些国王,
把他们拖进城里。

那些国王怕得又哭又叫,
有的摔倒了,
有的跪下求饶。
所有的国王都逮住了,
一个也没有漏掉。

魔鬼们把他们拖进城里,
拖进了贡麻纳的宫廷。

众国王跪在贡麻纳面前,
不住声地求饶:
"不敢了,不敢了,
我们冒犯了你的神威,
我们完全错了!

"即使我们冒犯了你呵,
也要求你可怜可怜,
求你大发慈悲!
因为我们不知道你的神威,
才率领众兵来挑战。

"即使我们错了呵,

也请你饶恕开恩，
我们永远把你崇敬，
我们永远不忘你的恩情！"

众国王跪在地上，
十个指头并得紧紧，
高高举过了头顶，
吓得战战兢兢。

贡麻纳当着众百姓和众兵，
把那些国王来呵斥教训：
"你们统治着上万个地方，
你们的威名传得很远，
怎么还来与我这卑贱人较量？

"你们为何这样害怕？
你们为何来跪在我脚下？
你们不要做出这种样子，
你们不要再损伤自己的面子。

"你们明明知道自己有本事，
才会率兵来攻打别的国家，
怎么又会害怕我们？
怎么又诺诺屈服？

"若是我自己呵，
既要逞勇逞能，

就决不投降，
其实死到临头也不怕，
今天死了明天又投生，
哪里会有丝毫怕死？

"你们既要这样那样逞强，
就随它死去吧，
不然就送给魔鬼吃肉喝血罢了。
你们这些国王的肉呵，
比什么都好吃，
看你们众位王子，
肉体正长，血气正旺，
要让魔去吃呵，
将比世间所有的食物都美。"

贡麻纳的责问呵，
一百多个国王又痛心又羞愧，
在众百姓和众兵面前，
他们怕得话也讲不出。

他们连连叩头，
他们连连讨饶：
"福大威大的贡麻纳呵，
请你多多慈悲，
你的两眼看我们，
就像光辉的太阳，
照在我们头上，
让我们的寿命得到延长。

"我们愿做你的奴隶,
我们愿给你上贡,
连我们管的附属小国,
统统献给你,
永远归属你贡麻纳。

"我们不会忘掉自己的诺言,
我们全都归属你管。
我们头顶上的召呵,
请让你的福荫护佑着我们,
让我们年老、年轻的国王,
都得到生存,
能让我们托靠你的福气,
愿你像宝伞一样,
罩在我们头上。"

众国王求了又求,
贡麻纳哪里肯依。
"一百多个国王呵,
既然你们有本事,
才来攻打,
怎么又来说这多好话,
又来这里认罪服输?
你们一百多个国王,
纵然调集全世界兵马,
纵然把天下所有的人都搜着来,
又哪能放得过我贡麻纳?

只可怜百姓们,
将为此成堆地死去,
将为你们白白丧生,
要不然我就让你们死个干净。

"现在你们活着,
还要想想往后长远的日子,
你们不要欺负穷苦人,
你们不要践踏穷苦人。

"虽然得当上国王,
统治着众人也罢,
见到苦难的人呵,
不要去欺负他。

"谁的福气怎样,
往后的命运怎样,
还未可知。
就像你们欺负我一样,
你们这样做呵,
并没有达到你们的愿望,
你们众位国王呵,
只落得个羞愧难当。

"要不是我可怜你们呵,
早就丢给魔鬼做了饭菜。
现在你们知道了,

用不着我去动刀动枪。

"只靠神灵的援助,
你们就成了魔鬼们的饮食,
要让我手握宝刀和弓弩,
杀上战场呵,
你们将碎尸万段,
死得更多。"

贡麻纳当着众人把他们教训,
一百多个国王诺诺应声。
干塔纳的老国王,
苏万纳公主的父亲,
好言好语对贡麻纳说:
"有福气的召呵,
你让我们好好活着,
你用各种道理把我们教训,
你才配做我们国家的好女婿。
我的整个国家呵,
全都归于你。"

达嘎细的王子,
原以为会要得公主回去,
现在只好说:
"错了,错了,
臣冒犯了你召的福威,
望你召饶我一条性命。
我的国家愿送给你管,

我不再敢与你相争!"
他们个个卑恭求饶,
合着掌举到头顶。

贡麻纳当众再把话训:
"假若我不可怜公主,
假若我不救公主,
她早已被大鸟吃下肚去了。

"你这达嘎细的王子,
你虽送了春茶定了亲,
可惜你没有这个福,
才让大鸟叼走公主送给了我。

"你还这样猖狂,
这样那样来挑衅,
调集众兵来进攻!

"还有你们一百零一个王子,
你们都想要巴拉纳细的公主,
你们一起来求婚,
国王只有一个独生女呵,
叫国王答应你们哪一位?
公主怕为此引起战争,
公主怕国家遭到不幸,
公主才狠心自绝性命。

"公主死了,

公主的遗体已经发臭了，
国王问你们谁能把她救活，
就让公主同他成亲。

"你们谁都说不能救活，
你们各自说说笑笑转回程，
你们谁都不想要了。

"人们才把公主抬出城，
要把她埋下土去。
幸亏遇上我呵，
我用仙草、仙水来医治，
公主才死而复生。

"你们还这样调兵来攻打，
要不是我可怜你们呵，
你们已死在战场，
喂了老鹰。"

贡麻纳讲了许多道理，
教训那些国王，
国王们都怕死，
他们诺诺应声，
他们合着掌，
拜了又拜。

这时，
贡麻纳才放他们去歇息，

国王们又一再拜谢，
他们都说：
"今生今世再不抗争，
我们愿做你的臣民！"

国王们幸免了，
他们都高高兴兴，
只是有些羞愧，
只是脸上发烧。

贡麻纳筹办了七天七夜的大摆，
铓锣和象脚鼓敲个不停，
青年小伙子们跳起舞。

贡麻纳叫那八个魔鬼，
去取来埋藏的金银。

八个魔鬼听了命令，
立即奔向林中去取金银。
八个力大无比的魔鬼，
挑来了八挑，
堆在贡麻纳的宫廷。

贡麻纳打开了装金银珠宝的大箱笼，
把金银珠宝施给众人，
所有巴拉纳细的百姓，
不论穷人和富人，

贡麻纳都分给了他们每个人。

有的提着,
有的挑着,
搬回自己的家。

这时,
苏万纳公主见到了她的父王,
他们都流出了热泪,
不幸的离别呵,
诉说不尽。

"父王呵,
要不是贡麻纳救我,
女儿早被大鸟吃了,
哪能再见到父王?
现在我在这里呵,
享不尽的福,
父王回去告诉母亲,
让母亲不要牵挂,
让母亲不要愁闷。

"请告诉宫里的姐妹们,
请大家放下忧愁的心,
不要有什么惊扰大家的安宁。"

苏万纳的父亲热泪滚滚,
伤心得说不出话:
"我的儿呵,
只以为你已离开了人间,
想不到还能再见到你。

"回想大鸟叼走了你呵,
我曾率兵去找寻,
找不到我儿呵,
你的父母无比伤心。

"我们请魔古纳来卜卦,
魔古纳说,
等到了金色的十二月,
我儿自有音信。

"真像魔古纳说的一样,
到了金色的十二月呵,
我们得到了你的消息。
你的母亲听了高高兴兴,
不让出兵来攻打。
只是达嘎细的王子不依,
约我们一定来相争,
我们才不得不来到这里。"
父女俩诉说了离别的苦情,
又转为高兴,
一起观看热闹的大摆,
一起庆祝贡麻纳的胜利。

贡麻纳对赶摆的众人说：
"众多百姓们呵，
假若你们想看看我的本领，
我将让你们看清。"

贡麻纳从自己的筒帕里，
拿出了珍藏着的神象，
神象只有小老鼠那样大，
贡麻纳对它念念咒语，吹了三下，
再拿仙水、仙草喂了它，
神象一下长高长大，
它的身子有人的十六肘长，
它有三个长鼻、六颗长牙，
镶宝石的金鞍金光灿烂。

贡麻纳挎起了宝剑，
手执神弓、神弩，
飞身跃上大象背上的金鞍。

贡麻纳骑上大象，
飞上了高空，
在云层上来回飞行。
贡麻纳弹起了弓弦，
弦声像空中雷鸣，
贡麻纳挥起金枪宝剑，
剑光烁烁像空中的闪电。

这时，
那一万零一个国王呵，
更加惧威，
更加崇敬。
他们双手合掌，
高高举向天空。
"真神奇呵，真神奇，
这才配做人间的帝王，
这才配统治天下的众人。
本领高强的召呵，
怜爱着天下万人。
假若贡麻纳不怜爱呵，
只要把宝剑一挥，
你我就全部死了。
这样的人真是天下无敌，
这样的人将会成为菩萨。"

众人个个惊呼，
众人个个称颂，
他们手拿五彩花瓣，
高高掷上空中。

贡麻纳飞落到地上，
万道金光照耀着人间，
众国王连连称颂，
国王们连连合掌朝拜。

贡麻纳拿出仙水，
仙水里配上了灵芝仙药，
让人们自己往身上擦。
突然间，
老年人变年轻了，
年轻人变得更加漂亮，
有病的人变得身强力壮。

用过仙药水的人们，
活了八万年，
整个巴拉纳细呵，
到处是欢乐的鼓声，

到处是愉快的歌声，
天天像赶摆一样，
生活比天堂还美好。

贡麻纳的威名，
到处都在传扬，
许许多多的国家都来归顺。

贡麻纳受苦受难的故事呵，
就有这些了，
全勐的男女老少呵，
你们要牢牢记住。

附记：描写升仙成佛一节略去。

慕灭注 ①

记录者：冯寿轩、林忠亮
翻译者：晚相牙
时间：1980 年 4 月 20 日
搜集地点：云南省德宏傣族景颇族自治州芒市金塔大街

请听，
现在我们来唱很早以前的故事，
希望男女老少牢牢地记住。

请听，
古老的制度，
给人们带来了苦难的生活。

---

① 慕灭注：最香最美的一种花。

1

有一个大城市，
住的人很多很多，
房子挨着房子，
都很漂亮。

城市四四方方，
四处闪着亮光。

混勐①的宫殿里，
有很多美丽的姑娘。
最美的那个姑娘呵，
有一对双眼皮的大眼睛，
走起路来飘飘摇摇。

这里一年四季都是铓锣声和象脚鼓声，
这里一年四季都是又唱又跳。
每天早上天一亮，
棚勐②们一个一个来朝拜，
恭恭敬敬地跪在大殿上。

混勐座位的四周，
侍候他的人们，
摇晃着星秀③，
就像天空上的星星闪亮，
围绕在月亮的身旁。

这个地方有很多的沙铁，
都归混勐管辖，
这里还有一家最穷最苦的人，
他的房子是断啥断顿④盖的，
他们夫妻俩靠找干柴和芭蕉叶，
拿去换饭、换盐巴过活。
已经是很久很久了，
比他们苦的再也没有了。

他的妻子怀孕了，
一个月过去又接一个月，
这样过了十个月。
有一天深夜，
大风、大雨、大雷都来了，
把他家的房子吹翻了。
他们很穷又遇到了这样的灾难，
两个人只得缩着坐在烂篱笆上。

---

① 混勐：管理这个地方的人。
② 棚勐：头人。
③ 星秀：佛手。
④ 断啥断顿：森林里的一种叶子，像芭蕉叶。

到了夜半三更，
她的男人淋雨后，
发冷发烧，
头疼眼花，
当城里鸡乱叫的时候，
断气离开了人间。

就在这个时候，
她生下了一个男孩，
取名叫岩岁纳。
她双手抱起了自己的孩子，
不断地哭着。

她摇了摇自己的丈夫，
不停地呼喊：
"你快醒来，醒来，
看看你的儿子，
看看你的阿妹。

"我亲爱的阿哥，
你回来嘛，快回来！
你的阿妹看着你，
盼望你快快回来。

"你怎么样了？

你会离开了我们，
留给你阿妹的只是苦难的生活。

"你去吧，
你好好地去吧，
去到勐屁的地方①。
如果那里真的好住，
你再回来看看你的儿子。
不管好不好住，
你都得常来看望你的儿子。"

她面对着刚生下来的儿子，
有什么话要对他说：
"苦命的儿子呀，
苦难都堆在妈妈的身上。
我的宝贝呀，
我可怜的小宝贝！
妈妈找什么东西来给你吃？
妈妈怎么能把你抚养成人？

"我苦命的儿子呀，
你为什么在你爸爸死的时候出世？
我的宝贝呀，
你还没有亲眼见过你的爸爸。

---

① 勐屁的地方：人死后居住的地方。

"我的儿子呀,
我两娘母为什么会这样苦?
苦是谁带来的呀?

"为什么做人这样苦?
怎么这样穷?
就像火烧在娘的身上,
所有的痛苦都落到我两娘母的身上。

"我可怜的儿子呀,
我真是气呀,
我两娘母呀,
只有去讨口要饭。

"我的儿子,
望你不要哭,
不要叫,
我的儿呀!"

每走到一排一排的瓦房,
她向别人跪下:
"召呀,
请你给我一点白米。
大爹、大妈、奶奶,
请你们可怜我,
给我一点盐巴,
救救我这个穷人。"

有时候去要饭,
有的人家的狗乱叫,
也没有人出来叫狗,
她只好眼泪长流。

有的人家不给东西,
还叫她赶快走开。
她从太阳出要到太阳落,
从东边要到西边,
又从西边要到东边,
还要不到一顿饱饭。

她到处流浪,
结果还是一双空手。
她伤心了又伤心,
命苦呀,又命苦。

"我的儿呀,
叫你的妈妈拿什么给你当饭?
想不通呀,想不通,
太阳为什么会这样辣?"

她从背上放下了自己的娃娃,
紧紧地搂在自己的胸怀。
她给娃娃喂奶,
手摸着小宝贝的周身。

苦日子一天一天地熬着，
旧的一年终于过去了，
新的一年又艰难地来到，
这样艰难地过去了七年。

"妈妈的小宝贝，
多么美呀，
就像一朵含苞的慕候①，
很快就要开放。

"我苦命的儿呀，
你要乖乖地在家，
不要乱跑乱跳，
妈妈要到山上去找干柴。

"我可怜的儿呀，
你不要离开这座烂房子，
怕牛马踩着碰着，
受牛群、马群糟蹋。

"我的儿子呀，
妈妈会给你带努岑良②来玩。
再见吧，
我的儿子呀！

"等我带来了努岑良，
你就好同你的朋友玩。
我说的要记住，
我的儿子呀！"

她离开了寨子，
来到了大陡坡，
所有的山脚，
所有的坳子，
她都找过了。

太阳快要偏西了，
她挑着干柴，
挑着芭蕉叶，
往家里走去。
她走到了住的烂房子，
有的地方已经塌了，
有的地方通了大洞，
她双手拿着努岑良，
嘴里不断在喊：
"我的儿呀，岩岁纳，
妈妈给你带来了好东西。"

岩岁纳接过了努岑良，

---

① 慕候：一种香花。
② 努岑良：一种玩的东西。

他很高兴,
高兴地跳了起来。
从此他每天就在大路上,
同他的伙伴一起玩耍。

岩岁纳对同伴们说:
"我们来玩努岑良,
要是我输了,
你们就来敲我的头顶。

"要是你们输了,
就给我一顿两色饭。"
他的话一说完,
就开始玩会滚的努岑良。

岩岁纳的手特别准,
每次都是他打着努岑良。
他拿着绿色的叶子,
回家里去了。

岩岁纳的阿妈仔细地望着他:
"哪个送给你的两色饭?
房前屋后我们没有亲戚,
哪个来可怜我们?
我的儿子呀!"

2

现在我们另外来唱召勐①所管的地方,
到了收租收税的时候,
坝子罩着雾的时候,
田坝里的谷堆都打完了,
田租地税都送到召勐那里去了,
所有的人家都交清税款了。

有一天,
寨子里来了混勐的差人,
他们对她两娘母说:
"所有的人都交完租了,
你要快快去混勐那里交租税。"

她跪着对差人说:
"我的肚子都吃不饱,
我的日子无法过,
没有什么送给你们。"

差人说:
"穷娃娃的妈妈,
所有的田地都属于混勐,
所有的山川都归混勐管辖,

---

① 召勐:傣族土司。——编者注

你的儿子也归混勐。"

岩岁纳被差人抓走以后，
他的妈妈呀，
气得有点发呆了，
就像有几万把矛子，
戳在她的身上。

她气得全身肠肚都翻绞了起来，
她想到她的娃娃才离开他的阿爹，
现在又离开了自己的妈妈。

"所有的天神呀，
请你们睁开眼睛，
让我们两娘母靠靠你们。
父母的灵魂呀，
你们在哪里？
来帮助我们一下，
听听我们的呼唤。

"不知道我的儿子，
现在是睡着还是站着，
是冷还是饿，
妈妈天天想看你，
眼泪蒙住了眼珠。

"我们再穷再苦，

只要儿子不要离去，
两天三天不吃饭，
儿子不去，妈妈都过得了。"

她的心像烈火燃烧，
她是多么的难过，
这样的苦呀，
什么人也没有遇到。

3

现在来唱岩岁纳离开妈妈以后，
每天在宫殿里扫地，
为混勐抹桌抹椅，
从早到晚都在做事。

过去了两个月三个月，
日子就是这样地过去。
混勐最小的那个姑娘，
名叫眼娅因，
她看见了岩岁纳，
仔细地看了又看。

她走到了岩岁纳的面前，
她靠近了穷娃娃：
"不知你是哪里来的，
快快告诉我。"

岩岁纳听见姑娘跟他说话，
他感到有几分害怕，
姑娘还问他从哪里来，
他回答着姑娘的问话：
"我住的地方就在东边，
我的妈妈还在太阳的家乡。"

姑娘说着安慰岩岁纳：
"你不要整天难过，
不要只想到你的妈妈！"

时间过去了若干年月，
太阳出来又落下，
混勐叫来了一群慕勐①
来为他看卦。

混勐的朗滴玉②，
得下了大病，
饭也几天没有吃下。

慕勐开口说：
"召喂，召，
医这种病的药会有，
它长的地方很远很远。

"要找这种药，
勇敢的人才会找到。
这种药叫慕灭注，
又好看又香。

"慕灭注的枝叶永远不会掉，
它是神仙种下来的。
慕灭注生长很多年了，
它会散发出光亮。

"慕灭注的根根绕着根根，
也会发出红色、绿色的亮光，
它没有被任何人看见，
任何人都还不知道。

"不管你有千种病还是万种病，
只要用它擦一下，
什么病都会好掉。"

混勐听了以后高兴了，
混勐对宫殿里的人说：
"对全勐传下我的召唤：
'你们快抬起大铓，
要将铓敲得响了又响。

---

① 慕勐：会看卦的人。
② 朗滴玉：大老婆。

'看哪个能找到慕灭注,
要问遍所有的人。'"

头人们都跪了下来,
嘴里不断说着:
"是啰,是啰!"

4

时间过去了两天三天,
没有一个人出来担承,
头人们天天白跑,
头人们感到作难。

头人们向混勐跪下,
头人们向他报告:
"召喂,召,
我们走遍了坝子,
找不到你要的人。"

朗滴玉的病越来越重了,
眼娅因向混勐跪下:
"父王呀,父王,
你为什么这样忧闷?"

父王低着头,
头人不说话,

宫殿里静了又静,
就像全城没有一个人一样。

"你的女儿的身边,
有一个很勇敢的小伙子。
父王呀,
你不要忧愁。

"你要的那种仙药,
他可以为你找回来。
那时阿妈的病就会好起来,
她会愉快高兴。"

混勐高兴地说:
"好了,太好了,
你快叫他马上来,
快来到我这里。"

小伙子岩岁纳呵,
来到了混勐的殿上。
混勐忙着说:
"你这个小伙子,
我要你去找仙药,
要是你找不着发光的药,
你就不得回来见我。

"这种花药的名字叫慕灭注,

它是一棵慕灭注花。
它长在很远很远的地方，
从来没有人见过。

"猎人走得最远，
他也没有见到。"

岩岁纳接着说：
"哦召，哦召，
我去找找看，
看谁能找到。

"不管它在哪里，
我一定要把它找到。"

岩岁纳走出了宫殿，
大步大步地朝前走去。

岩岁纳走进了森林，
岩岁纳走过了平坝，
岩岁纳走过了高山，
岩岁纳走过了竹林。

岩岁纳走过了老箐，
岩岁纳又走进了古林。
鹦鹉站在树梢，
向岩岁纳放声高叫：

"你的胆量真大，
会走路来到这个地方。
你从哪里来？
家住在何方？"

岩岁纳忙着说：
"红嘴鹦哥呵，
你的嘴壳又弯又圆，
你是一只好鹦鹉。

"我受混勐的命令，
才来到了这里，
找到了你这个朋友。

"我要去找最香的仙药，
它可以擦抹，
也可以泡水喝。

"我穿过了大山，
我走过了森林，
才来到你这里。"

鹦鹉说：
"好了，好了，
小伙子，你来到，
我要顾你到山坳里。

"等走过了两三天,
我们就可以到金孔雀住的地方。"
小伙子坐下来休息,
老鹰朝鹦鹉头上飞过。

鹦鹉的头垂了下来,
鹦鹉断气了。
岩岁纳小伙子说:
"你怎么就离开了我?

"我伤心呀,
我的鹦鹉,
你还没有把我带过森林,
就把我独独丢下。

"什么东西都还没有,
留下的只有悲伤。
伤心呀,
我真是伤心。"

岩岁纳将鹦鹉放进了土洞,
他捡来了绿色的树叶,
他拾来了白色的鲜花,
他拿来了长长的软草,
轻轻地盖在鹦鹉的身上。

岩岁纳向鹦鹉三次合掌,
岩岁纳向鹦鹉告别,
岩岁纳独自一个人,
又向前走去。

5

岩岁纳来到了金孔雀住的地方,
金孔雀的羽毛闪光,
金孔雀张开了翅膀,
迎接远来的岩岁纳。

"小伙子呀,
小伙子,
你来自哪里?
要去什么地方?"

岩岁纳忙着回答:
"我要去找一种仙药,
还要走向前方。"

金孔雀又唱:
"小伙子呵,
你要记住我的话,
仙药离这里很远,
要穿过层层的藤子,

要穿过厚厚的茨篷①,
还隔着几条大江。

"你骑坐在我的背上,
紧紧地握住我的羽毛,
我要带你飞向前方。"

金孔雀,飞过了山坡,
金孔雀,飞过了江河,
金孔雀,飞过了高山,
金孔雀,飞过了山林,
金孔雀,飞过了海水,
金孔雀,背得太累了。
岩岁纳心中暗想:
"为了我找仙药,
鹦鹉死过去了。

"我这个人呀,
死去也是应该的了。"
岩岁纳还在暗自想着,
金孔雀真的累死过去了。

岩岁纳找来了树叶子花,
轻轻地为金孔雀盖上,
岩岁纳又向金孔雀三次合掌,

岩岁纳向金孔雀告别。

6

岩岁纳不断向前走去,
他太伤心难过,
他想念他的朋友,
他感到他的脑子混乱。

他觉得自己孤单,
他觉得身上发冷。
他又走了六七天,
来到了金牛居住的地方。

岩岁纳来到了坝子,
金牛问着:
"小哥哥,
你从哪里来?
来这里干什么?
这里是有角的动物居住的地方。"

岩岁纳接着说:
"我爬过了层层高山,
走过了长长的小路,
才来到了有角动物的地方。

---

① 茨篷:这里说的是荆棘类的植物。——编者注

"为了找到很香的仙药,
为了替人间治病,
为了替别人包伤,
为了替别人薰病,
才从这里经过。"

有角的金牛说:
"你要的这种仙药,
还得走两三个月,
远了呵,还很远。

"好小哥呀,
也许两三个月还不会到,
只是比现在更近一点。

"好小哥呀,
你就坐在我的背上,
我背你穿过厚藤子林。"

他们走了九天九夜,
来到了山坳处,
在一块沙堆上,
喝着清清的泉水。

这里很黑很黑,
突然跳出来一只豹子,
咬断了金牛的脖子。

岩岁纳的心上呵,
像穿进了一千支毒箭,
岩岁纳气得脖子堵塞。
岩岁纳不住地说:
"你离开了我,
就像尖刀割掉了我的心。
现在哪个来帮助我?
哪个来为我出主意?"

岩岁纳找来了藤子,
又找来了各色鲜花,
为金牛盖上。

什么都盖好了,
什么都做好了,
岩岁纳恭恭敬敬地跪下,
向金牛磕了三次头。
岩岁纳流下了眼泪,
衣襟都湿透了。

7

岩岁纳慢慢地向前走去,
他走过路上的绿树叶。
他像跌进了水里,
不知道往哪里走呵!

岩岁纳想见到树花,
他盼望仙人来指点。
就在这个时候,
小鸟在枝头说话:
"你从哪里来?
不要命地走路,
不想活地来到山间,
是不是迷路来到这里?

"这个地方,
是有害的动物住的地方,
是狡猾的动物住的地方,
是有害人命的地方。"

岩岁纳说:
"你听呀,
你请听,
我要找一种仙药,
才来到你们这里。"

小鸟说:
"你再往东方走去,
前面有一个山坡,
再走上几天几夜,
那里就有一种仙药。"

岩岁纳:

"我太高兴了呵,
我能够见到你,
你为我指出了路,
我太感谢你呵!"

小鸟说:
"我俩一起走,
我也要到那里去。"

他们一起走,
岩岁纳又累又软。
有时岩岁纳苦闷,
有时岩岁纳高兴。

他们来到了高山,
岩岁纳想起了阿妈,
岩岁纳想起了自己的家。

他回忆一件一件的往事,
没有一件事情使他顺心。
一个不顺心接着一个不顺心,
不好的事情没有一个完。

森林里只有千万只鸟声,
它们叽叽喳喳乱叫,
山坳里只有一群一群的黑猴,
从这边又跳到那边。

这里有大眼的猫头鹰,
还有"哥公""可公"的鸟叫。
气不完呀,
他走进了高山。

看见了远方的麂子,
看见了远方的马鹿,
还有耳朵大大的野猪,
这里什么野兽都有。

岩岁纳走得很快,
岩岁纳心里害怕。
有的动物露出牙齿,
有的动物伸长脖颈,
有的动物张开大嘴,
有的睁大着眼睛,
各种形状都有。

8

一天太阳快下山的时候,
岩岁纳来到了鸦谢住的地方,
岩岁纳向鸦谢跪下,
岩岁纳向鸦谢合掌:
"召喂,召喂,
我不知道你住在这里,
你的身体可好?"

"我不知道小伙子的来到,
灾难不能靠近我,
任何灾难都不会有,
十个灾难都离我很远。

"我成天好吃,
我成天好睡,
我心上没有难过,
我很愉快。

"你从哪里来?
为什么来到这里?
你遇到了什么灾难,
才离开了自己的故乡?

"这里与人世间隔绝,
没有一个人来到这里。
你来这里要什么?
为什么要来我这里?

"你要清清楚楚地告诉我,
需要什么都可以直说,
你走了几个月的路,
一路上如何吃住?

"要是你想来学本领,
你可以告诉我。

什么都可以讲，
什么都可以说。"

"郎[①]召喂，
你住的奘房金光闪烁，
你是最有知识的人，
你的本领最高。

"我受混勐的命令，
来这里找良药仙丹，
来这里求最好的慕灭注，
要是你老知道，
它是黄边的红花，
我专为它来到，
我走了三年零三个月，
都在森林里面寻找。"

"好了，好了，
可怜的孙子，
你好好地睡一觉，
一路上你太受苦了。

"你要找的东西，
我会让你知道，
我二十四五岁的时候，

在东方太阳出的地方，
我见过一次慕灭注。

"时间过去了一百多年，
我就再也未曾见到。
有一朵鲜花，
什么花都比不上它。

"这种花最好最好，
这种花会发亮，
这种花很难得到，
这种花也无人知晓。

"这种花洁净大方，
这种花细嫩肥壮，
这种花要很久才会冒出地面，
要很长的时间才会长成。

"好呀，好呀，
再好也没有了。
歪心人见到了这种花，
就会头晕眼花。

"歪心人闻着花的香味，
就会肠断心烂，

---

① 郎：有本领的人。

很快就会摔倒,
很快就会死掉。

"所有的坏人都怕见它,
所有的坏人想把它要,
知道的好心人呵,
就是牙齿掉了,
脸上的酒窝深陷了,
就是下巴歪了,
就是麻风病人,
就是生了大癣,
或者很黄很瘦的人,
走路走不动的人,
就是眼睛瞎了⋯⋯

"不管调着什么事情,
不管得了什么病,
只要从上面摆动三下,
死了的人也会活过来,
臭了的东西也会香起来。

"真心的人呵,
只要闻着它的香味,
死了的人也会醒过来,
会像好人一样起来。"

岩岁纳听得高兴,

岩岁纳心里发笑:
"好了,好了,
尊敬的老人。

"你告诉我这些,
我的心呀,
就像盛开的花朵,
浇上了清清的泉水。

"你好好地住着,
你的小孙子也要去找,
你放心呵,
我尊敬的长老。"

9

岩岁纳走进了森林,
白天就像黑夜一样,
岩岁纳觉得自己孤单,
不知香花长在那哪方。

他多想看见花呀,
多想见它一见,
岩岁纳走了六七天,
走过了绿色的群山。

这些日子来,

岩岁纳未见到过阳光，
他在石岩里走动，
一下是凹凹，
一下是凸凸，
都是些大石头。
他走过了一个石头，
又走过了一个石头。

有的石头像水牛伸长脖子，
有的石头像黄牛，
有的石头像麂子，
有的石头像马鹿。

有的石头像大龙，
露出长长的红须，
团团地盘在地上。

有的石头鼓着双眼，
高高地站在顶上。
岩岁纳从窄路走了过去，
险些摔在地上。

这里像笼罩着一层薄雾，
什么也看不清爽。
岩岁纳走出了大石群，
这里初露出光亮。

前方的一个山巅上，
四处闪着金光，
金光射向太空，
黑夜也像白天一样。

亮光最集中的里层，
慕灭注就在正中央。
所有的树木呵，
长得那样壮美。

一群又一群的小鸟，
歇在绿色的树梢，
它们唱着很好听的歌，
岩岁纳笑得多好。

有的小鸟叫像吹叶子声，
有的鸟叫像箫声一样好，
有的鸟叫声音低微，
有的鸟叫声音最高。

有的花不会落叶，
有的花不会枯焦，
有的花一团又一团，
有的花使人欢笑。

有的花不是一朵，
有的花瓣高翘，
岩岁纳走向群花外面，

恭恭敬敬地三下合掌。

岩岁纳跪了下去,
嘴里不断言叫,
岩岁纳靠近了慕灭注,
轻轻地贴在脸上。

慕灭注的叶子不会掉,
慕灭注的花最鲜红,
慕灭注的叶子最绿,
慕灭注的花最香最美。

岩岁纳手捧着鲜红的慕灭注,
慕灭注发出了耀眼的光亮。
"多么美的慕灭注呀,
我要把你带回家乡。

"我喜欢你呵,
我多么喜欢,
我有说不完的话呵,
赞美的话太多太美。"

10

岩岁纳摘下了慕灭注,
慕灭注和他飞到了天上,
岩岁纳飞呵飞呵,

飞到了金牛的地方。

岩岁纳用他的慕灭注,
在金牛身上绕了三绕,
金牛醒了过来,
发出了感谢的吼叫。

岩岁纳又将慕灭注靠近金牛,
然后在亮光中飞高,
他们飞呵飞呵,
高飞在天空之上。

一丝一丝的亮光呵,
就像星星闪亮一样,
长长的亮光呵,
当在高高的天上。

没有飞多久呵,
来到了金孔雀的地方,
岩岁纳摇了摇慕灭注,
金孔雀活了过来。

岩岁纳要金孔雀一起同走,
三个一起飞上了天空,
太阳高兴地照着他们,
他们在天上有说有笑。

时间没有过去多久,
他们来到了鹦鹉的地方,
岩岁纳用慕灭注向鹦鹉轻轻一舞,
鹦哥慢慢地睁开了眼睛。

鹦哥抖动着翅膀,
岩岁纳不费一点力呵,
鹦哥的歌比以前唱得更好,
鹦哥点头叫好。

鹦哥同他们一起飞翔,
像板尾花一样开放。
他们一起飞呵,
比云彩飞得还高。

云彩在他们下边,
伴着他们飞跑,
他们没有飞了多久,
就来到了岩岁纳的故乡。

他们一起降落,
立在地平线上,
坝子里处处都是人群,
紧紧地把岩岁纳围抱。

混勐和众头人闻着香味,
都倒在地上了,

差人也死去了,
坏人都死了。

有的疯狗闻到了香味,
头转了几转也死去了,
疯狗倒在了地上,
与混勐死在一起了。

11

坝子上金光灿灿,
坝子上处处像花朵一样清香,
善良的人们呵,
闻着了这种向日花,
有的眼睛看不清楚的人呵,
眼睛也亮起来了。

身上有脓疮的人呵,
也香起来了。
老人们年轻了,
姑娘们更漂亮了,
小伙子更英俊了。

坝子更宽更美,
河水更清更甜,
鸡更肥了,
猪更壮了。

象脚鼓声更响了,
铓锣声更好听了,
高山穿上了绿装,
江河欢唱得更美。

这时的河水呀,
围着城子沥沥地漂流,
高兴的鱼儿呵,
也在水里欢跳嬉戏。

他们都没有闻过这种香味,
都想闻一个饱,
轻风将香味呵,
送到了远方的山包。
山包上的果树呵,
果子结得又大又好。

坝子里的男女老少呵,
天天像赶摆一样美好。
会唱歌的人呵,
都在把伙子岩岁纳赞颂。

会跳舞的人呵,
都在为岩岁纳欢跳。
唱呵,跳呵,
唱不完了,
跳不完了。

就在这个时候,
岩岁纳与眼娅因结婚了,
所有的百姓都唱跳起来了,
所有的千千万万孔雀飞在天空舞蹈。

我们要做人呵,
就要像我唱的一样,
我们要想到慕灭注,
不要有所遗忘,
我们要常常回忆慕灭注,
用它来把我们教养。

慕灭注的光呵,
会永远闪光,
我们要牢牢记住,
记住这个穷孩子。

穷孩子和慕灭注呵,
会一起发出亮光。
穷孩子费了多大的力呵,
穷孩子用了多长的时间,
才找到了慕灭注。

穷孩子和慕灭注呵,
像太阳一样留在人们心上,
像太阳一样明亮,
像太阳一样闪光。

我放下了自己的竹笔，
我就要停止歌唱。
慕灭注的起死回生，
会地久天长。
岩岁纳小伙子呵，
多么幸福健康。

就唱到这里了，
愿歌声久久飘扬，
慕灭注的花香呵，
愿它香得更远，
愿它香得更长，
愿它的花一天比一天更香！

喃① 布罕

记录者：云南大学中文系少数民族文学师训班赴西双版纳调查组
翻译者：岩温扁
时间：1980年3月26日译完
材料来源：系从傣文典籍翻译

1

美丽富饶的曼贺龙寨，
坐落在金色的坝子中央，
清清的河水沿着床边流过，
四面环抱着起伏的群山。

这个寨子有一万幢竹楼，
这个寨子有五万亩良田，
这个寨子有十万耕牛、骏马，
但最高的竹楼算玛哈西梯②家，
豪华的玛哈西梯家，
有广阔的田地，
有很多的牛马。

他家有足够的粮食，
凉台上晒满了腊肉和干巴③，
每顿饭都有新鲜鱼，
天天喝着甜美的米酒，

---

① 用在贵族姓名前的词缀，有"南""喃""喃"等不同汉译用字。——编者注
② 玛哈西梯：傣语，也叫"西梯"，意思是大富翁。
③ 干巴：云南的一种风干腌制肉制品。——编者注

他们家生活过得很舒服，
样样东西都不愁，
可舒服中又有不足，
欢乐中又有苦恼，
他们有那么多田地家产，
有那么多的牛马和金银，
可就是没有一个儿女，
就像满地禾苗不长穗。

这时西梯就对妻子说：
"妻啊，我亲爱的坦玛，
说到我们夫妻俩，
别的想叫我们愁也愁不了，
别的想叫我们忧也忧不成，
现在只愁没有孩子这件事，
孩子是继承家族的根子，
孩子像金笋、金苗那样宝贵，
是我们后代的继承人。
坦玛啊，亲爱的妻子，
就算我们有许多亲戚，
也不能继承我的家产，
我仔细地想了又想，
想来想去需得再去寻找一个妻子，
漂亮的妻子啊，坦玛，
我走了，请你一人慢慢在这儿吧，
我要出门走着去寻找，
眼看我们俩就要断子绝孙，

不是我轻视我们的爱情，
我对你的爱情啊，
永远挂在你的脖子上，
也一辈子刻在我的心中。

"像金子一样美丽的妻子，
像生命一样重要的坦玛，
你是不是同意我走？
同意不同意我再娶一个妻子？
我要到坝子的许多勐去串，
宽阔的勐巴拉我要去走遍，
只要和姑娘定好了婚事，
我就很快回家来见你，
说娶的姑娘还得派人去说亲，
现在我才来问你的意见如何？"

这时漂亮的妻子回答说：
"丈夫啊，
你说得对，也有道理，
如果你还同情我的爱情，
而不把妻子忘却，
如果你宠爱小妻而不用冷眼对待
旧妻，
不把旧妻忘记，
那你愿意怎么办就怎么办吧，
我不会和你断绝姻缘。
世间的爱情和姻缘呀，

就是乘坐大象的国王，
也要娶几个妻子，
也许是我俩没有福气，
成婚后天神不给我们安排子女，
如果生得一个孩子后，
我们就让他继承家业，
让他继承这么多的金银财产，
我不会离开你的身边，
要做的事情，丈夫你就去做吧，
请你按照正当的手续去办理，
这一切都是为了我们得到一个孩子。"

这时西梯听得详细后，
他就离开妻子去准备东西，
他去准备花毯子和白色巾，
而妻子为他备马鞍，
给他缝了漂亮的新筒帕，
筒帕上钉了闪光的金片、银片，
漂亮的筒帕姑娘见了也争着，
西梯的衣服全是绸缎的花纹，
这一切妻子坦玛为他准备，
准备的东西有各种各样，
就在自己丈夫要去寻找小姑娘的
那个时候。
这时西梯骑上套着金鞍的灰马，
朝着田坝中央走去了，
他打扮成去串姑娘的小伙子，

像星星、月亮一样去行走，
那时有人告诉他，
曼边弯寨有一个年轻的姑娘，
漂亮的姑娘天天在长大，
姑娘的名字叫戛玛。

玛哈西梯就去到那个寨子，
先去头人家高大的竹楼，
详细向头人探听消息：
"头人啊，这是真的吗？"
这时头人回答西梯说：
"像我父亲一样尊敬的西梯，
你打听的事一切是真的，
有一个姑娘名叫戛玛，
她家住在寨子的上方，
她从小跟在父亲身边，
漂亮的姑娘长大成人，
她的年纪才有十八岁，
肉色白嫩又红润，
乳房丰满腰肢细，
走路就像燕子戏水，
她的漂亮娴雅配做王后。"

贪婪无知的西梯，
听了心中阵阵狂喜，
像睡醒后喝了几碗甜酒，
他想到年轻漂亮的戛玛，

就拿出礼物交给头人去说亲，
口口声声对他说：
"事情要如何办得更好，
怎样才能娶到漂亮的姑娘，
这件事托在头人你身上了。"

已到天黑吃晚饭的时候，
头人做饭招待了西梯，
要做的事情他俩细细商量，
吃过饭，头人忙含起一口槟榔，
领着西梯去到姑娘家。
西梯到了屋里就坐下，
这时头人用低语对戛玛姑娘讲：
"请你听着吧，亲爱的姑娘，
请你收下西梯的礼物，
去做个称心如意的妻子，
你和有钱的西梯结为夫妻，
所有的家产由你做主人，
堆成山的金银由你随心使用，
要是你真心诚意同意了，
就请收下西梯的礼物。"

这时姑娘听了心中高兴，
她喜欢有钱有财的西梯，

解开衣口让西梯玩弄乳房，
随意让西梯揉弄，
领着西梯到她的床上去睡觉，
因为她贪财如命，一心想着金银，
等到第二天太阳已升起，
玛哈西梯才乐滋滋回家来。

到了家就急忙举办婚礼，
杀猪，杀牛，四方请客，
四面八方的姑娘、伙子都来了，
大家来看西梯娶小老婆，
有的笑他头发白了心不死，
有的笑他多心多情像小鸡，
人们有说有笑很热闹。
拴线①的日子来到了，
婚场上摆满了礼物，
桌子上放着白线、黄蜡和米花，
头人、亲戚和阿召，
围在饭桌边为姑娘祝福，
听阿召为戛玛和西梯念咒语：
"今天啊，是宝石的日子，
今天啊，是吉祥的日子，
吉祥的日子阳光很明亮，
我们大家来为他们拴线，

---

① 拴线：是傣族风俗中的一种仪式，分两种：一种是结婚拴线仪式；二是为遇难者保魂拴
线。这里是两种含义都有。

祝尊敬的西梯安康长寿，
祝漂亮的戛玛幸福快乐。"

接着头人又为西梯、戛玛祝福：
"今天的日子像菩提树叶般清秀，
佛祖登上宝座也在今天，
叭英给人间降福也是今天，
吉利的日子我们奉行拴线，
祝漂亮的戛玛姑娘，
生下有福气的孩子，
祝尊敬的玛哈西梯富上加富。"

拴线仪式结束后，
就摆了一桌一桌的饭菜，
抬出一罐一罐的米酒，
有的酒喝多了头昏眼花，
有的抬起来唱歌，
有的在一旁取笑，
有的在这里观望，
人来人往像赶摆。

漂亮的戛玛打扮得像孔雀，
怕衣服不亮还镶上花金边，
怕头发不滑还涂上猪油，
怕嘴唇不红还嚼着槟榔，
她扭着腰肢走路，
学着王宫里的公主。

人群送走戛玛到西梯家，
这时西梯的旧妻坦玛，
热情地走下竹楼来迎接，
牵着戛玛走进屋里去，
用温柔的话安慰她：
"漂亮的姑娘啊，戛玛，
请你愉快地住下来吧，
从今天起，
我们要相亲相爱，
要像一窝燕子那样和睦，
共同侍候我们的丈夫，
把家务办得顺顺当当，
让我们的丈夫心里高兴。"

这时戛玛回答说：
"妈妈啊，坦玛，
我年纪轻不懂得事情，
我年幼不懂得家规，
行走脚步也会很重，
走路筒裙也会响，
要怎样使我像别人一样生活，
请妈妈你多加指教。"

从此坦玛和戛玛，
住在一间房子里，
服侍着她们的丈夫，
而玛哈西梯，

得了年轻妻子，心里高兴，
天天守在戛玛身边玩乐。

2

戛玛嫁到西梯家，
生活过得闲暇舒服，
她像多情的灰燕，
天天打扮照镜。
她像下蛋的母鸡，
天天哼哼叫叫，
人事小事她不管，
只管每天洗手吃饭。
十二个月后戛玛怀孕了，
她像露珠那样脆弱，
她像小鸡那样害怕风雨，
小鸡虽小自己觅食，
可怀了孕的戛玛啊，
喝一口水叫坦玛给她端，
走一步路让西梯扶着行，
从此家务事她不管，
全靠坦玛一人做。
挑水、扫地、洗衣、做饭，
全靠坦玛一人承担，
而戛玛她自己，
像花猫大大睡觉。

就在戛玛怀孕那天，
天神对坦玛产生同情，
也要让她生一个孩子，
天神向人间投下一颗宝石，
宝石变作婴儿的幽灵，
幽灵钻进坦玛的肚里，
就从那时起，
坦玛也开始怀了孕。

大老婆和小老婆，
坦玛和戛玛，
却在同一天怀孕了，
她俩肚子一天天大起来，
早就盼望着孩子的西梯，
是两个老婆都怀了孕，
高兴得嘴都合不拢，
出出进进口里哼着歌，
睡着了也张着嘴在笑。
他高兴地对两个老婆讲：
"我胸中的两颗心啊，
我身边的两位妻子，
是天神给了你们福气，
今天你们都怀孕了，
你们要像珍惜自己的眼珠
来珍惜怀中的婴儿，
要像对待宝石一样爱护他，
让我的孩子平安出世。"

时间一天天过去，
芒果树又开始开花了，
坦玛和戛玛孕期已满，
她俩的肚子阵阵疼痛，
她们就要在一天里分娩，
坦玛已安全生产，
很小的婴儿从母体落下，
坦玛忙叫丈夫来接生，
生下的婴儿不是人，
原来是一只金色的螃蟹。

螃蟹长得很奇特，
样子还有几分好看，
金色的脚、金色的壳，
全身像一块闪光的金子，
像历经千炉炼过的金团，
西梯见了觉得可爱，
把她留在妻子身边。

这时戛玛也生产了，
婴儿从母体安全出世，
婴儿像知了哭叫不停，
西梯见了心中更喜，
戛玛给他生了一个女儿。

女儿长得很漂亮，
红红的小嘴像染上槟榔水，
亮亮的小眼像两颗银珠，
圆圆的脸蛋像天上的水星，
洁白的身子像珍贵的象牙。

忙得西梯奔东跑西，
喜得西梯忘记吃饭，
两个老婆同一时分分娩，
两人生下的婴儿不一样，
一个是金色的螃蟹，
一个是长得漂亮的姑娘。

他把两个婴儿抱在怀里，
两个孩子都长得好看，
像两根金线扭在一起，
比天女还有颜色，
两个婴儿慢慢长大，
转眼已经满一个月，
西梯要为女儿取名字，
去请来有名的阿召，
请他为两个女儿表福名①。

阿召算了年月时辰，
喜看她们身上的福纹，

---

① 表名是傣族给婴儿的取名仪式，"福名"是一种对名字的吉祥说法。——编者注

按照她们出生的先后，
给她们定了姐与妹亲单，
又分别给她们表了名：
姐姐算金螃蟹，
她的名字叫玉①布罕，
妹妹是姑娘，
她的名字叫玉塔姥。

竹笋在山箐里长大，
缅桂树落叶又开花，
姐妹俩已经长大，
布罕和塔姥年满十六，
而她俩的遭遇却不一样，
一个快乐，一个痛苦。

3

姐妹俩都长大，
可她们的命运却不一样，
妹妹是漂亮的姑娘，
姐姐是爬行的螃蟹，
父亲给她们安排了不同的活计：
姐姐玉布罕，
让她看守菜园，
捉菜叶上的害虫，

松菜根上的土，
虽然她身体很小，
天天劳动很勤劳。

妹妹玉塔姥，
让她和家里的姑娘们去放牛，
这时她开口就骂起来，
风言冷语骂布罕：
"为什么要叫我去放牛？
为什么要我去受苦？
到野外放牛，
得走许多路，
得爬许多山，
路上有蚂蟥，
山上有豹子，
下雨了，
会把我头发淋湿，
烂泥也会弄脏新衣裳，
天晴了，
会把我皮肤晒黑，
汗水也会弄脏新衣裙，
为什么不叫玉布罕放牛？
让她舒舒服服守菜地，
难道我不比她值钱？
难道我不比她珍贵？"

---

① 玉：在傣语里是表示女性的词缀。——编者注

玉塔姥跑去找妈妈，
戛玛就对女儿讲：
"塔姥啊，妈心上的肉，
看到你受苦，妈难过，
放牛这事不该让你做，
你漂亮得像一朵花，
模样不像种田人，
放牛的苦活，
应该叫玉布罕去做，
这都怪你父亲偏心，
他爱螃蟹不爱女儿，
他故意让玉布罕闲着，
而让你去野外受苦。"

母女俩暗暗商量，
存心想要暗害玉布罕，
戛玛又对女儿说：
"塔姥呵，妈的好孩子，
妈不让你去受苦，
妈不让你去放牛，
从今天以后，
要是你爹不叫玉布罕放牛，
我们母女俩就离开他们！"

4

父亲玛哈西梯，

看见女儿塔姥默默不语，
心中产生许多猜疑，
以为她受了别人委屈，
走过去用好话安慰她：
"爹心上的塔姥儿，
是谁骂了爹眼中的宝笋，
是不是别的姑娘骂了你？"

这时女儿塔姥对他说：
"父亲呵，
明天我不去山里放牛了，
要是你不改变主意，
不叫玉布罕去放牛，
我和妈妈就要离开这个家，
永远也不会到家中来。"

西梯听到后吓了一跳，
他怕年轻漂亮的戛玛，
丢掉他去找别的男人，
于是他装着悲哀的样子去找坦玛，
又做出为难的样子对大老婆说：
"坦玛啊，我心上的妻子，
你快把布罕儿叫来，
我有话要对你们讲。"

大老婆坦玛把金螃蟹叫来，
让她来到西梯身边站着，

西梯就对女儿金螃蟹讲：
"爹的眼珠啊，布罕儿，
爹要你明天去山里放牛，
看守菜地留给你妹妹去做，
布罕啊，爹心爱的女儿，
现在你的妹妹玉塔姥，
坐在屋子里生气，
她不愿到山里放牛，
她说放牛活计太苦，
不像你看守菜地那样舒服，
从明天起你们交换活计。"
布罕听了不说一句话，
她高高兴兴听从父亲安排。

这时布罕的母亲坦玛，
心中涌起无限忧愁，
她可怜命运不好的女儿，
把心中的忧虑对丈夫讲：
"可怜不幸的布罕要受苦了，
命中注定她今生不是人，
而是一只可怜的螃蟹，
她的手脚不像我们人，
如何赶着牛群去山里？
不小心牛儿会把她踢碎，
要是碰上吃蟹的白鹤，
会用嘴衔着她飞走，
要是碰上草丛里的黄鼠狼，

她的性命就难保，
难道忍心让她这样可怜地死去？"

坦玛说完很悲伤，
领着布罕回到了她的睡床，
这时坦玛流着眼泪吩咐布罕：
"可怜的布罕，
你是妈妈唯一的女儿，
现在忧伤的事向你压来，
明天你去山里放牛的时候，
你就去叫荷花般鲜艳的召波罕，
请他跟着你去放牛，
今日妈要去到他跟前，
请求他明日去照看你。"

到了晚上睡觉的时候，
布罕睡在妈妈身边，
对妈妈叙述着心中的忧愁：
"妈啊妈，
看你的女儿多可怜，
儿想和别人那样做个人，
可是今生啊，
使女儿变成螃蟹，
女儿个子这样小，
高矮只有一片叶子大。
行走赶路多吃力，
去放牛怎能不使女儿忧伤？"

这时母亲坦玛安慰她：
"可怜的布罕啊，
妈妈苦命的女儿，
放牛的事儿别过分忧伤，
生活在天底下的人，
个个都在承担着繁重的劳动，
劳动才是人类的本色，
女儿呀，
你要忍受着折磨与痛苦，
去承担你父亲的安排吧！"

布罕默默听从妈妈吩咐，
这时已到静静的深夜，
布罕摆在妈妈身边睡着了，
甜睡中布罕做了个梦，
她梦见高大的巴拉宫殿倒塌，
宫殿瓦片压伤她的身体，
她的身体被血水染红，
困难中走来英俊的王子，
王子把她接到大象背上。

这时黎明已降临，
曙光把大地照亮，
做梦的布罕醒了过来，
噩梦还使她浑身发抖，
眼看太阳已升起，
天空像湖水一样碧蓝，

吃过早饭，妈妈给她准备东西，
准备了小小的筒帕和饭盒，
送给她一块漂亮的花巾，
用以挡水和遮凉。

她把女儿叫到跟前，
一切要说的话她都讲：
"来吧，可怜的女儿，
牛儿哞哞叫，
牛铃已叮当响，
放牛的姑娘已离寨，
步子优美的波罕伙子，
也许在寨边等着。"

这时布罕流泪与妈告别，
看见阿妈忧郁的面孔，
流露出深沉的痛苦与不幸，
忍不住心酸，她痛哭起来，
泪水像雨点滚流，
她爬着向牛群走去，
这时妈妈对一条老牛说：
"慈善的老牛请你听着，
可怜的布罕带着你们到山里，
一切委托你多多照顾，
请你时常关注布罕，
可怜布罕她不是人，
往返让她趴在你背上，

行走时你别左右摇摆,
别让她从你背上跌下来,
当你跨步走动时,
你别用前脚刨地,
当蚊虫来叮时,
你别用后腿蹬踢。
布罕姑娘就是你的女儿,
我把她的命运交给了你,
请你好生把她关照。"

这时憨厚的老牛四脚跪下,
在布罕跟前俯身贴地,
这时水中龙王见了同情,
担心布罕要出门到山里。

布罕趴在老牛背上,
她就要出发上山,
声声向妈妈告别:
"儿求可怜的妈妈别难过,
儿出门妈妈别忧伤,
妈妈离开家去别的森林,
等到太阳要落,儿就回家,
到那时啊,
妈妈你再把儿从牛背上拿下。
布罕儿就要走了,
儿要去到宽阔的森林,
要去到人们常说的巴音树根,

望妈妈放心等着,
傍晚时女儿就回到家里。"

在临出发的时候,
布罕把昨晚的梦告诉阿妈,
问阿妈这梦是好是坏,
这时坦玛对她说:
"布罕儿呀,
你别为这梦忧虑,
若是为了波罕伙子,你就叫他一声,
他家就住在树头上,
女儿呀,你慢慢走吧,
天不黑要把牛群赶回家。"

老牛慢慢站起身,
稳着身子走出家门,
一步一步慢行着向山里走去,
不让布罕从它背上跌下来,
布罕跟着老牛到达了山里。

在山上放牛的伙伴很多,
有本村的,也有外村的,
他们都是十五八岁的姑娘和小伙子,
他们在一块相处得很好,
像一窝蜂子一样不吵架,
他们在一块玩得很快乐,
像一群小雀那样喜欢。

他们的首领是好心的波罕,
姑娘、伙子都听他的话。

这天他们见布罕来放牛,
伙伴们有说不出的高兴,
女友们把布罕围在中间,
大家热情地向她问候。

有的问:"路上摔跤没有?
一路上是否平安?"
有的问:"拿来的饭够不够吃?
阿妈给你拿来盐巴没有?"
有的见布罕第一次来放牛,
怕她心中孤独忧伤,
纷纷来给她做伴安慰:
"布罕啊,
你不要孤独,
你不要有悲伤,
山上的伙伴很多,
我们都是你的朋友。

"布罕啊,
你不要寂寞,
你不要担心,
太阳辣了,我们为你搭草棚,
天下雨了,我们为你遮淋,
吃饭时,我们同在一个饭桌上,

唱歌时,我们把你围在中央,
山上的野果很多,
你不会爬树我们会摘给你。"

女友们把布罕抱下牛背,
把她带到树荫底下休息,
她们轮流着给布罕唱歌,
轮流着跳舞给她看,
山上比以往热闹,
歌声比以往嘹亮,
笑声比以往爽朗,
人群比以往欢乐,
因为伙伴又增加了布罕。

好心的首领波罕,
把布罕当作自己的妹妹,
他怕布罕的牛吃不饱草,
从山上砍来许多嫩竹叶,
又从湖边割来许多青草,
一一堆在布罕的老牛身边,
他叫伙伴们给布罕搭草棚,
草棚搭在柔软的草地上,
上面还盖上一片片蕉叶。

山上的风很凉快,
空气一阵阵新鲜,
林间有许多动物,

花丛中飞着蝴蝶和蜜蜂。

知了在树叶上欢叫,
小鸟在叶蓬下戏飞,
松鼠在藤子上跳来跳去,
泉水在山间淙淙流淌,
布罕感到万分快活,
她一点也不觉得孤独悲伤。

女友们给她采来鲜花,
鲜花布满布罕的草棚,
阜棚挂着各式各样的花朵,
有鲜红的糯东花,
有金黄的沾巴花,
有淡黄的猫尾花,
有白色的糯斤花,
有粉黄的反亨花,
有纯蓝的改算花,
还有芳香扑鼻的梭腊枇花。

女友们把各种鲜花
编成花穗和花环,
拿去套在布罕的牛脖上,
拿去拴在布罕的牛角上,
把老牛打扮成一座花园。

伙伴们搞来许多野果,

把最甜的李子送给布罕吃,
伙伴们提来一桶桶泉水,
把最清凉的水让给布罕喝。

觅食的小雀渐渐飞远,
知了在田间成群欢叫,
这时波罕叫喊着伙伴:
"伙伴们啊,
雀鸟已停止寻食,
蜂儿已离开花树归窝,
我们也该回家去了,
大家快把牛群吆拢来。

"布罕啊,亲爱的妹妹,
我们就要赶牛回家,
现在哥把你抱在牛背上,
一路上你不必要担心。"

波罕把布罕抱上牛背,
让她的牛紧挨自己身边,
伙伴们个个骑在牛背上,
牛群从山上走来,
牛群有秩序地排着走,
领路的是波罕的公牛,
接着是布罕的牛,
布罕身后跟着一长串牛群。

牛群跨过小河，
牛群爬过小山，
牛群穿过竹林，
牛铃叮当起伏，
歌声响彻山岗。

牛群已来到田坝中央，
伙伴们就要分手告别，
大家一一向布罕挥手，
口口送给她甜蜜的语言：
"布罕啊，
我们暂时分手了，
明早在山里见面，
祝你一路平安，
祝你慢慢回家。

"到了家门你别慌张，
叫声妈妈把你抱下牛背，
拴牛时，别接近牛的脚，
离开时，别从牛角旁边走，
有波罕哥送你回到家门，
我们就都放心了。"

布罕向伙伴们告别，
她一一向他们表示感谢，
他们依依不舍告别了，
波罕送着布罕直到寨边，

晚霞布满了村寨。

5

现在讲述戛玛和塔姥母女俩，
她们暗地里想着谋害布罕的主意，
故意在西梯面前发泄不满，
又用恶毒的诺言咒骂布罕：
"该死的黄螃蟹，
只会白吃我们的饭，
人哪能跟螃蟹混在一起？
她在着我们就走。"

母女俩装着要走开，
抬着东西走下楼来，
这时急坏了糊涂的西梯，
他赶忙跑来劝阻：
"别走，你们别走，
你们母女俩比金子宝贵，
没有什么罪，为何要走开？
家里的金银有那么多，
珠宝钱财挑不完，
交给你们母女二人来做主，
宽敞高大的房子，
全交给你俩来安排，
一切事情由你们说了算，
只要你们不走，

一切我都可以办到，
戛玛啊，亲爱的妻，
塔姥啊，心爱的儿，
你们不要发愁，
你们不要生气，
快快把东西抬回家去吧！"

戛玛和塔姥母女俩，
板着面孔大吵：
"你家金银有多少？
你家房子有多大？
要是不害死坦玛，
我们不愿和她在你家。"
这时黑心肠的西梯，
听了小老婆的话，
他向她们保证说：
"这件事你们别发愁，
我爱你们胜爱过她，
你们像我眼珠宝贵，
她像我指甲讨厌，
今天我就把坦玛带进森林，
去结束她的生命，
好让你们在这儿快乐安心！"

狠心的玛哈西梯，
要去害死善良的坦玛，
他走到她跟前，

一口说着甜言蜜语：
"坦玛妻啊！
太阳没有你宝贵，
金子没有你值钱，
自从你生了布罕，
很少到外面去玩，
今天布罕儿去放牛，
我俩一起到山上找她，
山上有野果和山药，
顺便拿去给布罕吃，
坦玛妻呀，
快快去准备筒帕吧！"

坦玛听了高兴，
不知道丈夫安下坏心，
她为丈夫准备了东西，
跟着他走到森林。

西梯在心中盘算，
要怎样害死坦玛。
突然他看见一个山洞，
心中有了主意，
要把妻子害死在洞里。

这时黑心肠的西梯，
来到山洞边坐下，
他装成走得很累，

故意叫坦玛到身边：
"坦玛啊，我的妻，
我走累了想坐下休息，
现在我已舌燥口干，
我要嚼一口槟榔润润喉，
你快坐下来给我裹一团槟榔。"

坦玛在他身边刚坐下，
西梯就一把抓住她的头发，
瞪大眼睛，恶狠狠说：
"今天我要把你害死在这里，
你别想见到布罕的面！"

坦玛向他苦苦求情，
狠心的丈夫根本不听，
拔出刀子把妻子砍死，
把她的尸体推进山洞里，
又砍来一堆绿叶，
用树叶盖过她的血迹，
西梯才放心回到家里。

6

死去母亲的布罕，
像无娘的小鸡那样可怜，
没人来跟她做伴，
没有来问寒问暖，

小娘对她残忍无情，
妹妹见她就吐唾沫，
说布罕既脏又腥气，
爬上爬下弄脏了楼梯。

父亲是个黑心人，
句句话听从小娘指挥，
他们不准布罕去房子里，
白天逼她去放牛，
回来叫她睡在鸡圈里。

布罕在父亲家里，
生活比青蛙还不如，
她在山里放牛，
天天悲哀流泪，
辛酸了，
就望树叶悲哭，
疲劳了，
就到湖边洗澡。

林间的湖水像一面镜子，
湖上开着荷花和睡莲，
湖里的鱼儿见到布罕，
纷纷游来和她做伴，
山上的雀儿见到布罕，
纷纷飞来湖边游玩。

这不是平常的湖水，
它是人间少有的仙湖，
慈善的帝娃拉，
就住在这仙湖里。
帝娃拉明白布罕的身世，
知道她不是一只螃蟹，
她是一个漂亮的姑娘，
天神有意让她藏在蟹壳里，
需要很长时间才让她出来，
天神早已吩咐给帝娃拉，
委派她来在仙湖里等着，
让她处处关照玉布罕，
直至布罕从蟹壳里出来。

这时布罕来到湖边洗澡，
帝娃拉笑着来到她跟前，
布罕见了慌忙拜下请求，
对她叙述辛酸的遭遇，
求帝娃拉搭救自己。

帝娃拉用好话安慰她：
"布罕啊布罕，
你的身世我最明白，
你的遭遇我看得清楚，
不必为不幸遭遇难过，
不必为受到的凌辱伤心，
这是天神给你的安排，

今生你得经过这番折磨，
生在世间上的人，
不会一切都很顺心，
欢乐有时会变成痛苦，
黑暗的尽头就是光明，
布罕啊，
一切你都不必担忧，
你已经熬过十六年的辛酸，
辛酸很快就会过去，
而在前面等着你的，
是人类的欢乐，
是人间的幸福，
十六年的磨炼期满，
天神就让你做人，
你会变成漂亮的姑娘，
重新生活在人间天下，
布罕啊，你要耐心等待，
光明的日子不久就会到来，
到那一天，
就是你不来，
我也会去帮助你，
布罕啊，等待吧，
你要耐心等待！"

从此布罕不再悲伤，
她不再忧愁，
不管小娘怎样骂她，

不管妹妹怎样吐她,
不管父亲怎样不爱她,
她总是天天高兴,
她总是记着帝娃拉的话。

7

戛玛高兴得合不拢嘴,
玉塔姥兴奋得坐站不安,
喜得玛哈西梯心要跳出口来,
他们捧着国王的请帖,
称赞玉塔姥的美丽!

"叭英从头上降下福气,
勐巴拉王子要选美女,
我是勐巴拉的玛哈西梯,
国王的请帖送到我们手里。

"山上的凤凰,
没有塔姥女儿美丽,
孔雀身上的羽毛,
没有塔姥的花筒裙好看,
再漂亮的公主,
脸色没有塔姥润红,
再会说话的姑娘,
眼睛没有塔姥多情,
我们的女儿,

定中王子的心意,
王子见了一定高兴。

"塔姥儿呀,
快穿上你的花筒裙,
明天一早就去宫殿,
见了王子要笑脸相迎,
塔姥儿呀,
快插上光亮的金钗,
套上金做的手镯,
要扭着腰肢走进宫廷。

"只有你,
才配做王子的妻子,
只有你,
才配睡王子的象牙床,
玛哈西梯算得了什么?
王宫的生活更豪华,
王宫的金银堆积如山,
王宫的珍珠财宝用象驮,
塔姥儿哟,
你就要做高贵的王后,
我们就要住在宫殿里,
我们一家真有福气,
眼看就要骑着凤凰上天。"

他们一夜没有合上眼,

睁着眼睛等到天亮，
忙着给女儿准备装品，
天亮了塔姥起来装扮，
十个手指都戴上金戒，
两臂套上笨重的银镯，
发髻上簪着金银和鲜花，
耳边插上闪光的耳柱，
脖上挂着一串串东珠，
打扮了还嫌不漂亮，
怕脸不白又抹上花粉，
怕嘴唇不红又染上槟榔，
玉塔姥打扮得像孔雀，
对着镜子学走路，
扭着腰肢甩着手，
摇摇摆摆来回练习。

一切看去都觉称心如意，
玉塔姥傲慢地走下楼梯，
坶哈西梯已在门外等着，
叟坶牵着女儿的手，
陪着塔姥走出寨门，
他们把女儿送到国王的宫殿。

8

国王的宫殿金碧辉煌，
国王的都城分外热闹，

国王和王后坐在台子上，
台前站着王子召奉马。

王子召奉马很年轻，
他长得多么漂亮英俊，
他的目光注视着人群，
挑选着心爱的妻子。

大臣和宫使忙忙碌碌，
招呼着来自各地的美女，
有外勐来的公主，
和玛哈西梯的女儿，
她们都是富贵人，
没有一个是百姓的女儿。

玉塔姥故意在人群中显示，
她扭着腰在王子跟前扭动，
姑娘们在台下跳舞，
他们向王子敬献鲜花，
又向他丟出手中的荷包，
团团把王子围住。

姑娘还在陆陆续续赶来，
热闹还要持续三天，
可王子已经感到怨倦，
他像受了委屈的公鸡，
呆呆站在那里不出气。

所有的姑娘他看不上眼，
没有一个姑娘符合他心意，
王子觉得她们不像美女，
有的看起很漂亮，
有的肉色是嫩白了，
可她们的腰肢太细，
走在路上扭动着屁股，
有的不是天生漂亮美丽，
而是插花抹粉装饰，
有的白得过分像缅纸，
有的过于黑得像火炭，
这样假情假意的姑娘，
王子怎能选她来做妻?

怨倦的王子感到气愤，
他要回到宫中去休息，
他命令大臣停下选妻，
可是父王不同意，
在儿子没选上妻子之前，
国王要继续进行下去，
他们把大臣叫上台来，
吩咐再写更多请帖，
分送去更多的地方，
请全勐的美女都赶来。

大臣按照国王吩咐，
命令差使准备笔墨，

把全勐姑娘的名字都写上，
立即派人送到四面八方，
请她们在三天内赶来，
一齐来到国王的宫殿。

9

布罕一早去山上放牛，
今天的山泉流得多快乐，
今天的花朵处处为她开放，
孔雀、白鹇来向她祝贺，
蜜蜂、蝴蝶见了也羡慕她。

布罕从牛背上爬下来，
让牛在草地上吃草，
温暖的太阳升到树梢，
布罕又来到湖边洗澡。

帝娃拉在花丛中出现，
缓缓来到布罕跟前，
布罕见了她向她问，
帝娃拉开口对她说话：
"布罕啊，我正要去找你，
今天你来得正是时候，
天神让我告诉你，
要你今天去国王的宫殿，
时间已经不早了，

现在你就出发吧！"

布罕听后无限忧愁，
忙向帝娃拉叙述自己的苦恼：
"慈善的女神啊，帝娃拉，
我是一只螃蟹，怎能去宫殿？
去了会得罪国王，
要是被小娘和妹妹看见，
回去他们会把我踩死，
国王有天大的事情，
也不需要我到那里去，
女神啊，帝娃拉，
请替我向天神说情，
还是别叫我去为好。"

帝娃拉知道布罕的心情，
她微笑着告诉她：
"布罕啊，美丽的姑娘，
今天我要向你祝贺，
这对于你是多么宝贵，
让你隐身的期限已满，
我要让你从壳里出来，
王子召奉马正在选妻，
所有姑娘都在宫殿里，
这机会你不要放过，
你应该去过一种新的生活。"

布罕听了万分高兴，
仿佛自己已变成人类的姑娘，
自由自在在大地上行走，
她很想去参加王子的选妻，
听后她的心已飞向那里。
突然心上又感到无限忧虑，
自己命运和处境这样苦，
没有一件好衣裳，
没有一件好筒裙，
怎么光着身子去见王子？

想着布罕伤心流下了泪，
帝娃拉已全明白她的心思，
不忍心再让她为难，
就朝她身上扇动扇子，
突然一阵烟云滚动，
云雾很快缓和下来，
霎时见一位美丽的公主，
穿着闪光华丽的衣服，
徐徐从烟云当中露出。

年轻美丽的公主，
相貌比仙女还好看，
她的脸庞像镜子，
她的肉色像荷花，
她的手臂像象牙，
她的头发比眼珠还黑，

缥缥的口唇像染上槟榔。

公主穿着丝绸的衣裙，
衣裙印着闪亮的金光，
两臂套着宝石的手镯，
发髻簪着镶着珍珠的金钗，
她就是蟹壳出来的婻布罕，
婻布罕像不丹的仙女，
她在湖边草地上狂喜，
她向帝娃拉一一感恩，
这时帝娃拉呼唤凤凰，
披镀着霞光辉煌的金凤，
从天上飞落到湖边。

帝娃拉挥手吩咐凤凰：
"让婻布罕骑在你身上，
你带着她飞往王宫，
王子就住在宫殿高楼，
高楼的窗子对着椰树，
你带着布罕从天中飞去，
就去憩在椰树梢顶，
那时你们会被王子看见，
见了王子后别停留在那里，
事情办妥了天不黑就回来。"

10

金凤凰带着婻布罕，
告别了帝娃拉，
离开美丽的仙湖，
迎着曙光展翅飞翔，
朝着国王的宫殿飞去！

金凤凰带着婻布罕，
来到金碧辉煌的宫殿，
去到宫殿高楼的窗口，
轻轻落在绿色的椰树上。

这时椰树顶闪射出万道霞光，
霎时金光照宫殿，
有的说天空是不是出两个太阳？
有的说是不是太阳落在椰树上？
为什么天地会这样明亮？
为什么宫殿比以往辉煌？

这时人们声声赞扬，
赞扬王子召奉马有福气。
"这是婻帝娃拉从天下凡，
这是婻帝娃拉来到宫殿，

也许王子召奉马,
天神给他安排了福气。"

赞扬的人群只能见到霞光,
可看不着婻布罕和凤凰,
金光射进高楼里,
王子急忙打开窗子观望。

由于王子有福气,
由于天神给他帮忙,
王子见到了凤凰和婻布罕,
婻布罕像明珠出现在眼前,
王子见了一阵动心,
望着婻布罕两眼不眨。

王子压抑不住激动,
爱情冲击着他的心窝,
他立即去告诉母亲:
"亲爱的妈妈啊,母亲,
儿看见婻帝娃拉下凡,
停在窗外的椰子树上,
整棵椰树发出太阳的光辉,
光辉从公主身上发出,
她的身材和美丽,
天下姑娘谁也不能相比,
妈妈啊!
像这样美貌的公主,

才配做你的媳妇,
我的妻子选中了她。"

母亲听到儿子来请求,
她就去到窗口观望,
看见姑娘沐浴着霞光,
她心中感到万分高兴,
觉得姑娘长得太漂亮,
只有她配做儿子的妻子,
王后惊喜地跑去告诉国王,
对他叙述了看见的事,
国王听了半信半疑,
跟着王后来到窗前,
一眼望见漂亮的布罕,
心中高兴又满意,
暗暗为儿子庆喜。

国王急忙去敲响大鼓,
他向大臣们说:
"这件事你们明白了没有?
快啊,赶快去准备,
要准备花盘、黄蜡和米花,
去请椰树上的婻帝娃拉,
她是从天空飞来的仙女,
被我儿子见了深深爱上,
他要娶她来做妻子,
要她来当勐巴拉王后!"

大臣慌慌忙忙去准备，
一切按照国王吩咐去做了。

把花盘高高举过头顶，
声声向婻布罕邀请说：
"请天上来的帝娃拉，
快快从树梢上飞来，
我们平时向你祈祷，
天天为你烧香拜佛，
为的是得到你的恩赐，
今天你亲自驾临了，
婻帝娃拉啊，
我们一齐请你光临。"

这时金凤凰扇动金翅膀，
带着婻布罕飞进窗子来，
落在王子召奉马屋里。
婻布罕从金凤背上走下，
房间变得金光明亮，
婻布罕迈步走到王子跟前，
向他合掌问好。
王子见了欣喜若狂，
布罕的漂亮使他说不出话，
紧紧望着布罕呆呆站在那里，
半天才说出话来：

"生命一样宝贵的姑娘，
宝石一样明亮的姑娘，
你从何方来到这里？
是不是从天上飞来？
是不是帝娃拉公主下凡？
是不是海的仙女？
还是吾东板来的孔雀？
请接下邀请的花盘，
请收下我的一片真情，
收下黄蜡和米花吧，
请你做王后的金笋，
我要娶你做妻，
继承母亲的宝座，
王国的金鞍大象，
今日能与你相见，
是叭英给了我福气，
眼皮涟涟①的姑娘，
你的身子像象牙白净，
我爱你，永远不会放走你，
为了你我愿献出新的生命，
请你和哥哥在一起，
愿我们永不分离，
仙女般的妹妹啊，
请收下哥的心意吧！"

---

① 眼皮涟涟：云南汉语方言，意为"泪水涟涟"。——编者注

金子一般的布罕回答：
"感谢哥哥的询问了，
妹妹不是天上的帝娃拉，
不是海里的龙女，
妹是地地道道的百姓，
不配做金殿王子的妻子，
大臣们的姑娘多的是，
她们都是王族的贵女，
只有她们配骑金鞍大象，
妹只是山中一只灰燕，
灰燕哪配做凤王的伴侣？

"尊敬的王子啊，
妹妹没有一间漂亮的家，
妹妹的家住在森林里，
森林遥远接近天边，
要是哥哥有心爱妹妹，
哥哥啊，请你书信来往。
爱情请可隐藏在心间，
日子再长也别说出来，
只要妹妹还活着的一天，
永远不会把哥哥忘记掉。"

凤凰摆动金黄的尾巴，
提醒布罕赶快离别，
布罕只得和王子分手，
依依不舍骑上凤凰背，

凤凰展翅飞出窗口，
向着遥远的天边飞去。

11

乘坐大象的王子召奉马，
自从看见婻布罕后，
他的心想着花一样的姑娘，
想得他整天不说一句话，
早晚饭不吃坐着发愁，
两手托着下巴在想，
因为想念仙女般的布罕姑娘。

他想得无法忍耐，
只得去拜告父王，
对他叙述心中的忧伤：
"父王，尊敬的父亲，
儿的心一天不能平静，
时时想念着心上的布罕，
做梦也想见到她的面，
梦里儿已娶她来做妻，
可醒来时她不在身边，
美丽的布罕飞走了，
儿的心早随着她到天边，
父王啊，请你准许，
儿要走进森林，
去寻找心上的布罕，

明天一早，儿就要出发，
去找到仙女般明亮的布罕。"

父王听了忙劝说：
"儿啊，爹心上的王子，
森林里有大象和老虎，
就是找到了也是白费，
布罕不是凡间的姑娘，
她肯定是仙女或者帝娃拉，
不然怎么会骑着凤凰飞行？
布罕到底住在何方，
你是无法知道的，
你要听从阿爹的劝告，
无论如何你不能去寻找，
我身边只有你一人，
万一你有个三长两短，
这王位谁来继承？
要是真的要去寻找，
阿爹不准你亲自去，
你是国王的金笋，
你一刻也不能离开宫殿，
阿爹要派得力的大臣，
让他带着百姓和队伍，
为你找到漂亮的布罕，
只要在森林里看见了她，

爹要率领着臣官和百姓，
亲自去把她迎接回来。"

奉马听了父王的劝告，
心里感到阵阵的高兴，
他安下心在王宫里等着，
让大臣带着人群去寻找。

国王为了儿子的婚事，
把所有的办法和主意，
都一一给大臣做了布置：
"尊敬的大臣啊，
王子召奉马想要那仙女般的姑娘，
姑娘骑着凤凰走了，
他想她不吃饭不睡觉，
现在我命令你们去寻找，
限你们三年时间找到，
把姑娘带回到宫殿里。"

这时大臣擂响大鼓，
远近的头人都来到，
他们请来了摩古拉①，
摩古拉占卜着姑娘的去向，
占卜着谁人能找到她。

---

① 摩古拉：大巫师。

所有的大臣他占卜了，
所有的头人他占卜了，
所有的百姓他占卜了，
被占卜的人有四万八千个，
可占卜不出有哪一个，
能出去找到布罕。
大臣们没有办法，
只得互相谈论纷纷：
"这个王子眼睛太高，
这个王子专会出难题，
多少漂亮的姑娘他不要，
外勐的公主他不喜欢，
现在说什么想要有翅膀的姑娘，
姑娘有两只翅膀，
来往在天空飞行，
我们是想在地面上的人，
哪能寻到会飞的仙女？"

大臣和头人去报告，
叙述出去寻找的困难，
这时王子召奉马生气，
挥动拳头擂击宝座，
骂大臣和头人个个无能：
"你们个个胆小无能，
要是打起仗来，
你们谁都不敢去进攻，
连出门你们都没有办法，

怎么会说没人能找到布罕？
要是去了找不着还可以原谅，
你们都是不中用的大臣和头人，
应该一个不留地给你们定罪，
现在我命令你们，
限七天要把我心爱的人找到，
你们要赶快到森林里去寻找。"

王子的死令急坏了大臣，
他们急得像火塘上的蚂蚁，
叫摩古拉占卜有福气的人，
让有福气的人去寻找布罕。

这时有一个最老的大臣，
他是全勐的父辈，
岁数已经有一百二十，
他叫摩古拉细细占卜，
从头人到百姓，
从城镇到乡村，
从大人到小孩，
看谁是有福气的人，
就让他带着队伍去寻找。

这时大臣和头人都说对，
摩古拉在全勐范围内来占卜，
这时发现北面的曼迈贺勐，
有一个名叫波罕的青年，

他全身充满着力气，
去找布罕得请他带队。

大臣去把波罕请来，
领他来见国王和王子，
王子见了很高兴，
知道波罕和他是同岁，
又见他长得精干聪明，
就让他带着队伍去找人。

波罕不知道王子要的那姑娘，
原来正是他们寨里的金螃蟹，
他不知道金螃蟹会变成美女，
王子的天令他不能违背，
只好带着队伍出发，
在天边的森林里寻找。

他们寻找到天边，
走遍了所有的森林，
也找不到凤凰和姑娘，
他们只好又回到勐里，
在本勐的森林里继续寻找。

这时他来到布罕放牛的地方，
队伍已经疲劳走不动，
波罕就叫大家在树下休息，
他一个人来到了仙湖边，

他坐在湖边发愁，
突然眼前出现了帝娃拉，
帝娃拉才告诉他，
原来骑着凤凰的姑娘，
就是在山上放牛的金螃蟹。
波罕听了半信半疑，
他不相信，就对帝娃拉说：
"金螃蟹从小我认识，
她的父亲是玛哈西梯，
生她的母亲是坦玛，
坦玛不久前已死去，
丢下布罕在西梯家受苦，
小娘戛玛和妹妹玉塔姥，
逼着布罕天天放牛，
帝娃拉啊，
布罕是可怜的螃蟹，
螃蟹哪会变成美丽的姑娘，
骑着凤凰飞到殿里？"

帝娃拉对他讲了布罕的身世，
叫他躲在湖边等着，
波罕就照着帝娃拉的吩咐，
躲在湖边等着布罕。

放牛的布罕来到湖边，
这时她从螃蟹壳里走出来，
变成美丽漂亮的公主，

公主走进湖里去洗澡,
整个湖水变得金光发亮,
这一切波罕都看得清楚,
他暗暗为王子祝贺,
他不愿意惊动布罕,
就悄悄离开湖边回到森林,
带着队伍立刻返回宫廷,
把经过讲给王子听,
王子有说不出的高兴,
感谢波罕为他找到心爱的人,
决定请波罕带他去见布罕,
去把她接回宫殿来,
波罕满口答应王子的要求,
俩人骑上马就离开宫殿,
第二天早上要赶到仙湖边。

12

阳光把森林照亮,
湖水在阳光下闪光,
荷花开得更鲜艳,
湖岸的野花比往日更香,
王子召奉马沐浴着野外的美景,
他的心异常兴奋激动。

从小生在宫殿里,
王子从来没有这样高兴过,

今天他像自由的马鹿,
尽情呼吸着新鲜空气,
今天他像飞行的蜂王,
欣赏着遍地盛开的山花。

他和身边的波罕,
隐藏在挨近湖边的树蓬,
等待着心爱的人儿,
盼望见到漂亮的布罕。

布罕到山里放牛来了,
布罕又像往日来到湖边,
她从螃蟹壳里出来,
就像天上下凡的仙女。

这时王子召奉马看见,
她就是骑着凤凰的姑娘,
姑娘就是他想死想活的人,
王子突然眼花缭乱,
王子的心快要跳出胸口,
婻布罕这样漂亮,
婻布罕这样袅娜,
王子再也忍不住激动,
他已沉浸在爱情里。

王子轻轻走到她身边,
布罕见王子突然出现,

身后跟着善良的波罕,
她心里有说不出的激动。

布罕忍着强烈的爱情,
她的脸像开着的荷花,
她望着王子不说话,
像默默开放的粉团花。

这时王子向她吐露爱情,
向她表明心中的怀念:
"太阳一般光辉的布罕,
缅桂般芳香的姑娘,
你是我心中最心爱的人,
你是我最好的妻子,
请你跟我回到宫殿里,
请你去做勐巴拉王子的妻。"

布罕听了忧伤而为难,
她把忧愁对王子讲:
"椰子树般英俊的王子,
不是布罕妹不爱您,
不是布罕妹不愿和您说话,
天神般漂亮的王子呵,
您是勐巴拉的金笋,
您是王宫的宝塔,

您是金殿的王子,
而可怜妹妹我,
今生没有福气,
生来是一只螃蟹,
福气不大坐不了大象,
螃蟹哪能和王子成婚?
要是您娶我去做妻子,
全勐的人都会嘲笑,
人们会说王子娶动物做妻子,
我不愿意看到自己的行为
损害了王国的威望,
损害了您光辉的名声,
王子啊,
请您把我忘却,
请去另找漂亮的公主吧!"

布罕的话刺伤了王子的心,
他把她紧紧搂在怀里,
带着悲伤的心情请求,
请求布罕收下婚礼。

这时波罕也来说情,
心情和王子一样悲伤,
布罕见王子爱她是一片真心,
她就收下王子手里的花盘,

王子把布罕扶上骑马[①],
领着她高高兴兴回王宫来。

13

洁白的月亮挂在天空,
宫殿像金笋一样明亮,
王子和媩布罕,
在月光下依依相偎,
他俩像恩爱的凤凰,
他俩像月亮和星星,
夫妻双双形影不离。

媩布罕做了王妻,
狠心的戛玛恨得咬牙切齿,
媩布罕获幸福,
坏心肠的玉塔姥嫉妒在心,
母女俩气愤又发火,
她们像含着一团火炭,
她们像含着一颗钉子,
她们整日心情不安,
母女俩暗自商量,
策划着要暗害布罕,
商量着要玉塔姥去做王后,
黑心肠的玛哈西梯,

一心想让玉塔姥住在王宫里,
想让玉塔姥去做王子的妻子,
也在想着害死布罕的主意。

三个黑心人扭在一起,
三个人的主意一样坏,
他们决定把布罕骗回来,
暗暗把她害死,
然后用玉塔姥代替她。

西梯写了一封假信,
派人送到宫殿,
书信交到媩布罕手里,
媩布罕读着父亲的信:
"布罕儿呀,
父亲把你养大成人,
你住在王宫里无忧无虑,
可你父亲年纪已迈,
今日父亲得了重病,
眼看就要离开人间,
在父亲临死之前,
想见到布罕儿一面,
知心的话想对你讲,
家产也要分给你一半,
布罕儿啊,

---

① 骑马:此处指可供骑乘的马。——编者注

可怜你苦命的父亲，
快快回家来一转①，
来迟就见不着父亲的面。"

婻布罕知道父亲病重，
感到一阵伤心，
难过得流下眼泪，
她把书信交给丈夫，
要求王子准她回去探亲。
"夫王啊，召奉马，
不幸像一片黑云降落，
今日父亲得了重病，
要妻回家去看望一转，
去晚了就不见父亲的面，
妻要求回家去一趟，
两三天就回来，
请夫王开个口。"
爱布罕如珍珠的王子，
不忍心让妻子难过，
不知道岳父安下坏心，
满口答应妻子的要求，
他怕妻子伤心，
对她一一安慰：
"眼珠般珍贵的妻子，
请不必伤心流泪，

过于伤心你会生病，
父亲病得很重，
信中说得很明白，
妻要去就赶快去，
去了不要在得很久，
去久了会使我怀念，
没有你宫殿会变得凄凉。"

王子说完叫人准备东西，
准备了布罕乘坐的大象，
还有随同人员骑的骏马，
王子把大臣叫来，
叫他负责送布罕回家，
又对跟随的宫女们交代，
要她们好好照管布罕。

王子再三对大臣说：
"一切事情全交给你，
大家要好好照顾布罕，
不能叫她出事情。"

他们要出发了，
婻布罕骑上大象，
大臣和宫女在后面跟着，
他们穿过森林，

---
① 转：云南汉语方言，意为"次""趟"。——编者注

过了一条大河,
去到曼卖贺勐,
到了玛哈西梯家。
这时小娘戛玛从屋里走出,
她用手揉着眼睛,
哀哭着出来迎接布罕:
"阿妈心上的布罕儿啊,
可怜你父亲害了重病,
现在人已经死了,
阿妈把他卷着,
安放在菜园里,
你快去看看吧。"

布罕听到父亲已死,
忍不住放声哭起来,
急忙向寨外的菜园跑去,
大臣和宫女也都着急,
他们要跟随王妃去看望,
这时样子凶恶的戛玛,
在大臣和宫女们面前纠缠,
哭出声阻拦说:
"请求大臣和宫女了,
我丈夫刚死,
他的灵魂还没有送走,
外人不能去看他的尸体,
只有她的女儿才能去,
大臣们啊,

这是我们曼卖人的规矩,
请可怜西梯的灵魂,
让他的灵魂升天吧,
请你们都不要去看,
请在家里等着,
不久漂亮的布罕就要回来。"

大臣不知是圈套,
就领着宫女在家等着,
只让布罕一人出去了。
他以为戛玛说的是实话,
心中对她没有一点怀疑。

戛玛领着布罕急忙赶去,
穿过树林走到河边,
是西梯在河边躺着,
身上盖着一块白布,
布罕哭着扑在父亲身上。

这时比老虎还凶的西梯,
他根本就没有死,
翻过身来把布罕按倒,
撕下白布把她的嘴蒙住,
脱下布罕的衣和裙,
换下她身上的所有东西,
又用白布裹住她的身子,
把她抱起扔进深水里。

这时西梯和戛玛，
慌忙把玉塔姥叫出来，
用布罕的衣服穿在她身上，
让塔姥戴上布罕的东西，
一切伪装都办好了，
戛玛就领着她回来见大臣，
大臣和宫女们起了怀疑，
说王妃不像布罕，
布罕生得比她漂亮。

这时戛玛和玉塔姥拜下：
"尊贵的大臣啊，
是布罕了，真的是布罕，
我就是王子的妻子嫡布罕，
我哭得死去活来，
父亲他已经死了，
我的两眼被哭肿了，
肉色也哭得变紫了，
伤心后我完全变了样，
大臣啊，我就是布罕，
现在我们回宫殿去了吧，
再久了王子会担心。"

大臣看着她不像布罕，
可身上的服装没有变，
漂亮的布罕变了模样，
又丑又黑一点也不像王妃，

大臣和宫女个个怀疑，
可他们也辨不出真假，
急忙把大象拉来，
玉塔姥见了大象不会骑，
大臣和宫女只好把她扶上去，
他们暗地里议论着：
"王妃怎么不像原来，
今天连骑象也不会了。"
他们越想越疑心，
忧心忡忡回到了宫殿。

王子召奉马，
他早已在王宫门口等着，
盼望见到心爱的布罕，
他走近大象边迎接，
见坐在象背上的不是妻子，
急得他几乎要哭出声来。
王子召奉马大声说道：
"天啊，
我失去了千万珍贵的宝笋，
我失去千万金银难买到的人，
我失去了心爱的妻子布罕了，
不中用的大臣、宫女啊，
你们为什么这样粗心大意？
为什么把这样丑恶的女人带进宫廷？
我心爱的人儿在哪里？
漂亮的布罕为何不回来？

是不是她遭到西梯暗害，
脱下她的服装给这个丑女穿上？
你们不快快把布罕找回来，
我要把你们一个不留全杀死。"

这时急坏了大臣和宫女，
他们只好去把波罕请来，
因为全勐只有波罕一个人有福气，
他们请求波罕帮去找布罕，
他们拜在波罕面前请求：
"不好了，波罕啊，
现在王子给我们定了死罪，
要是不把布罕找回来，
我们一个也活不成。
有福气的波罕啊，
请你救一救我们的命，
领着我们去找布罕吧！"

波罕知道后说：
"感谢你们对我信任了，
所发生的事情我已知道，
布罕肯定是被西梯暗害，
用女儿玉塔姥来代替了。"

波罕就去看象背上的女人，
不出他先前的所料，
那女人真的是坏心肠的玉塔姥，

波罕急忙走向王子拜告：
"王子啊，
西梯家有两个姑娘，
一个名叫玉塔姥，
她是小娘戛玛的女儿。
一个名叫玉布罕，
她就是珍贵漂亮的王妃，
母亲是寡言善良的坦玛，
可坦玛啊，早已去世，
布罕肯定被西梯害死，
用玉塔姥欺骗代替。"

王子听后气炸了肺，
他命令大臣去处置玉塔姥：
"你们快去给我出这口气，
如何才能填平我的气愤，
你们去想办法处理。"

大臣接受了命令，
就把玉塔姥拉下了象背，
用开水活活把她烫死，
砍下她的头和脚，
装在大罐底里，
而后割下她身上的肉，
把她的手脚和头盖住，
把她的尸体做成腌肉，
叫人抬着送去给西梯。

宫使抬着罐子到西梯家，
见了西梯和戛玛，
宫使们就对他俩说：
"你们女儿去做了王后，
王子他对你们感恩不尽，
派我们给你们送来了腌肉，
让你们饱饱吃个痛快！"

狗心的西梯急忙收下，
妖婆般坏的戛玛高兴地说：
"玉布罕去的时候，
她一点也不想到我们，
芝麻大的东西也不送来，
现在我女儿塔姥去了，
她把父母挂在心间，
去后才有几天，
就给我们送来一大罐腌肉！"

他们乐得嘿嘿哈哈发笑，
他们闻到酸肉就想吃，
天天掏出腌肉来煮吃，
大罐腌肉快吃完了，
他们掏出玉塔姥的手脚掌，
还以为是大鲤鱼的尾巴，
心中越发感到高兴。

这时他们掏到罐底，
拿出来是一个人头，

才明白腌肉是玉塔姥的尸体，
两个黑心肠的人，
顿时抱头痛哭起来了。

14

失掉妻子的王子召奉马，
他像没有伴侣的孔雀，
仿佛天空变阴暗，
大地变得凄凉，
宫殿变得悲惨。

忧愁的王子召奉马，
望着布罕的枕头流泪，
望着她坐过的竹凳伤心，
他天天望着椰树哀叹，
他天天望着森林号哭，
寂寞使他更想布罕，
失望又使他想到波罕，
他把波罕请到王宫，
把心中的希望对他讲：
"波罕啊，波罕，
我们俩是同一年生的老庚，
你是全勐人当中最有福气的人，
是你给我找到布罕，
是你带给我幸福，
可今天啊，
布罕从我身边离去，

幸福被魔鬼从我心上夺走，
今天我要行使王子的权力，
委任你做我身边的大臣。

"我心中的气愤难平，
找不到布罕的下落我不甘心，
西梯和戛玛是坏心人，
布罕竟是他们合谋陷害，
波罕啊，我信仁的人，
现在我派你去惩罚罪人，
去把西梯和戛玛严严捆住，
要他们供出布罕藏在哪里，
要他们把我妻子交出来！"

波罕接受王子的命令，
当天带着三千名士兵，
骑马赶到曼卖贺勐，
队伍把寨子包围起来。
波罕带着人冲进西梯家，
士兵们把西梯和戛玛捆出来，
波罕气愤愤问他们：
"黑心肠的西梯和戛玛，
你们是不是吃了虎心龙胆，
竟敢暗算王子的妻子，
竟敢欺骗尊贵的王上，
你们把布罕藏在哪里？
她现在是死还是活？

快快照实说出来！
就是你们害死了她，
也要把经过说出来，
要是你们有半点假话，
就不饶过你们的生命！"

被吓坏了的西梯，
颤颤抖抖不敢说假话，
把害死布罕的经过讲了：
"布罕是被我害死，
我们用白布裹住她身子，
把她丢进深水塘里了。"

波罕听了怒气冲天，
大声命令士兵，
把西梯和戛玛严严捆绑，
把他们拿去丢进深水塘了，
波罕叫人抄了西梯的家产，
用马驮着东西返回宫殿，
把布罕被害的消息报告王子。

15

没有了布罕的王子召奉马，
他的心像飘动的白云，
再好的菜饭他吃着不甜，
再鲜的花朵他闻着不香。

为消去儿子心上的忧伤，
父王叫赞哈①来给他唱歌，
母后叫宫女来给他跳舞，
可王子越发觉得烦恼苦愁。

王子召奉马，
神情一天不安宁，
他一天天变得消瘦，
他决定要离开宫廷，
去寻找妻子的尸体，
他要为她守魂，
要为她的灵魂祝福，
要把她带来安葬在王墓里。

王子只带着波罕一人，
他们各骑上一匹骏马，
朝着布罕被害的河边走去，
他们要沿着河缘寻去，
不见布罕的尸体他们不回来。

他们去到布罕被害的深水塘，
王子悲哀地从马背上下来，
他向着水塘合掌默哀，
他呼唤着妻子的名字，
悲泪像溪水流淌。

婻布罕没有被父亲害死，
当西梯把她丢进深水塘时，
她就变成金色的螃蟹，
被龙王接回水宫里。
龙王要她在水宫里休息，
叫她安心等着王子来寻找。

今天见丈夫来到河边，
听见叫喊自己的名字，
婻布罕就向龙王告别，
走出水宫来见王子。

婻布罕慢慢从水中显出，
霎时河水闪烁万道金光，
婻布罕比先前变得更漂亮，
一见王子她悲喜呼唤：
"君王啊，我的丈夫！"

王子见了悲喜交集，
伸出手来向妻子叫喊：
"贤妻呀，哥心上的布罕，
今天哥哥找你来了，
快快跟着哥哥回王宫去吧！"

这时布罕悲痛地抽泣说：

---

① 赞哈、章哈是傣族民间歌手的称谓，因汉译用字不同，两种写法通用。——编者注

"夫君啊，王子，
妹妹我已死去回生，
塔姥妹活着在您身旁，
您要好好体贴她，
让她做您亲爱的妻子吧！"
王子听了很悲痛，
他用颤抖的语言告诉布罕：
"布罕啊，我的爱妻，
丑恶的塔姥已被杀死，
可恨的西梯和戛玛，
已受到应得的惩罚，
压在你心头的仇与恨，
哥哥我已为你出口气了，
布罕啊，快来到哥身边。"

这时布罕向王子道一声离别，
离开水面徐徐飞上天空，
飞向她放牛的山上，
飞向帝娃拉在的仙湖。

王子领着波罕朝仙湖追去，
到了仙湖，王子拼命叫喊布罕，
这时帝娃拉出现在他们面前，
王子忙向帝娃拉合掌祈祷，
求帝娃拉恩赐帮忙，
让他找到心爱的布罕。

帝娃拉见了深感同情，
知道王子和布罕爱情很深，
她就朝湖中叫布罕，
这时布罕从荷花丛中走出来，
一头扑倒在王子怀里，
王子紧紧把她搂住，
悲喜使夫妻俩痛哭一场。
这时帝娃拉劝告他们回宫，
王子这时才把布罕抱上马，
三人就要离开仙湖，
布罕向帝娃拉告别，
王子向帝娃拉告别，
波罕也向帝娃拉告别，
帝娃拉一一向他们祝福，
祝他们一路平安，
祝王子和布罕幸福。

王子带着布罕离开仙湖，
他们高高兴兴向森林走去，
山上的凤凰、白鹇、孔雀来送行，
麂子、马鹿、大象也来陪伴。
它们簇拥着王子和布罕，
朝宽阔的坝子走去，
一路上树叶为他们遮阴，
鲜花为他们铺路，
勐巴拉的国王和王后，
大臣、头人和百姓，

知道布罕还活着，
王子把布罕接回宫殿，
人们为他们欢呼，
人们为他们祝福，
他们为王子和布罕的归来，
开了一条很宽很长的大路，
大路从宫殿一直伸到森林，
路两边栽上一排排的香蕉和甘蔗，
沿途摆着香甜的菠萝和芒果，
全勐的百姓出来欢迎，

人群站满道路两边，
他们一一向王子和布罕合掌，
把米花和纸花撒在他们身上，
人们敲锣打鼓，
人们跳舞唱歌，
簇拥着王子和布罕，
走过宽阔的田坝，
热热闹闹来到宫廷，
从此王子和布罕，
永远再不分离。

翻译者附记：这个故事发生在傣历五百一十二年，鸡叫三遍写完，我父亲是打铁的，我白天放牛，晚上给父亲拉风箱，我和布罕是同命运的，也和她一样在山上放牛。

吾赖（花蛇王）

记录者：云南大学中文系少数民族文学师训班赴西双版纳调查组
翻译者：岩温扁
材料来源：系从傣文典籍翻译

1

在巴音麻板森林里，
有座崖高壁陡的石山，
山顶有个很深的岩洞。
在那个岩洞里，

有一颗稀奇的宝石，
闪射着太阳的光辉，
宝石照亮着十六个宝座，
宝座雕着十六个猛龙。

这个岩洞，
住着一条大花蛇，

身长二十庹，
身子比老象还粗。

他有比水牛角还长的毒牙，
牙根底装满了毒液，
凶恶的一对眼睛，
看去像两个火盆，
长在他身上的鳞片，
一片就有锅盖大，
他像老鹰那样有翅膀，
会腾云驾雾在天上飞行，
他身上有三十二种颜色，
能施法变换三十二变，
他能摇身变作英俊的少年，
有时变成善良的美女，
有时还会变成凶猛的公象，
有时又会变作乖顺的小羊。

他是一条凶恶的花蛇精，
独霸着巴音麻板森林，
森林里要数他最凶，
森林里要数他最恶，
他的肚口比水牛深，
天天捕食山里的动物，
他能毒死大象和老虎，
能一口把活人吞下，
被他吃掉的马鹿和麂子，

被他害死的人和畜，
掰起手指数也数不清。

有时他会闯进勐里，
叼跑老人和小孩，
有时他会窜进马厩和牛棚，
叼走耕牛和驮马，
他能飞到天上，
又能窜进海里，
闹得天地不得安宁。

不管人和动物他都吃，
在他住的地方，岩洞口外面，
只见白骨堆成山，
他是一条凶恶的花蛇，
他是作恶的花蛇精。

2

离巴音麻板山很远，
有个地方名叫勐里帝哈，
在勐里帝哈的森林里，
住着一位年老的猎人，
身边跟着十六岁的孙子，
孙子的名字叫坎伦。

十六岁的坎伦，

从小跟着爷爷打猎，
爬过千座山，
涉过千条河，
学得一手好箭法，
练得一身好武艺，
只要他拉紧弓箭，
一箭能射落天上飞鸟，
只要他的长刀出鞘，
凶猛的老虎也被砍成两截。

他和爷爷在山上打猎，
天黑了就住在森林里，
黑夜锻炼了他的胆子，
打猎使他变得果敢坚强，
十六岁的坎伦小伙子，
他勇敢又漂亮，
他像蜜蜂一样勤劳，
他像麂子一样善良。

壬戌年七月十五日这天，
坎伦一早到山里砍柴，
砍得干柴已有一挑，
捆好柴火他去挖野山药，
他向着树林很密的山坡走去，
这时一阵响声震撼森林，
坎伦听了心中猜疑，
他惊奇地朝四方观望，

那时他看到花蛇精从天边飞来，
嘴里含着一个姑娘。

蛇的响声和姑娘的哭声掺杂在一起，
整个森林突然变得阴暗凄凉，
不断传来姑娘绝望的哭叫声：
"有谁能把我遇难的消息，
去转告亲人和父母呢？
要是父王知道花蛇偷去他的女儿，
父王不会让女儿死在花蛇嘴里，
他一定会率领着勇敢的士兵，
来追打和杀死花蛇。

"可怜今天啊，
我的生命就要完结没有谁知道，
这灾难全勐的人也不知道，
因为夜晚我睡在安静的宫殿里，
恰是人们睡得正香的深夜，
谁也想不到会来凶恶的花蛇，
乘着深夜把我偷走，
眼看我这可怜的生命呀，
就要葬送在花蛇的毒嘴里，
花蛇嘴大毒牙很长，
我这娇嫩的身体已被他咬伤，
鲜血染红了我的全身，
我就要在天空的风里死亡。

"生育我的父母呵,
儿现在受到这种灾难,
父母亲怎么会看得见?
在儿还有一口气的时候,
儿只能隔着风云向父母告别。
要是儿在临死时,
能当着父母面请求宽恕,
无论儿的过错有多少,
父母已给了儿原谅,
祝福儿的灵魂升天,
只要父母对儿原谅和宽恕了,
就是儿死了也心甘,
儿要让花蛇随意撕咬,
就是蛇要咬碎儿的肉与骨,
吃完吃尽不留一点残骸也罢,
可是现在啊,
全勐的人没有哪一个知道,
花蛇已悄悄把儿偷走,
福气啊,请快快降临,
亲人呵,我的父母,
请把这不幸的消息传回勐里,
难道现在你们还不知道,
花蛇已把你们的女儿偷走?"

姑娘的呼救声坎伦听到,
姑娘的呼救一片凄惨,
坎伦对她充满可怜,

姑娘的遭遇他见得清清楚楚,
他以花蛇飞越的大山为证,
记住花蛇逃去的方向。

花蛇衔着可怜的姑娘,
越过森林向远处飞去,
花蛇来到巴音麻板岩洞,
衔着姑娘爬进岩洞里,
他住的岩洞很深,
洞里有宝座和明亮的宝石,
花蛇把姑娘丢在宝座上,
姑娘躺在那里只有一口气,
双眼流着汪汪的泪水,
两眼哭得红肿,
她已不能说话,
昏迷躺在石板上,
可怜姑娘受苦受难,
可怜姑娘远离父母和家乡。

3

花蛇偷得美女心中高兴,
他天天想着要吃但又舍不得,
因为姑娘太美丽,
处处都中他的心意,
这时他摇身变作英俊的小伙子,
小伙子相貌生得很漂亮,

漂亮的身材穿着合身的衣裳，
说着甜蜜入耳的语言：
"双眼皮的姑娘啊，
你是竹笋中的美笋，
你是山花中的花王，
哥哥今天得到了你，
妹妹啊，你不要过分悲伤，
哥要娶你做爱妻，
要让你做高贵的王后。"

花蛇用花言巧语
来欺化①姑娘的心，
姑娘听了愈加气愤，
不管花蛇说多少好听的话，
姑娘的心一点也不动摇，
她气得心像火灯烧，
不住痛骂凶恶的花蛇。

一身鳞麻麻的花蛇，
说着好听话，姑娘不听，
这时凶恶的怪性发作，
他向姑娘猛扑过去，
就在那个时候，
姑娘身上产生福气，
她的身子烫得像一团火，

烧得花蛇活蹦乱跳。

花蛇挨火烧肉跳心惊，
但他看着美女死不甘心，
第二次又向姑娘扑去，
他又像头次挨了火烧，
花蛇战战兢兢、束手无策，
不能挨近姑娘只有退后，
作恶成性的花蛇精，
对姑娘仍然不死心，
他又第三次向姑娘扑去，
可一切不能使他顺心，
可怜黑心肠的蛇精，
被姑娘身上的烈火，
烧得他皮焦肉绽。

这时英俊漂亮的假男子，
翻着白眼露了真相，
一下还原成凶恶的花蛇，
吐着比剑麻叶还尖的舌头，
露出比水牛角还长的毒牙，
扬言要把姑娘吞下，
可不管他施展了什么办法，
他仍然无法挨近姑娘身边。
凶恶的花蛇主意已用完，

---

① 欺化：此处为方言表达，意为"欺骗""哄骗""蒙蔽"。——编者注

只得站在一边干瞪眼，
姑娘被花蛇关在岩洞里，
就像小鸡关在井里出不来，
白天她低头流泪，
晚上她流泪悲伤，
天天盼着父王来搭救，
天天想着故乡和亲人。

4

太阳已在山顶露脸，
阳光照着勐里帝哈宫殿，
勤快的宫女们忙碌起来，
她们忙打扫宫殿和花园，
她们以为公主还在睡觉，
出进脚步走得很轻，
生怕把公主惊醒。

太阳已升到宫殿房顶，
不见公主起来梳头，
宫女们个个感到疑心，
她们轻步走进公主房间，
看不见公主的蚊帐摆动，
听不见公主呼吸的声音，
只见蚊帐和被子被掀乱，
她们觉得一切和往常不同，
她们掀开公主的蚊帐，

不见公主睡在床上，
惊得宫女们慌乱作一团，
她们四处去寻找公主，
找遍了宫殿和花园，
找遍了宫里宫外，
也见不到荷花般的公主，
她们又回到公主的房间，
仔细观察和寻找，
这时宫女们发觉，
宫殿的天花板通了一大洞，
板子被冲破，
周围染满鲜红的血，
这一切宫女们看得清楚，
知道公主被盗贼偷去。

这时宫女们更加慌张，
她们惊慌的神色，
像被围困在田坝的猴子，
急急忙忙跑去拜告国王，
叙说公主失踪的事：
"国王呵，
灾难劫走了明珠，
祸害已从天降临，
我们心上的公主啊，
今早失踪了，
公主失踪定在昨晚上，
昨晚上啊，

我们都睡得很死,
连公鸡的叫声也没有听见,
定在夜深人静的时候,
坏心肠的贼窜进宫殿里,
乘人们不防偷走了公主,
也许我们中了贼人的法术,
为什么都睡得这样死了?
睡到太阳出山才醒来,
急忙给公主端去洗脸水,
进到屋里不见公主睡在床上,
只见蚊帐和被子被掀乱,
只见头顶天花板被冲破,
鲜血染红了洞口,
定是凶恶的大贼窜进来,
偷偷抢走了我们公主,
这事使宫女们担心,
害怕像一块石头压在心上,
无限的悲伤和忧愁啊,
像满天乌云笼罩在我们的头顶,
国王啊,
如何是好请快定主意,
快快把公主找回来吧!"

国王听到宫女的报告,
知道恶人偷进宫殿,
抢走宝石般明亮的姑娘,
国王的心像大火燃烧,

怒气使他撸起手袖,
打雷般擂响了大鼓,
鼓声震动了宫殿和森林,
臣官们听到碎心的鼓声,
知道宫廷发生了急事,
他们慌慌忙忙来到宫廷,
一齐来接受国王的指令。

国王把消息告诉他们:
"黑心肠的大贼晚上窜进勐里,
偷走了我心上的女儿,
天亮已逃得无影无踪,
现在我命令你们,
就是上天入地,
赴汤蹈火,
走遍天涯海角,
也要找到公主的下落,
是谁这样胆大作恶,
竟敢来偷我女儿,
竟敢在我头上降下灾祸,
就是他吃了一百只老虎的心,
就是他像魔鬼那样凶恶,
你们也要找到他住的地方,
把他的身子剁成肉酱,
砍回他的头来见我。"

臣官们听了个个气愤,

好像有人来掏他们的心，
他们摩拳擦掌，
他们向国王保证：
"国王啊，请您放心，
我们的长刀不是留着做花样，
我们的弓箭不是为背着美观，
我们是勐里帝哈的将臣，
是您手下忠实的头人，
我们定杀死作恶的人，
保护国土不受侵犯，
保护王族生命安全，
这是臣官应尽的天职。"
臣官们接受了命令，
他们纷纷去准备，
要分头去寻找公主，
把美丽的公主救回来。

5

叭阿曼大臣，
是国王的得力助手，
勐里帝哈的大事，
国王都交给他去办理，
今天国王把他叫来，
把他女儿的大事交给他来管。

叭阿曼按照国王的吩咐，

写了几千张寻人的布告，
派人送往全勐各地张贴：
"明珠般的公主失踪了，
国王和王后向全勐发出公告：
有谁知道公主的下落，
尊敬的国王和王后，
定偿给他千金万银，
深深报答他的恩德。"

宫殿里，
国王请来有名的摩古拉，
为寻找失踪的公主占卜，
摩古拉看过公主的出生证，
算过年月时辰，
翻开古拉本又向天祈求，
摩古拉仔细占卜着。
这时可怕的讯息，
像一阵阴云出现，
吓得摩古拉战战兢兢，
抖抖索索向国王报告：
"公主是被鬼怪叼走，
鬼怪是从天路而来，
线路已越过一百个枢格，
公主已被偷去很远，
古拉经呈现一片阴云，
说明这鬼怪不是一般，
他的本事大过凡人，

他的凶恶难以战胜。
可凶兆中又掺着吉利,
古拉本呈现出公主的福气,
预告会有勇敢的人去救她,
公主的生命不会被断绝,
七个月后她会回到勐里。"

国王听了摩古拉这番话,
压在心头上的忧和愁,
才得到了一些减轻。
可无限焦虑的皇后,
泪珠像雨滴不停,
伤心使她哭肿了眼,
可怜女儿像风一样消失,
辛酸使她哭昏过去,
她伤心未能听到女儿的一声告别,
就连全勐的人谁也不知道。

十八个总哈真①,
按照国王的命令行事,
他们按各自分管的地盘,
带着全部人马去寻找,
几千路队伍向森林进发,
朝着四面八方去寻找公主,
他们像赶鸭子一样并排走着,

一支队伍连着一支队伍,
朝着各自的方向找去,
他们不停地向前行进,
有的去到宽阔的勐巴拉,
有的去到勐西丙田坝,
有的去到西边的勐耿马,
有的走得更远去到勐火东。
他们找得很认真,
觅食的鸡群没有他们细心,
找遍了所有的森林,
找遍了所有的高山和箐沟,
草丛林间布满他们的脚印,
他们出去整整一个月,
谁也没有打听到公主的下落,
要找的办法都用完了,
再也想不出别的主意来,
只好带着队伍空手回勐。

十七个总哈真,
已回来拜见国王,
唯有一个总哈真还没有回来,
他带着队伍走出森林,
一直寻找到大海边,
他们千方百计想越过大海,
可海水太宽难引伐,

---

① 哈真:傣语,官名,相当于一个国家的部长一级。

只得沿着海岸来回走，
过不了大海他们只得返程，
到勐里帝哈边界，
走进边界的一片森林，
来到坎伦和爷爷居住的寨子。
他们进入寨子就停下休息，
分头去挨家挨户询问，
打听公主下落的消息，
他们寻找公主的决心很大，
他们说只要得知公主的下落，
就是掉进龙王的宫殿里，
也要派队伍把公主找回。

6

现在呵，
我要讲述坎伦到宽阔的森林里，
他在森林里看见凶恶的花蛇，
叼着公主从天空里飞过，
听见公主绝望的呼叫，
他可怜遭难的公主又无可奈何，
只能默默望着回家，
坎伦回到家里，
把事情告诉给爷爷，
他天天盼着听到消息，
等着外乡人来寻找，

现在总哈真率领队伍来到，
坎伦得知遭难的姑娘，
原来是勐里帝哈国王的公主，
坎伦决定要把事情告诉哈真，
也许公主有福气现在还活着。

坎伦到爷爷面前请求，
请准许他去拜告哈真，
说清花蛇叼去公主的事。
爷爷听得孙子的话，
害怕坎伦闯出大祸来，
阻拦坎伦不让去报告：
"孩子啊，你年纪太轻，
酸甜苦辣没有尝够，
说出的话不可靠，
孩子说的话不能上到官府，
犯了规矩会受到国王的惩罚，
要是谁见了，国王要谁去寻找，
要他去把公主找回来，
找不回来就定给死罪怎么办？
爷爷担心你所说的话，
爷爷请求你，
把知道的事隐藏在心里。"

这时坎伦对爷爷说：
"天下人要讲义气，
请爷爷别为儿担心，

既然儿是生在天下的人，
就应该承担苦乐，
多大的事情国王先得问清，
爷爷刚才所讲的那些，
做儿的心里一点不忧虑，
不是说谎话定不了死罪，
就算定给死罪儿也不后悔，
为民除害死了也心甘，
请爷爷领着儿去拜见，
把儿看见的事转告国王，
好让国王派人去寻找公主，
派士兵去向花蛇讨伐，
只有杀死作恶的花蛇，
天下百姓的日子才会安宁。"

孩子的话像一颗明星，
驱散了爷爷心上的疑云，
他带着坎伦去见哈真，
见了哈真，坎伦拜下：
"国王派来的叭龙①啊，
勐里帝哈威武的哈真高，
知道您有急事才到我们这里，
刚才你们打听的事我知道，
宝石般年轻的公主，
定是被大花蛇叼走的那位姑娘，

我去森林里砍柴的那天，
看见大花蛇衔着一位姑娘，
从森林的上空飞过，
只见姑娘耷拉着头，
两手下垂迎着风云摆动，
她的心脏像要在风云里停熄，
不停地发出碎心的绝望声，
花蛇叼着她腾云驾雾越过森林，
姑娘的小手只只套着金戒指，
身上的服装金银琳琅。
脖上吊着闪光的金珠链，
两耳戴着金黄的耳柱，
姑娘呼喊着救命，
绝望地叫着父母，
快快派队伍来追赶，
姑娘的呼救声杂着哭声，
这一切我亲眼看得清楚，
姑娘的喊声我听得明白，
这个真实的消息，
请代转尊贵的国王。

"假若我所拜告的事，
不是珍珠般明亮的公主，
请别把拜告的话变成冤仇，
我只不过是住在边界上的平头百姓，

---

① 叭龙：傣语，宫廷大头人。（叭龙：西双版纳傣族古代的政治官衔，其行政范畴是由7—10个同级别村寨组成的基层政权"火西"，"叭龙"即为"火西"的行政长官，或称为头人。——编者注）

要是出口的言语过高,
触犯了王国的规矩,
请求尊贵的名叭龙①宽恕。"

头人叭龙听了高兴,
就像喝了甜水那样甜心,
因为头人叭龙,
打听到了公主的下落,
刚才坎伦所讲的事情,
处处符合公主的身份,
被花蛇叼走的姑娘,
肯定是勐里帝哈的公主,
公主是被花蛇精偷走,
蛇精已把公主偷进妖洞。

这时头人对叭龙说:
"小伙子呵,
刚才你说的话别担心,
心中有事理应讲清楚,
个会把罪行增加在你身上,
有事情拜告臣官得罪,
这样的事不符合王法勐纪。
小伙子啊,
你心中别有什么忧虑,
我十分感激你,

给我们报告了公主的下落,
你所讲到的那姑娘,
从身上的装扮断定是公主,
肯定是我们尊贵的国王的女儿了,
现在请你跟随我们走,
一齐去到王宫拜见国王,
我要亲自领着你这好心肠小伙子,
上到宫殿去拜告,
当面向国王叙述经过,
我保证不让你有什么罪,
无论有多大的事情发生,
由我来为你承担责任,
按照事情的经过拜告国王,
国王定会真心喜欢你,
全勐所有的人没有谁能看见,
你能见到公主的去向,
说明你身上的福气很大,
才见到这朵芳香的花王。"

坎伦听了心中个安,
他慌忙下拜请求:
"名叭龙啊,
我是一个穷人的子孙,
去王宫使我有许多难事。

---

① 名叭龙:傣语,百姓对叭龙的尊称。

"高大的王宫是臣官办事的地方，
就算我心上有许多要说的话，
到了那里我也拜告不成，
就像燕子难对凤凰开口，
万一言语出了差错，
惹怒了国王会背得一身罪恶，
尊敬的叭龙召呵，请宽恕，
坝子的小鸟，
不能飞去憩在凤凰巢，
养牛放马的人，
哪敢随便走进宫廷，
就是吃着豹子胆，
也不敢跟你们去见国王。"

听了这番话，叭龙暗暗吃惊，
觉得面前这小伙子，
比宫廷的大臣还会说话，
他开口说出的话，
句句是道理，
像这样聪明礼貌的伙子，
走遍全勐也难找着。

叭龙对他喜爱又敬佩，
用好听的话宽慰他的心：
"聪明伶俐的小伙子呵，
请把心胸放得更宽阔，
春风早把乌云吹散，

不必顾虑，不必在心头担忧，
我不会离开你的身边，
要带着你首先向国王拜告，
按照国王自己的许诺：
'假如谁知道女儿的下落，
把知道的事情报告宫廷，
要偿给他二万黄金；
要是谁把公主找回来，
定要给他爱上加亲，
把女儿嫁给他做妻。'
今天我已猜测到，
小伙子啊，你是有福气的人，
你的举止和言谈，
与一般的小伙子不一样，
要是命运注定你是有福气的人，
请别忘了往后的日子，
往后的日子请宽宏大量，
请别撇下我这不中用的老臣，
聪明的小伙子哟，
不要被黑云遮住了视线，
要像星星在午夜里闪烁，
要知道国王在焦虑等待，
请你快快跟我们走吧。"

坎伦听了觉得有道理，
决定跟他们去见国王，
他拜下向爷爷告别：

"尊敬的爷爷啊,
请接受儿的一声告别,
今天儿要去宫廷一趟,
要是一切都顺我们的心愿,
要是能除掉作恶的花蛇,
勐里帝哈百姓该有多高兴,
有灾难的森林会得到安宁,
儿今去不会太久,
两三天就会回来,
爷爷在家里别担心,
天黑了,请爷爷多保重。"

爷爷感谢孙子的告别,
用好话为孙子的离别祝福:
"孩子啊,
你这样尊重爷爷,
你放心跟他们走吧,
愿父母的灵魂保佑着你,
愿福气保你平安,
见了尊敬的国王,
你要真真实实拜告他,
别心慌意乱说假话,
可千万别久留在那里,
宫殿的场所不比竹楼,
你处处要多加小心,
两三天一定要回来,
爷爷老了靠你来抚养。"

7

叭龙和坎伦坐在一条象背上,
队伍浩浩荡荡离开森林,
离开边界向王宫行进,
他们翻山越岭继续赶路。
勐里帝哈国土辽阔广大,
他们从边界走到王宫,
已整整走了一个月。
头人叭龙领着坎伦,
进到了王宫里去见国王,
见到国王,叭龙慌忙跪下:
"向无比尊敬的国王报告,
寻找公主的队伍已归来,
我们找遍了森林和高山,
我们找遍了山箐和岩洞,
打听过所有村寨和猎人,
就像黄蜂寻找小虫那样细心,
我们越过勐里帝哈国境,
一直找到大海的岸边,
士兵的衣服都被野刺挂破,
他们的脚掌已磨出鲜血,
膘壮的骑马和大象已走累,
驮去的大米和盐巴已吃完,
也打听不着公主半点音讯,
我们再没有地方可去寻找,

只好从大海边向勐里返回，
来到住在边界的寨子，
碰到有福气的青年，
他的名字叫坎伦，
他给我们报告了公主的下落，
他是曼帕囡老猎人的孙子，
一切请他向您报告吧！"

国王一切全明白，
心里感到无限高兴，
他热情向坎伦打招呼：
"小伙子呵，感谢你了，
感谢你洗清我心上的忧愁，
你的来临带来了喜讯，
喜讯给我增加了一丝希望，
你是勐里有福气的人，
福气使我们得以相见，
除你一个人外，
全勐那么多人，那么多眼睛，
没有哪一个看见我的女儿，
福里注定你是她的救命恩人，
现在我和我的王族，
大臣、头人和百姓，
向你表示感谢，
感谢你带来公主下落的消息！"

这时聪明的坎伦下拜：

"我向国王下拜请罪，
我是处于王国脚下的百姓，
家住在偏僻的边界森林，
不懂得王朝的规矩，
心忧虑重重开口难言，
要是言语触犯了王法，
请求无上高贵的国王宽恕，
要是出口的话听不顺心，
请国王顾全自己勐里的百姓，
要是言行本该定罪，
也请贤明的国王赦免，
事情是我亲眼看见。
那是我在山上砍柴的那天，
有一条花蛇叼着可怜的姑娘，
腾云驾雾从我头上飞过，
只见姑娘在高空中挣扎，
阳光映着她身上的血水，
姑娘不住地绝望号哭，
花蛇衔着她向远方飞去，
姑娘一身穿着华丽的衣服，
衣服闪着金片、银片的光彩，
发髻上玉簪明亮像一颗星，
脖上套着金珠项链，
两耳戴着金黄的耳柱，
我见到的姑娘是这样，
花蛇叼着越过边界森林，
朝东方这山飞去，

要是这姑娘不是公主，
请别怪我多嘴多舌欺哄国王，
别由此对一个百姓产生冤仇，
我能拜告国王的，
仅仅是亲眼见到的这些了。"

国王听了更加忧伤，
女儿已落入花蛇的口里，
她的生命比金子宝贵千倍。
现在不知她是死是活，
忍着悲痛安慰坎伦：
"孩子呵，
你别担心怕得罪，
你听说的处处都符合。
花蛇叼去的是公主，
现在请求你，
聪明、有福气的伙子，
请你怜悯可怜的国王和王后，
用你身上的智慧和福气，
去搭救我们唯一的姑娘。
要是女儿有个好歹，
我们夫妻的心脏就会停息。
善良勇敢的伙子嘞，
请你走在队伍的前头，
去把我心爱的女儿找回来。
要是我女儿得救回家，
按照世代相传的规矩，

我要将闺女嫁给救她的人，
要你来做王国的女婿，
我的岁数已经很大，
将来治理国家的权力，
我是让你来接替，
我们这骄傲的勐里帝哈，
有十八座雄伟的金殿，
十八座金殿十八个地方勐，
要让你做十八勐的国王，
岁数大了，我得安心休息，
放心地依靠你来治理国家。
我说出的话坚如岩石，
对你说的话比金块还贵重。
要是你对我的诺言不放心，
可叫大臣在贝叶上把字句刻下，
说出口的话不会变化两样。"

坎伦回答说：
"我们头上的国王呵，
您款待的情意比海深，
您的一片真心比土地还重，
可我家祖祖辈辈是穷人，
天天帮工度日，
就像四处寻食的小鸟，
终年没有安定的家园。
我不是宫廷王族的后代，
说出的话不符合金殿的规矩，

怎能配得上坐金鞍大象？
怎能配做王国的女婿？
这样做了违背了金殿的规矩，
会给外勐的人带来耻笑，
会给我这穷人带来祸害，
会给有威望的王国带来不光彩，
人家会嘲笑灰燕假借凤凰座，
落得别人讥笑来人骂，
外勐的王族更会议论纷纷，
他们会责备勐里帝哈，
为什么要取百姓当王。
请求呵，头上的国王，
要我做的事样样可接受，
可要我当女婿继承王位，
这好比上天取星星一样困难。

"国王呵，
请你饶恕我这一次吧，
在王国的宫殿里，
有这么多的武官和大臣，
他们是王族的后代子孙，
他们人人都有智慧和才能，
继承王位应该归他们，
也才符合王国制定的规矩，
人们会为此声声赞扬，
王国的声望会扬遍天下，
至于我是百姓出身的穷人，

要是放弃耕田播种，
就会丧失宝贵的粮食，
到头来只会去讨饭来充饥，
国王呵，请可怜勐里百姓，
允许我早日离开宫廷，
回到边远的森林吧！
说要我带着队伍去森林，
去搭救尊贵的公主，
去杀死凶恶的蛇精，
这事我面临许多困难，
蛇精本事大，万倍凶狂，
他能腾云驾雾天上飞，
他会变化成动物和人，
就算我们有无穷的勇气，
可身边没有弓箭和弓弩，
怎能制服蛇精救公主？
只怕不但救不了公主，
反倒损失人马白让蛇精吃，
请求智慧的国王细细思考。"

听到坎伦这番叙述，
国王忧愁的心房，
像打开一边明亮的天窗，
使他看到宽广的大海，
他感到坎伦与众不同，
这样的伙子天下难找，
出口的语言赛金子，

见识和才能赛过臣官,
这样的伙子呵,
实在配做王国的女婿。

"你是一个贤善的伙子,
在你身上我看到许多福气,
伙子呵,
请别这样过多忧虑,
战胜蛇精的武器,
有祖传的神弓和宝剑,
是勐里帝哈致命宝物,
你别担心密林中的蛇精,
我要将神弓和宝剑交给你,
封你为勇敢的首领,
背着宝剑,挎着神弓,
骑上骏马率领队伍出发,
越过边界去寻找公主,
要怎样使事情办好,
你要走在前头教育部下,
愿你此去一切顺心,
杀死蛇精救回公主,
全勐的人会像我一样祝福你,
唯一寄托我希望的伙子呵,
国王的圣令你不能推辞,
快快接受我的要求吧!"

国王命令坎伦不能违背,

他接下宝剑与神弓,
收下无比锐利的宝箭,
神弓重得要四个人抬,
而坎伦轻轻拿起挎在肩上,
人们见了个个吃惊吐舌,
议论着他有无穷的福气,
人人听从他的指挥,
只等出发的那天到来,
队伍就出发行走。

8

一排一排威武的士兵,
一排一排扬头的骏马,
整整齐齐站在宫殿的广场,
坎伦站在队伍的前列,
身边并排站着大臣的儿子,
大臣的儿子叫召奉马加,
召奉马加无比骄傲,
他像老虎冲进牛群,
他的眼睛望着宫殿的房顶。

国王和王后来了,
祝福他们一路平安;
大臣和头人来了,
祝福他们英勇无敌;
城里城外的百姓来了,

祝福他们战胜蛇精,
为百姓除害,
救回漂亮的公主。

坎伦领着队伍出发了,
马铃从姑娘们的身边响过,
打扮的姑娘来给他们送行,
有的发髻上插着木梳,
有的胸前挂着花环,
有的穿着镶着金边的花裙,
有的头上扎着雪白的毛巾,
她们眼睛像萤火虫一样多情,
在人群中挑逗心爱的伙子,
为了让伙子们注意,
有的姑娘嗓子哑了还唱歌,
姑娘们眼盯着坎伦,
太太都想和他说几句话,
大臣的儿子召奉马加,
处处要比伙子们显得突出,
他在每一个姑娘面前,
都要显示一下王族的威风,
一下用双脚蹬蹬马镫,
一下又挺身抖抖缰绳,
他的马铃子比别的要响,
不知底细的姑娘,
还以为他是带队的首领。

只有英俊的坎伦,
在姑娘面前不表露声色,
他走在队伍的前头,
只知赶路默默不作声。

队伍告别了人群,
离开热闹的城镇,
浩浩荡荡向森林进发,
他们踏上弯曲的小路,
越过勐里帝哈边境,
去到坎伦砍柴的地方,
艰难地寻找花蛇的去向。

坎伦走在队伍前头,
一路仔细辨认观察,
猜测着蛇精飞过的地方,
带着队伍朝东方走去,
这时他们走到一条大江,
江水浪波翻滚,
江面宽阔看不见对岸的边,
汹涌的江水挡过他们的去路,
坎伦只得把队伍停在沙滩,
叫大家搭起棚子宿营,
营房摆满了江岸。

队伍在江边住了好几天,
大家想着渡江的办法,

有的去山上砍竹子，
有的到密林深处找野藤，
有的破筏片，
有的扎筏子，
会游泳的人，
拉着粗藤过大江，
江边很热闹，
队伍很繁忙，
野藤已拉通江面，
船和竹筏已做好，
这时坎伦带队过江，
指挥队伍登上竹筏，
竹筏像正并排出击的战马，
乘风破浪向对岸划去。

人们不断欢呼，
江水掀起层层波涛，
受惊的马匹，
在江面的筏子上扬蹄嘶叫，
男敢的青年，
紧紧拉住马绳不松手，
霎时江面响起连续哄闹，
人的呼声，
马的叫声，
波涛的翻滚声，
巨大的回声震撼森林，
野猪被吓跑，

老鼠、豹子纷纷逃，
它们害怕江面的响声。
没有多久，
过江的队伍到了对岸，
他们就在对岸驻扎下来，
准备分头去寻找公主，
他们分成几路出发，
在辽阔的外乡森林，
寻找这花蛇居住的地方。
出去的队伍又陆续归来，
他们已走遍外乡森林，
还找不到花蛇的踪影。

勇敢而又心细的坎伦，
携带着宝剑和神弓，
认真辨认蛇精逃去的方向，
思考着战胜蛇精的主意和办法，
前来的人马成千上万，
在森林里寻找失踪的公主，
要是碰上凶恶的花蛇，
会造成很多人死亡伤身，
怕只怕毒性很大的花蛇，
咬死无辜的平民百姓，
丢下尸体回不了家园，
天大的难事先得自己承担，
怎能让大家蒙受死亡？

坎伦一人拿定主意,
他把大臣的儿子叫来,
又对所有的人们讲清:
"花蛇的洞穴不会太远了,
我们再越过前面的森林,
说不定就是他管辖的地方,
你要知道这花蛇,
他能在云雾中飞行,
能变换成各种各样,
若一大队人马碰到他,
会带来无尽的伤亡,
现在我要大队人马,
安心守在这里别乱窜,
专心观望着这一带森林,
让我一人去查明花蛇住的地方,
看准了大队人马再跟随。"
人们听了都说对,
队伍听从坎伦指挥,
稳扎在江边不动。
坎伦把事情交代清楚,
背起宝剑和塔弩神弓,
离别了召奉马加和人群,
一人朝更远的森林走去。

他一人孤独无伴,
一个人在密林中行走,

周围只见野蜂采花飞来飞去,
抬头只见鹦哥在树上吃果子,
林里雀鸟喧闹纷飞,
白鹇、孔雀漫步开屏,
树枝上的松鼠跳来跳去,
林间有甜蜜的果子和山药,
树上吊着一仓仓蜂房,
没有蜂守着但蜜很多,
这地方很少有人来过,
是大象、老虎游玩的地方,
山上气候很凄冷,
林海里看不见一条小路,
四处是悬岩峭壁的险关。
坎伦一人行去很艰难,
他警惕着继续朝前走,
森林越走越密,
坎伦在密树里寻找花蛇,
他已走进蛇精的地盘,
他已去到勐邦加的边境。

9

太阳渐渐在树梢中消失,
烟雾遮着微弱的阳光,
坎伦寻找花蛇已到下午,
这时他去到勐邦加的边界,

看见边界的密林深处，
立着一座新盖的撒拉①。
这里是野兽出没的地方，
胆子再大的猎人，
晚上不会进到撒拉里去住，
是不是凶恶的花蛇精，
有意变作撒拉等吃人？

坎伦想着握紧宝剑，
细心警惕向撒拉走去，
他轻轻挨近撒拉的门边，
看清里面关着两个姑娘，
坎伦看了越发猜疑，
他要向她们问个仔细。
他对着两姑娘开口：
"我在门外看见了你们，
坐在撒拉里的姑娘！
难道你们是蛇精变成的，
还是勐因的仙女来游玩？
我不相信你们是人间的姑娘，
如果你们不是蛇精变成，
也一定是从天上来的婻团②。
看着你们忧伤的面孔，
为什么挂满珍珠般的眼泪？

难道你们心里不明白，
这里是花蛇吃人的地方？
两姑娘呵，
究竟你们是人还是鬼？
请开口对我说一说。"

这时两姑娘开口就骂，
以为花蛇变成男人，
有意来戏弄她们，
她俩骂声越来越大：
"凶恶毒辣的花蛇，
你别变作男人装模作样，
你样子装得再英俊，
可你还是凶恶的花蛇精，
你要吃就快进来吃，
何必在门外假装慈悲！"

坎伦听到两姑娘回答，
声声痛骂花蛇精，
知道她们是遇难的姑娘，
难道其中的一人就是公主？
难道花蛇就住在撒拉里？
到底是什么原因要问个明白。
坎伦走进撒拉里细问：

---

① 撒拉：野外供猎人休息的简易小屋子。——编者注
② 婻团：傣语，指仙女。

"善良的二位姑娘,
请别那么害怕,
我不是蛇精变成的男人,
我是民间的男人,
从母亲的肚子生成。
宽阔的勐里帝哈,
是我生长的国土,
从小跟着爷爷在森林里长大,
森林就是我的家。
我不是恶人在森林里迷失方向,
我是劳动在人间的穷人,
接受勐里帝哈国王委托,
来到森林寻找公主,
公主在王宫中遇难,
是凶恶的花蛇把她偷走,
听得刚才你们痛骂花蛇,
难道你俩其中一人是公主?
要是你俩有共同的冤仇,
姑娘啊,
那就请把真相告诉我,
花蛇再凶我不怕,
也不会丢下你二人不管,
为着杀死花蛇我才来,
我来是为搭救你们俩。"

这时两位姑娘全明白,
知道母亲的伙子不是蛇精,

恐惧的心理全消散,
坎伦刚才的话打动她们的心。
两位姑娘十分感激,
泪水流出她们双眼,
请求坎伦快快救命。
姑娘把经过从头讲起,
忧伤像倒水从口里流出:
"妹们是一个妈生的两姐妹,
勐邦加是生长的国土,
家是勐邦加的宫殿,
父亲是宫殿的国王,
妹们是国王的两个公主。

"一天父王进山打猎,
追赶野鹿超过边界,
孤身窜进花蛇地盘,
父王落入花蛇手中,
花蛇张口要吃父王,
父王贪生怕死苦苦求情,
花蛇面前许了诺言,
要将两个女儿来替换,
花蛇听了大喜,
父王的生命得救了,
可怜我们姐妹俩呵,
为换取父王的安全,
今天就要死在花蛇嘴里,
善良的哥哥啊,

可怜可怜姐妹俩，
望在姐妹俩可怜的面上，
求哥哥搭救性命。
只要哥哥发个善心，
把姐妹救出危险，
使我们避免死亡，
哥的恩德我们永不忘记，
要是哥不嫌弃把我们带走，
妹们将一身献给哥哥。
要是哥哥嫌我们长得不白，
我们将终身做你的仆人，
为好心的哥哥端水扫地，
给哥哥煮饭做菜，
尽心服侍以报哥的恩德。"
可怜的姐妹望着坎伦，
两公主合掌向坎伦跪下，
请求坎伦别离开她们，
哭着请坎伦救命，
坎伦听了无限同情，
想到作恶的花蛇，他心像火烧。

坎伦走到她们中间坐下，
说不完的话就像流水，
压在两公主心上的忧伤，
已被坎伦的欢笑声驱散。

这时太阳已落山，
暮色降临森林，
山上的雀鸟成群归窝，
森林阴暗寂寞，
虎豹开始出来走动，
就在这个时候，
森林上空传来一阵轰响，
坎伦知道花蛇来了，
他提醒身边两公主注意：
"公主呵，
这声音你们听见没有？
这响声是花蛇飞来的声音，
但请你们不必害怕，
你俩快躲在我身后，
准备着和蛇精较量。"

坎伦紧握宝剑和神弓，
准备好迎接凶恶的花蛇，
没有多少时候，
只见花蛇飞过森林来到撒拉，
两只眼睛红得像火盆，
张着大口吐着尖舌，
身子比老象还粗，
满身的鳞片闪着五光十色，
看他身子有二十庹长。

花蛇一落地就梭①向撒拉，
他抬起比撒拉高的头来看，
看见两女一男住在撒拉里，
两个美女陪伴一个青年。

花蛇见了欣喜若狂：
"勐邦加国王真守诺，
一次就送来了三个，
两个姑娘外加一个男子，
今天我要饱饱吃上一顿。"

这时坎伦对着花蛇大骂：
"作恶多端的蛇精，
你的罪恶比天大，
你害了多少人的生命，
你给人类带来了祸害，
宇宙容纳不下你的罪恶，
今天我饶不过你这畜生，
你快低下头乖乖投降！"

坎伦骂着早已准备好，
锋利的箭枝已搭上神弓，
瞄准着花蛇的脖子，
等着花蛇要玩弄哪样花招。

花蛇突然听到骂声，

气得他吐舌张牙，
用力甩动长长的尾巴，
甩得大树小树一排排倒下，
花蛇向坎伦显示威风：
"你的头没有我鳞片大，
我一口把你们三人吞下，
也塞不满我的一根小肠，
世上有谁敢与我较量？
天下有谁不怕我？
你是谁家的毛孩？
竟敢口出狂言辱骂我，
今天我要把你们一齐吞下。"

花蛇向坎伦冲去，
铛的一声巨响神箭飞出，
霎时一阵山摇地动，
响声如雷电轰击森林，
神箭击中，花蛇仰面朝天，
蛇精惨叫受伤，
挣扎着在地上翻滚，
草地上积满乌黑的血滩，
花蛇从惨痛中清醒过来，
忍着痛逃命而走。

---

① 梭：云南汉语方言，意为"滑"。——编者注

10

两公主的生命得救,
公主亲眼看得清,
坎伦的恩德比山重,
射伤花蛇救了公主。

当父王送公主来的时候,
全勐没有谁敢出来搭救,
现在当公主处在生死关头,
是坎伦来搭救了她们。
得救的公主两姐妹,
像虎口边脱险的小牛,
十分感激救命恩人坎伦,
两姐妹在坎伦面前下拜:
"感谢勇敢善良的哥哥,
救了我们姐妹的生命。"

这时坎伦把两姐妹扶起,
用甜心的语言安慰她俩:
"是因为福气才使我见到你们,
可现在我得与你们告别,
重要的事还等着我去做,
花蛇还没有被杀死,
勐里帝哈公主下落还不明,
我要告别你们去追赶花蛇,

去把勐里帝哈公主搭救。
要是不把花蛇杀死,
多少百姓得不到安宁,
还会有更多的人被害死,
今天我离别走后,
愿你们平安无事,
愿你们愉快安康,
请你们早些离开这里,
回到美丽的邦加宫殿,
去拜见你们父王和母亲,
去拜见你们亲戚和伙伴,
见到你俩平安归来,
父王母亲会有说不出的高兴,
人们会纷纷来祝福。

"善良的二位公主呵,
请你们快快回去,
见不到你二人的面,
爱你们的情人多可怜,
他们一定把你们怀念,
请赶快回到他们身边,
在王宫花园内与情人相见吧,
离别前哥只有一点心愿:
'千年万年请别忘了哥的面,
等到凶恶的花蛇被杀死,
勐里帝哈公主得了救,
哥哥一定从勐邦加路过,

那时哥哥还希望见到你俩。'"

听到坎伦要走,
公主姐妹悲哀忧愁,
她们流着泪拜下请求:
"被象追过的人怕老虎,
受了惊的孩子不敢爬树,
哥哥呵,
我们的胆魄早已被驱散,
离开了您,我们等死亡,
您救我们请救到底,
请送姐妹俩回到宫里,
让父王和母亲见到您,
那时您再与我们离别,
还有您搭救我们的洪福,
我们要求在您的洪福下生存,
用终身的善良报答您的恩情,
死亡中是您给了我们生命,
现在我们姐妹一齐请求,
请求好心肠的哥哥,
去光临美丽的邦加宫殿,
让父母和王族知道您,
哥哥去到勐邦加,
父王和母亲,
父老和家族,
臣官和百姓,
他们会纷纷来感谢,

会来为您的灵魂祝福,
父王会送给您金鞍大象,
会按照邦加世代规矩,
用权力和土地报恩,
让您永久继承父亲的王位,
到哥要去追赶花蛇的那天,
父王还会派队伍跟随,
去战胜花蛇凯旋。"

两公主苦心请求,
善良的坎伦推辞不了,
只怕两公主途中又遇难,
坎伦只得送她们回去勐里。

坎伦护送着两位公主,
去到宽阔的邦加田坝,
看见宫殿挺立在椰林中央,
要是再朝前走去,
就要到达王宫的大门,
这时坎伦停下来告别:
"哥哥送你们到这里要告别,
两位公主请代哥的话,
到宫里去向国王问好,
哥要返回森林追赶蛇精,
因为蛇精窜进勐里帝哈王国,
晚上偷走了王国的公主,
哥哥正是为了寻找公主,

才来到这遥远的森林,
勐里帝哈的百姓和士兵,
正在江边等着我回去。"
坎伦这样告别完公主,
转身又返回边界的森林。

可怜两位公主,
再想也不能把坎伦拉住,
两人望着他走去的身形,
渐渐消逝在灰暗的森林,
她们悲伤地哭着回到宫里,
见到熟悉的宫殿,
无数的辛酸涌上心头,
想到要不是坎伦来搭救,
再也见不到自己出生的王宫了。

11

两公主得救安全回来,
这消息令全勐的人感到意外,
人群像流水涌进宫殿,
大家都来安慰公主。
父王和母亲来了,
大臣和王族们来了,
头人和百姓来了,
他们团团围住公主两姐妹。
公主见了父亲和母亲,

伤心使她俩痛苦起来,
叙述了她俩的忧愁和悲哀,
讲了坎伦救她们的经过,
转述了离别时坎伦的问候,
两公主一一向人们讲述:
"坎伦他以两勐间的友谊为矛,
射伤了花蛇救了我们,
又把我们送回到勐里,
来到宫殿城外路口,
他停下来与我们告别,
又回森林追赶花蛇去了,
他向父王和母亲问好,
向臣官和百姓表示敬意,
他祝勐邦加幸福光明,
他祝父王和母亲安康,
是坎伦为两勐友谊搭了金桥,
是他把姐妹俩救出了危险。"
见女儿脱离灾难,
平安回来到宫廷,
又听了她们得救的经过,
父王惭愧又感激,
他迫切想见到坎伦,
想见到这位勇敢的青年。

勐邦加国王敲响大鼓,
召集全勐大臣和头人,
把女儿如何得救的经过,

详详细细对他们讲，
而后国王宣布说：
"坎伦的恩情比山大，
无论如何也得找到他，
现在我要你们带着队伍，
到森林去寻找坎伦，
请他来光临勐邦加宫殿，
我要按照王国的规矩，
隆重报答他的恩情。
我手下的叭龙呵，
你快快去整理队伍，
准备金鞍和骑马，
还有邀请的花盘和蜡条，
你们一刻也不能耽搁，
耽搁了别人会说我们失礼，
人家会说我们忘恩负义，
这会给全勐带来不光彩，
会给我们失去正义和威望。
现在你们带上我的书信，
带上我们勐邦加贵重的礼物，
立刻出发寻找坎伦，
要是森林里找不到坎伦，
你们要爬山涉水去勐里帝哈，
带着我的书信去见他们国王，
对他们表述我们的感谢，
立下两勐牢固的友谊，
要是坎伦已回勐里帝哈，
见了他请代我向他问好，
我向他表示崇高的敬意。"

勐邦加国王命令紧急，
叭龙立即集合队伍，
队伍打着各式各样的花旗，
带着国王的书信，
带着花盘、蜡条和米花，
驮着贵重的礼物，
一万三千人的队伍，
浩浩荡荡向边界森林走去。

他们翻过一山又一山，
越过了勐邦加边界，
赶到波浪翻滚的大江，
可勐里帝哈的队伍已提前出发，
只见密密麻麻的兵营，
布满在大江的两岸。

勐邦加的头人和百姓，
在森林里找不到坎伦，
他们就遵照国王的吩咐，
向遥远的勐里帝哈国土走去。

12

花蛇受了箭伤，

带着血淋淋的伤口飞回岩洞,
血水在森林中滴成一路,
从邦加边界的撒拉,
一直滴到帕坎的岩洞边。

坎伦带着队伍,
离开江边的营寨,
尾随着血迹追赶花蛇,
辨认着森林的方向记路,
走到崖高壁陡的石山,
山上的石头比房子还大,
山顶上有一个很深的崖洞,
受伤的花蛇就逃进这个岩洞里。

岩洞在石山顶上,
山顶一直伸进云层中,
山壁像从天上垂下一块木板,
猴子见了也会害怕,
人们望着陡立的山峰,
胆小的人觉得心惊肉跳,
没有一个人敢爬上山顶。

这时聪明的坎伦有了主意,
叫大家动手砍木料做梯子,
他们沿着梯子爬上去,
好不容易才到岩洞口,
只见洞口染满乌血,

血迹一直滴进岩洞里。

岩洞很深望不见底,
人们见了无法下去,
坎伦又想出了好办法,
叫大家分头去找藤篾,
找来了藤篾堆了几大堆。
他们人人都动手,
就像燕子垒窝一刻不停,
有的破藤蔓,
有的扎篾绳,
有的编人箩筐。

藤篾筐子编好了,
大小像装谷子的竹箩,
拎上又粗又长的篾绳,
把大箩筐吊进岩洞里,
又收紧绳子把箩筐提上来,
他们上下试验了好几次,
才决定把人吊进岩洞。

他们商量着要先下去,
可人们害怕个个摇头,
他们害怕死在岩洞里,
害怕死了见不着亲人,
他们人人害怕花蛇精,
没有人敢进纷纷退却。

这时勇敢的坎伦着急了，
他明白花蛇毒性很大，
一口能把人咬死，
只怕闹声惊动了蛇王，
凶恶的花蛇王冲出洞口，
多少人的生命就会丧失。
没有人敢进他要先进，
他把西纳①儿子叫来：
"你在洞外管好队伍，
扎在洞口小心提防，
别让人群慌乱逃散。
要是发现绳子摇动了，
得赶快把绳子收回，
把人提出蛇洞外，
你们要同心协力别松手，
要沉着冷静别慌张。"

坎伦说完走进箩筐里，
人们将他慢慢吊进岩洞，
箩筐把他带到岩洞底。
岩洞光滑又很深，
五十寸长的绳子才到底。

13

到了洞底坎伦走出箩筐，
手握宝剑百倍提防，
百发百中的弓弩不离身，
用眼睛仔细观察着，
两耳注意听着洞里的动静，
他顺着地形朝岩洞深处走去，
洞内黑得像锅底，
看不清前面的方向。

他左手顺着洞壁摸，
右手握紧宝剑的把柄，
他前后左右提防，
一步一步朝前走去，
岩洞像猪肠弯弯扭扭，
坎伦行进很困难。

他继续走向岩洞深处，
前面射出一边亮光，
光辉像太阳一样明亮，
坎伦细看是颗闪烁的珠宝，
把岩洞户内照得通亮，
坎伦警惕着跨步走近，

---

① 西纳：傣语中表示得力手下的意思，相当于大臣。——编者注

见宽敞的庭内，
立着壮观的宝座，
宝座是精微的岩块雕成，
上面躺着一个疲倦的人影，
坎伦见了心中怀疑：
"宝座上面的人，
是不是花蛇精变成，
故意来迷惑人心？"
他紧盯着人影不放，
右手握紧剑柄，
走近宝座跟前，
看清宝座上躺着的人，
原来是一个娇柔的女子。

这女子是一位年轻的姑娘，
她精神疲乏，脸色瘦黄，
面孔布满了忧愁，
坎伦警惕着询问：
"躺在宝座上面的姑娘，
是不是花蛇故意变换脸面？
还是人间上的真正姑娘？
你是人还是鬼？
快快对我说实话！
要是你敢玩弄手法说假话，
我要一刀把你杀死。"

这时姑娘着了急，

坐起来害怕得浑身打抖，
心中不住猜疑：
"以往的花蛇不像这样，
听刚才的话音，
很像世上的人说。"

姑娘定了定神睁开眼睛，
仔细看眼前站着的青年，
见他面色温和而善良，
身材精干而漂亮，
和平时的蛇精不一样。
姑娘心上的害怕减少，
望着手握宝剑的青年回答：
"漂亮的青年哥哥，
看你善良面孔不像花蛇，
但又不相信你是人类的伙子，
你的出现使我疑惑，
你是不是森林神来洞里游玩？
还是从龙宫来的王子？
听了你刚才的问话，
声音又像人间上的人，
要是你真的是人间上的男子，
请求搭救可怜的妹妹，
要是你不是人而是村间的妖怪，
为的是来吃我这可怜的女子，
我们之间没有结下冤仇，
为何要无缘无故残害我生命？"

坎伦听着姑娘这番话，
看着她身上穿的衣服，
完全像他那天在森林里看见，
被花蛇叼着飞去的那位姑娘。

他看着姑娘仔细判断，
确认她就是要寻找的里帝哈公主。
这时坎伦向她问道：
"姑娘呵，
你为什么一个人忧忧伤伤、
孤孤独独睡在岩洞里？
是不是你的情人在这里，
你才到岩洞里来？
你家住在哪一个勐？
请你快快说出来。

"难道你不知道，
这是花蛇王住的地方？
你为何这样不怕死？
是不是你的胆子是铁打的？
竟然不想到生命的安危，
不珍惜宝贵的身体。"

听到坎伦说这番话，
姑娘急忙走下宝座，

举手跪下来磕头问：
"哥哥呵，您从哪里来？
不是腾云驾雾的天神？
人间没人敢来到这里。
是不是您可怜妹妹在洞里受难，
来救妹妹重返家乡，
让妹妹逃脱危险？
请哥哥原谅，
妹妹还要问个清楚：
哥哥的名字叫什么？
是哪一个勐的人？
请告诉妹妹一声，
好让妹妹把您记住。

"哥哥呵，
妹是生在人间的人，
勐里帝哈是妹的家乡，
父亲是这个勐的国王，
父王手下有臣官和百姓。

"哥哥呵，
不是为了情人妹来这里，
妹不是漂游烂荡的多情人，
从小父王让住在帕萨①里，
很少与外人接触。

---

① 帕萨：傣语，楼塔。

一天深夜妹睡得正香，
花蛇王偷偷冲破房顶，
把妹偷来这遥远的岩洞，
全勐的人没有谁知道。

"全身长满鳞片的蛇精，
把妹妹关进岩洞里，
天天吐舌张牙要吃妹，
千方百计想挨近妹身子，
只因作孽的蛇精没有福气，
他无法接近妹身边，
凶恶的蛇精无可奈何，
就把妹关在洞里受苦，
现在勇敢的哥哥来到，
请求哥哥救出妹妹，
把妹妹送回到勐里帝哈。"

14

找到了公主的下落，
坎伦心上的忧愁消散，
他怕公主难过悲伤，
不停地对她切切安慰：
"太阳般珍贵的公主啊，
我们俩同是在一个勐里生，
哥哥是出生在百姓家中，
从小死了父母亲，

跟着爷爷在林间打猎，
是你尊贵的父王，
派哥哥带着队伍来救你，
来除掉作恶多端的蛇王。

"公主呵，
刚才情况不明惊动了你，
只望你宽恕原谅，
要是你听着言语不顺耳，
请你冷言责怪。

"人们说，
椰树发芽叶金黄，
秆壮叶茂椰树高，
风吹椰子汁更甜，
公主呵，
你就像受风雨洗礼的椰树，
哥哥我啊，
还希望在椰树底下乘凉。"

肉色洁白的公主，
听了坎伦的话心中明白，
就像站在凉亭上照镜子，
就像暖风吹拂着心头，
她用甜蜜的话回答：
"天上降下一颗明亮的星星，
星星来将妹妹搭救，

妹妹生来就盼望着这天，
这天终于来到眼前，
感谢天神给了这样好的命运，
哥哥呵，
您的恩情妹牢记在心，
为了报答哥的厚恩，
献给哥的是妹妹的一身，
为了报答哥哥的恩情，
就是苦死累死妹也甘心，
千年万年感恩的心不变，
就是手端土碗去讨饭，
哥哥呵，
妹妹也要跟着您走，
就是脱下身上的金裙银衣，
再穿蓝靛染成的粗布衣服，
就是摘下胸前的项链珍珠，
去在竹楼的火塘边做饭，
哥哥呵，
只要能和您在一起，
要比寂寞在宫廷幸福。"

这时坎伦走近她身边，
轻轻扶起公主坐正，
向她打听花蛇的消息：
"凶恶的花蛇到哪里去了？
妹妹你是否知道？
请把花蛇的住处，

详细告诉哥哥？"

漂亮的公主告诉他：
"花蛇他睡在岩洞里层，
前不久他出洞去作恶，
作孽使他身受致命重伤，
全身都是血水浸染，
脖子上的伤口使他抬不起头，
看样子他的伤势很重，
这是作恶应得的报应，
定是叭英对他的惩罚。"

坎伦听了对她讲：
"那是哥哥在森林里寻找你时，
遇见了公主两姐妹，
公主在密林的撒拉里哀哭，
她们是勐邦加国王的公主，
送别撒拉来喂花蛇，
哥见了去把她俩搭救，
花蛇中箭受伤，
忍痛挣命逃脱。

"哥哥可怜公主两姐妹，
护送着她们回到勐邦加，
又跟踪着花蛇的血迹，
今天才在这里找到你，
妹妹呵，

这是由于叭英给的福气。"

听了坎伦的讲述，
公主心上增添爱慕，
感激的话在她心灵上起落：
"哥哥呵，
你的心比露珠清洁，
王宫住着那么多大臣和勇士，
没有哪一个敢到这里寻找妹妹，
唯独善良勇敢的哥哥你，
终于找到妹妹的下落。
是生是死妹妹也跟着你，
就是妹妹头进树根①了，
灵魂也要跟随你形影不离。"
坎伦听到公主对他的表白，
心中对她产生爱慕，
把来时国王的许诺告诉她：
"你的父王派遣哥来，
父王他许下许多诺言，
要把全勐大权交给我，
要把他女儿配给我做妻，
他把祖传的宝剑和神弓，
交给我配在身上，
集合浩浩荡荡的队伍，
交给我为首指挥，

现在众多的队伍呵，
他们都扎在洞口外面，
现在哥哥就要领着你回去，
公主呵，
快快离开这里！"

坎伦牵着公主的手，
二人来到岩洞口，
坎伦叫公主坐进箩筐，
叫她摇动箩筐上的粗绳，
通知洞外的人拉出洞口。

聪明的公主不肯一人离开，
留下坎伦怕他出事情，
她请求坎伦说：
"哥哥啊，你要先出去，
人类就像波浪一样晃荡，
事情比乱了头的线还复杂，
万一妹出去后有人见了嫉妒，
灾难还会使我俩分离。
只怕妹妹脱了险，
有人又把哥哥丢在岩洞。

"在妹妹生命临危时，
是哥哥你来搭救，

---

① 头进树根：是傣语的一句俗语，是等死了的意思。

不能因为我使你丧失生命，
即使妹妹出去了，
要怎样去活着做人？

"敌对与嫉妒充满人间，
有爱也还有恨，
各人的良心呵，
不会个个明亮像星星。
哥哥呵，请你先出去，
你出了岩洞再放下筐子，
把妹妹从岩洞里提出。"
坎伦安慰公主放心：
"公主，请你放心，
洞外有臣子召奉马加，
他们守在洞外边等着，
他们与我没有冤仇，
不会安下害人的祸心，
请别多心，你先出去吧，
要是丢下你后出，
万一花蛇追来怎么办？
我要在这里堵着花蛇，
等公主你脱了险，
哥哥我再在你身后出去。"
公主好说歹说坎伦不听，
再劝告他多少也无用，
她只得和他暂时告别，
依依不舍走进箩筐里。

15

守在洞口处等着的召奉马加，
他的心比火炭还黑，
他的肠像藤子弯弯扭扭，
他是鹦哥硬想变凤凰，
他是臣子硬想做国王。
他知道国王没有儿子，
以后没有人继承王位，
也知道在国王的宫殿里，
唯独他召奉马加有办法，
他天天做着美梦，
要争当国王的女婿，
接替勐里帝哈王位，
为此他天天在公主身上打主意。

窝藏祸心的召奉马加，
情绪像浑水那样复杂。
他嫉妒国王重用坎伦，
最怕坎伦把公主夺走，
这时他守在洞外等着，
盘算着恶毒的计划。
当公主走进箩筐，
拴在箩筐上的绳子摇动，
召奉马加叫人收紧绳子，
把公主从岩洞底提出来。

箩筐被提出岩洞外，
公主还来不及站稳脚跟，
召奉马加慌忙抢起公主，
把她放在马背上，
而后他急忙奔向洞口，
乘人们不防惊声呼叫：
"花蛇已朝洞口冲来！"

人们听了慌作一团，
召奉马加乘机带着公主逃脱，
大家见了信以为真，
丢下坎伦纷纷逃命，
死活、关心，谁也顾不上谁。

逃命的人像受惊的猴子，
不顾山高路险，
不顾悬岩陡壁，
分不清东西南北，
只顾蒙着头逃跑，
一个一个跳下深谷里去。
他们跑得很慌张，
有的一身挂满了野刺，
有的被刺蓬拄住了衣裳，
有的从岩石上面滚下，
尖石划破了他们的皮肉，
鲜血染红了他们的头和脸。

公主在马背上悲哀哭泣，
坎伦坎伦被花蛇咬死，
她用绝望的哭声哀悼，
用眼泪向坎伦告别：
"勇敢善良的坎伦哥哥，
听到您被花蛇咬死，
妹的心几乎要破裂，
星星一般的坎伦，
难道让您这样白白死去，
丢下妹妹凄凉痛苦？

"当妹妹面临死亡，
是哥哥您把妹妹救出，
可是现在呵，
妹妹脱离了危险，
而您又被死亡吞没。

"要是知道您出不来，
妹妹哪忍心离开您？
今天您死了，
哥哥呵，
妹妹活着又有什么意义？

"召奉马加的马跑得飞快，
越走妹妹离哥哥越远，
眼看已来到大江边，
妹妹将被他们带过江去，

哥哥纯洁的残骸呀，
还留在阴暗的岩洞里。

"您今天死了，
这样悲惨地离去，
森林也为您哀哭，
大江也为您流泪，
所有的野兽和飞鸟，
它们和妹妹一样，
现在一齐向您默哀告别，
哥哥呵，
愿您的灵魂快快升上天吧，
您走了别忘了来带妹妹，
今日不能见面在一起，
让我们灵魂在天上成婚。

"来时父母许下诺言，
答应我俩成亲，
您活着我俩是伴侣，
现在您死了，
我们的灵魂是夫妻一对。

"世界上再没有人比您正直，
天下谁的善心有您好？
妹妹不喜欢豪华的宫廷，

妹妹再不想离开这森林。

"当初妹妹受难在岩洞，
天天想念着宫殿，
天天想念着生存，
今天呵，
这一切变得阴暗可怕，
要是妹妹和您死在岩洞里，
要比活着回去快活。

"哥哥啊，安息吧，
愿您的灵魂变成宝石，
永远把阴暗的森林照亮。
妹妹回勐里去了，
见了父王和母亲，
见了头人和百姓，
定叫他们为您的灵魂赕佛①。
让全勐的人铭记您的名字，
要请人把您的名字，
刻在王宫的宝座上。"

里帝哈公主，
默默站在江边，
她跪下向坎伦灵魂磕头，
表示最后离别的悲哀。

---

① 赕佛：旧时傣族祭佛的一种方式。

阴险的召奉马加，
有说不出的欣喜狂热，
他催着队伍快过江，
又用甜言蜜语软化公主：
"美丽的公主呵，
勐里帝哈的明珠，
别让哭声与眼泪，
遮住您荷花的脸庞，
别让忧愁的乌云，
蒙住您漂亮的光彩。

"坎伦今生没有福气，
命运注定他要惨死，
今天他已经死了，
您为他哭死哭活有什么用？

"菩提树根不死年年发新芽，
缅桂树到春天要开花，
死了伴侣的斑鸠，
就不愁没有新偶配。
漂亮的公主呵，
我一路上历经千难万险，
今天好不容易把您救出来，
跟着哥哥我回勐里去，
要知道您那年迈的父王，
还有您那慈爱的母亲，
他们盼望见到您的面，

坎伦虽然他死了，
可路上还有哥哥我护送，
哥我爱您的心呵，
比坎伦对您还要深情。"

公主被人牵上竹筏，
队伍浩浩荡荡过大江，
又踏上艰难的山路，
向遥远的勐里帝哈边界走去。

16

队伍离开江边，
整整走了一个月，
他们终于回到勐里帝哈，
公主在马背上颠颠簸簸，
人们也走得精疲力尽，
队伍就在山脚下休息。

召奉马加带着一队人马，
先回宫殿去报告国王，
见了国王和王后，
召奉马加忙跪下磕头，
报告公主得救的消息。
句句话他说得很好听：
"尊贵的国王和王后，
臣子召奉马加回来报告，

你们的女儿已经得救，
美丽的公主已安全回来，
现在她在坝子脚下休息，
遵照你们的吩咐，
经过千山万水，
经历万阻千难，
终于寻找到花蛇居住的地方，
把公主从蛇洞里救出来。

"可怜坎伦没有福气，
他已被花蛇咬死在岩洞里，
坎伦死了再也回不来，
花蛇王已被我们砍死。

"救公主出岩洞，
这件事并不很难，
功劳也算不了什么。
国王啊，
最苦的事情，
是在护送公主途中，
水深林密山又高，
道路弯扭难走行，
一路上是我保护着公主，
一心只想着要为国王效劳。

"公主受了惊胆子很小，
听到落叶的响声她都害怕，
是我一路上安慰着她，
所有的好话对她说尽，
要是没有我稳住她的心，
很难保住公主的性命。

"贤善的国王呵，
聪明的王后，
炉火能鉴别好刀，
靶心能鉴别箭法，
奉马加我虽然本事不大，
可处处为着王国的天下。

"坎伦虽然勇敢，
可他毕竟没有办法，
坎伦虽然漂亮，
可他毕竟是百姓的子孙，
百姓的子孙临不了大阵。
愚蠢迟钝的平民，
怎能配带王国的宝刀？

"现在天空乌云已被吹散，
祸害已被根除，
公主已得救回家，
这一切全靠你们的洪福，
国王呵，
快快去迎接公主，
为她的归来祝贺，

为她的幸福拴线。"

听到女儿得救，
国王转悲为喜，
听到女儿安全归来，
王后悲喜流泪。

召奉马加刚才的话，
像一片树叶，
遮住了国王的眼睛，
召奉马加的甜言蜜语，
像发霉的米酒，
把王后爱女的心迷住。

国王感谢不尽，
夸奖召奉马加勇敢，
王后也感谢不尽，
赞扬召奉马加忠诚。
他们俩感激又高兴，
通知大臣快快做准备，
去迎接女儿回宫。

礼炮隆隆轰响，
响声震撼大地。
国王从宫殿走出，
他和王后坐在一条大象上，
宫廷大臣骑着骏马，

全城大人小孩都出动，
簇拥着威武的大象，
敲着铓锣和象脚鼓，
吹着笛子唱着歌。
耍着长刀跳着舞，
热热闹闹出城去，
随同国王去迎接公主。

17

公主被接回王宫了，
国王和王后有说不出的高兴，
为了消除女儿心上的忧愁，
为了让她身上增加福气。
国王和王后，
按照世代相传的风俗，
在女儿的房间里举行仪式，
为她的灵魂祝福拴线。
把公主用过的东西，
一一摆在拴线桌上，
有套在手臂的银镯，
有戴在手指的金戒，
有拌在脖上的珠链，
有系在腰上的银带，
有插在耳上的耳柱，
有簪在头上的金钗，
以及她幼年穿的衣服，

她扎的包巾，
她背的筒帕，
她绣的花包，
她用的枕头，
国王和王后，
都把它们交给女儿保管。

人们一齐为公主祝福，
大家为她的灵魂拴线，
老年人为公主合掌祷告，
送给她吉利的咒语，
小姑娘和小伙子，
团团绕在公主身边，
为她的幸福与健康歌唱，
他们的歌声在王宫游荡。

这时召奉马加来了，
他的衣服比别人穿得漂亮，
他给公主送上贵重的礼品，
他的那双眼睛，
像老鹰盯着小鸡，
死死盯着公主不放。
国王在人群中站起来，
他先赞扬召奉马加勇敢，
感谢他为救公主立下功劳，
接着国王向人们宣布：
"我女儿被花蛇王叼进洞里，

是召奉马加把我女儿搭救，
他护送着公主安全回宫。
女儿失踪我曾许下诺言，
谁找到我女儿的下落，
并把她救回王宫里，
谁就是我女儿的丈夫。
奉马加他完成了这一使命，
我决定把女儿许配给他，
再过七天是吉祥的日子，
七天后我要他们举行婚礼！"

国王说完退出房间，
房间里一片沉默，
不多时人群议论纷纷，
有的为国王欢呼，
有的为公主忧虑。

父王刚才的决定，
公主听了几乎昏倒，
她哭着去找父王，
叙述了心中的忧伤：
"父王呵，
您为什么会下这样的决心？
难道您起初许下的诺言，
您要自己将它践踏？
您曾向头人和百姓发誓，
要把女儿许配给坎伦，

让他接替勐里帝哈王位。
为了履行高尚的诺言，
您把王国的宝剑交给他，
把神弓叫他背在身上，
让他统率着队伍，
去寻找女儿的下落。
今天女儿得救回来，
父王您为何要改变主意？
救女儿的人是坎伦，
坎伦是女儿的救命恩人。

"蛇土住在岩洞里，
岩洞深得望不见底，
洞壁陡得比柱子还立，
人们见了不敢下去，
是聪明的坎伦想办法，
用箩筐将自己吊进岩洞里。
岩洞深处他把女儿救出，
来到洞口先叫女儿脱险，
而他堵着洞口防花蛇追来，
女儿被人救出岩洞，
就被召奉马加抢着逃跑，
他说坎伦已被花蛇吃了，
花蛇已朝洞口冲来，
人们听了惊慌失措，
丢下箩筐逃命而散。

"父王呵，
坎伦真死假死情况不明，
您为何要下这样的决心？

"召奉马加神态像烟云，
他的举动女儿疑心，
坎伦是个机智勇敢的青年，
他的为人和良心呵，
更比天上星星磊落明亮。

"在寻找女儿途中，
是他救了勐邦加公主姐妹，
用父王交给的神弓，
射伤了花蛇的脖子，
受伤的花蛇喘气难熬，
天天挣扎在岩洞里，
难道勇敢坎伦斗他不过？

"就算坎伦真的死了，
女儿已把心交给了他，
女儿活着是坎伦的妻子，
就是女儿死了，
灵魂也要跟坎伦在一处，
好心的父王呵，快快收回您的决定吧，
请可怜您这不幸的女儿！"

公主说完痛哭流涕，
国王听了一阵悲伤，
女儿是他掌上明珠，
女儿的话不能不相信。

国王的心像开水浇泼，
想到自己年纪已大，
身后没有一个儿子，
眼前只有这个女儿，
他把希望寄托在女儿身上，
一心想找一个好女婿，
好把勐里帝哈王位接替。
现在听了女儿的话，
一切使他失望悲观：
"难道坎伦还活着？
难道召奉马加说了假话？"

国王想着心乱如麻，
犹豫不决他没有了主意，
只得平下心来问女儿，
事情要如何处理才好。

女儿猜透父王的心思，
聪明的公主给父王出主意：
"父王呵，
您是一勐之主，
您的权力比山大，

说出的话人人都得听，
要取消您的决定并不难，
只要父王敢下决心。
女儿的婚事，
让天意来安排吧，
眼下女儿只有一个请求，
请求父王为坎伦赕佛。
要是他现在还活着，
求神佛保佑他回来，
要是他真的已死了，
求佛祖让他的灵魂升天。

"在为坎伦赕佛的日子里，
让天意来安排女儿的婚事，
让全勐青年来比赛射箭，
看是哪一个青年，
射落女儿靶心上的花包，
他就像坎伦一样的人，
女儿心甘情愿嫁给他，
让他来接替父王的王位。"

国王听了转愁为喜，
决定采纳女儿的主意，
急忙派大臣下去办理，
七天后举行赕佛选女婿。
国王怕女儿过多忧虑，
用贴心的言语安慰她：

"我的女儿呀,
你不必过多伤心,
勐里帝哈江水流不完,
宫殿的池水不会干,
只要女儿的容貌仍在,
一切由父王来给你安排,
女儿呵,耐心等待吧,
等待比赛射箭的日子到来。"

18

坎伦一个人在岩洞里,
等着公主把箩筐放下来,
他整整等了七天,
不见人们把箩筐放下,
不祥的预兆使他产生疑心,
估计公主出了意外事情,
他的心像火烧那样着急,
岩洞太深他出不去。

坎伦紧握宝剑,
朝花蛇住的洞里走去,
他要去杀花蛇精,
为天下的百姓除害,
杀死花蛇天下才得安宁。
他警惕地沿着洞口走去,
到了里层发现了蛇王,

只见他盘堆着身子,
伤痛使他垂挂着头,
看去像一座乌黑的山包。

花蛇王闻到生人味,
突然惊觉地抬起头来,
两眼射着凶恶的寒光,
吐着尖舌东张西望,
发现坎伦站在洞口,
知道就是射伤他的人。
这时花蛇怒气冲天,
张开人嘴露出毒牙,
对着坎伦怒吼狂叫:
"你是什么人?
胆敢窜进我大王洞里,
今天你别想活着出去,
你的身子不够我一口吞下。"
花蛇说完显示威风,
两眼射出红光,
嘴里吐出黑气,
高抬着头崩大脖子,
尾巴在地上甩动,
朝坎伦身上步步逼近。

坎伦一点不慌张,
心中涌起无比大的仇恨,
他对着花蛇怒斥:

"作恶的蛇精,
今天你别想逃命,
你践踏了多少生命,
你害死了多少良民,
你的罪恶比山大,
今日你应受到惩罚!"

坎伦说完举起宝剑,
凶恶的蛇王向他冲来,
坎伦闪身一躲,
转身挥刀砍去,
只听花蛇惨叫一声,
蛇头滚落在地,
花蛇被坎伦砍死。
坎伦踏着蛇血冲进洞里,
一脚踢开紧关着的大门,
发现洞内的另一边房间里,
关着一个年轻漂亮的姑娘。

姑娘见到坎伦,
放声绝望号哭,
坎伦见了心中猜疑,
开口问明她的原因:
"姑娘啊,你是什么人?
为什么被关在蛇洞里?
蛇洞里分不出白天与黑夜,
你为什么在这里哭着?"

见大门被踢开,
见有人来询问,
姑娘急忙哭着下拜,
叙述她自己的遭遇:
"刚才听到花蛇惨叫声,
知道他已葬送恶命,
杀死花蛇的人,
原来是您这位勇敢的哥哥。

"感谢您为天下除了大祸害,
感谢您良好的询问。
哥哥呵,
妹妹是龙王的女儿,
从小住在大海里,
宫中有父王和母亲,
妹妹的名字叫玛里嘎,
只因今生喜爱浩瀚的波浪,
经常一人去浪头上游泳,
不料妹妹玩耍在海边,
碰上了凶恶的花蛇,
被他一口咬住妹妹,
花蛇衔着妹潜入海底,
海水有一处通到岩洞,
花蛇就把妹妹领在岩洞里,
用石块把出口牢牢堵住,
妹妹出不去,只好等着死,
今天哥哥像天神下凡,

勇敢地把蛇王砍死！
天神般善良的哥哥呵，
可怜我这个无辜的姑娘，
请把妹妹救出蛇洞里。"

坎伦听后深深同情，
用好话安慰她的心：
"海上的公主呵，
祸害已被消除，
花蛇已被杀死，
请你别过分忧伤，
带着哥哥去找洞口吧，
离开这阴暗潮湿的地方，
回到宽阔美丽的海洋。"

坎伦对她讲了自己的身世，
说明了他来到岩洞的原因，
玛里嘎听了更加感动，
急忙领他去寻找出口。

到了出通海水的地方，
见出口被石块堵住，
石块比房子还大，
坎伦用力也推不动它，
这时坎伦想起国王的神弓，
他解下神弓搭上神箭，
对准石块用力射去，

岩石被神箭射崩，
堵死的洞口被打开，
眼前是一片浩瀚的大海。

坎伦护送龙女回水宫，
见了龙王，女儿急忙下拜，
讲了她遇难的经过，
报告了花蛇已被杀死，
要父王感谢坎伦救了她的命。

龙王听了感激不尽，
他请坎伦到宫殿里，
通知四海龙王来庆祝，
拿出珍贵礼品来报恩，
还要把女儿许配给坎伦。

坎伦慌忙跪下推辞，
谢绝了龙王的一片深情：
"尊贵的龙王呵，
坎伦感谢您的一片真心，
玛里嘎公主纯洁像宝石，
玛里嘎公主长得很漂亮，
我是人间来的百姓，
没有福娶她做妻，
勐里帝哈的国王，
交给我神圣的使命，
现在使命压在肩头上，

勐里帝哈公主，
虽然被救出了岩洞，
可不知她是否安全回到勐里，
我天天在为她担心，
心上像压着一块重石，
使命没有完成，
我不能中途停留在这里，
还得赶快回到陆地，
去寻找到队伍，
去护送公主回到勐里帝哈。

"尊敬的龙王呵，
请允许我向你们告别，
请收下我良好的祝愿：
祝美丽的海洋平安无事，
祝龙王呵龙母长寿无疆，
祝美丽的公主幸福安乐！"

坎伦告别完就要起程，
四海龙族依依不舍，
他们把坎伦送到海边，
向他祝福告别。

美丽的公主玛里嘎，
流着眼泪陪送他，
一直送他走进森林，
分手时送给坎伦一颗珠宝，

告诉他珠宝的威力：
"它是海洋的神宝，
它能照明全球，
在您遇到困难时，
神宝会帮助您，
坎伦哥哥呵，
请您收下吧！"

坎伦接过明亮的宝石，
龙女替他把宝石缝在内衣里，
这时两人才分手告别，
龙女回到海水里，
坎伦走进无边的森林。

19

崎岖的山路坎坷不平，
阴暗的森林处处寂静，
没有人做伴的坎伦，
一个人在密林中走行。

他从树林间走过，
只有知了在树枝上叫，
他来到大树下歇凉，
只见山雀戏着垂叶低飞。

他走过了一山又一山，

他跨过了一沟又一沟，
他不怕路途艰难遥远，
他不怕虎豹豺狼猖狂，
越往前走森林越密，
越往前走树木越高，
他已走进无边的原始森林，
他已在原始森林里迷失方向，
走了整整三天三夜，
仍然又走回到大海边。

勐里帝哈在何方？
要如何走才出得无边的森林？
眼看太阳已渐渐落山，
灰雾从天边笼罩森林，
觅食的雀鸟陆续归窝，
知了也停止了欢叫，
走累了的坎伦在树下休息，
心中充满着烦恼和忧虑。

山上的野刺很多，
路边铺满了光石，
坎伦只得拿树叶垫睡，
他的双脚沾满了血迹。

他不愿意在树林耽搁，
他想念勐里帝哈公主，
担心她途中是否安全，

决心一定要找到队伍。

天不亮坎伦就起程赶路，
可森林像是专门和他作对，
他又转回到原始森林，
又走在原来走过的山路。
他想辨认方向，
可大树遮住了天，
他想认明东西南北，
又辨不清方向，
森林像黑伞笼罩大地，
看不见太阳，看不见星星。

坎伦越想心里越着急，
怕只怕公主再遇难，
怕只怕队伍出了事情，
岩洞离勐里帝哈那样远，
他们是否安全过了大江？
他想到勐里帝哈国王和百姓，
想到年纪很大的爷爷，
突然想到玛里嘎公主
离别时送给他的珠宝，
坎伦从内衣里取出宝石，
宝石在他手上闪闪发光，
他用眼睛透过宝石观望，
整个世界出现在眼帘，
他看见了勐邦加宫殿，

看到宫殿的大门和楼角，
见到被救的公主两姐妹，
也见到勐邦加国王派出的队伍，
他们正在遥远的山梁上行走。

这一切使坎伦惊喜万分，
她借着龙女的神宝，
寻找着勐里帝哈的方向，
突然一座美丽的宫殿，
出现在明亮的宝石里，
这就是勐里帝哈王宫，
这就是坎伦生长的国土。
他看见了年老的爷爷，
正在坟场上为自己堆墓，
他流着悲哀的泪水，
向着苍山为自己祷告，
他看见了里帝哈公主，
正在宫殿里向父王求情，
她的面孔布满阴云，
两眼流着汪汪泪珠，
他看见了臣子召奉马加，
正在宫殿里花天酒地，
他得意地在准备婚礼。

这一切坎伦全明白了，
原来是召奉马加窝藏祸心，
他不叫人们把箩筐放下岩洞，

为的是要把自己害死，
去欺骗国王报假功，
娶勐里帝哈公主做妻，
篡夺勐里帝哈的王位。

坎伦借着龙女的神宝，
指引着自己日夜赶路，
勐里帝哈离他足足有千里，
他只走七天七夜就赶到，
公鸡叫第三遍时，
坎伦回到了自己的家。

见了爷爷和本寨乡亲，
人们都说他被花蛇吃掉，
爷爷把事情告诉给孙子，
说公主抗拒国王决定，
她不愿意嫁召奉马加，
国王只得顺从女儿意愿，
答应全勐比赛射箭，
答应为女儿举行赕佛，
要让公主在射箭坊上，
寻找她心爱的丈夫。
赕佛就要开始，
国王已通知全勐
所有的年轻小伙子，
个个都要去参加比赛。

坎伦知道了赛箭的日期,
他的心里很高兴,
所有的青年都在准备,
唯独坎伦一人心不慌,
他安心在家等着,
为爷爷备足了柴火,
好让爷爷不愁柴烧,
又去打来了麂子和马鹿,
做成干巴留给爷爷做菜,
只盼望着射箭那一天。

20

国王要举行大摆,
大摆里要选女婿,
消息像春风飘传,
人群从四面八方涌来,
宫殿里热闹胜赶摆。
美丽的里帝哈公主,
身穿漂亮华丽的衣服,
头上插着发亮的梳子,
嘴里含着鲜红的槟榔,
站在金塔高高的窗台上,
仔细观察着男女人群。

她在人群中寻找坎伦,
她不相信坎伦会死在岩洞,

只要他能活着回来,
就一定会赶来参加比赛,
公主要父王举行大摆,
为的是要寻找到坎伦。

七天的大摆快要结束,
射箭的人从窗台下走过,
他们当中没有坎伦,
但他们谁也没有射中花包。

公主在人群中寻找,
她忘了吃饭和睡觉,
天天站在窗台上观望。
一天两天三天过去了,
射箭比赛只剩下最后一天,
人群中仍然不见坎伦的面。

可怜的里帝哈公主,
她已感到失望,
她的心在随着风云飘荡,
她望着天边流泪,
她望着茫茫林海悲伤。

射箭剩下最后一个人,
高傲的召奉马加出场了,
他从公主的塔窗下走过,
他贪婪地斜眼望着公主,

他迈着骄傲的脚步，
可这时他的心在七上八下，
公主的花包悬吊在靶子上，
花包左右摇动着，
他怕心慌意乱射不中，
他怕娶不着漂亮的公主。

人们个个聚精会神，
目光盯着靶心上的花包，
召奉马加心脏怦怦跳动，
手里的弓箭上下摆晃，
额上不住淌下汗水，
瞄着花包身子颤颤抖抖。

召奉马加终于射出箭枝，
他的箭枝刚刚离弦，
突然花园内飞出一枝金箭，
箭枝从人群头顶划过，
正正射在公主的花包心，
这时人群发出一片欢呼，
召奉马加以为自己射中了箭，
得意如狂朝公主跑去，
这时看靶的人高声报告：
"是坎伦射中花包，
金箭上刻着坎伦名字！"

出乎意外的消息，

把人群全给惊呆了：
"不是说坎伦已经死了？
不是说他被花蛇吃掉？
这支箭从何方飞来？
难道是坎伦活着回来？
还是他的鬼魂射来的箭？"

公主从茫然中惊喜过来，
这时坎伦在人群中出面，
人们见到勇敢的坎伦，
潮水般涌向他身旁，
把他和公主团团困在中间。

公主牵着坎伦去见父王，
报告坎伦回来的喜讯：
"尊敬的父王啊，
今天是吉祥的日子，
吉祥的日子像宝石，
宝石送来了欢乐，
欢乐送来了坎伦哥哥。

"今天是全勐的好日子，
坎伦哥哥安全回来，
天意给女儿安排好一切，
赕佛给王国带来福气，
父王啊，快快迎接，
坎伦就是您的女婿。

请赶快打扫宫殿和花园,
迎接高尚的女婿进宫,
请赶快准备米酒和花线,
为女儿的幸福举行婚礼吧!"
接着坎伦向国王拜下:
"尊贵的勐里帝哈国王,
王国的使命已完成,
坎伦今日向您报告,
作恶的花蛇已被杀死,
他的双眼被我挖来。
公主安全得救,
蛇已遭受刀砍,
这都是靠国王的威望,
这都是靠宝剑和神弓。"

坎伦拜告完毕,
双手捧着花蛇的眼珠,
捧着神弓和宝剑,
一一交在国王手里。

国王高兴又感激,
把他请到宫殿里,
王后欣喜笑开颜,
牵着女儿跟着走。

到了王宫里,
国王请坎伦坐下,

用感激的话问他:
"你的回来,
消去了我女儿心上的忧愁;
你的回来,
解除了我们的烦恼。
坎伦呵,
你怎样从岩洞里出来?
为什么你去得这样久?"

坎伦就把事情的经过,
从出发到他回来,
详详细细讲给国王听,
国王听了万分感动,
王后听了潜潜流泪,
大臣武官听了人人佩服,
他们称赞坎伦勇敢善良,
称赞他为民除害功德高。
国王为此感到自豪,
用感激的话安慰坎伦:
"你已圆满完成使命,
你已胜利归来,
 坎伦啊,
王国深深感谢你,
今天我向你宣布:
'要将女儿许配给你,
你既是王国的女婿,
又要把你当作我的儿,

从今天起，
不让你离开我身边一步，
我已经年迈体弱，
王国的一切大事情，
我要交给你们夫妻去办理，
希望你们夫妻俩，
按照世代的规矩，
治理好光荣的王国，
这样才会得到邻勐的支持，
本勐的百姓也才会拥护你。'"

21

婚礼举行得很隆重，
宫殿处处披红戴花，
门板和柱子重新粉刷，
路两边栽上甘蔗和香蕉。

近处的大人小孩都来了，
人流涌进宫殿的广场：
有的托着花盘，
有的背着米花，
有的举着蜡条，
有的拿着花线，
小伙子敲着象脚鼓，
小姑娘举着花环，

来庆祝坎伦和公主结婚。

宽阔的广场，
处处搭着凉棚，
凉棚就像绿色的大伞，
人们坐在下面欢乐。
一桌一桌的饭菜，
摆满在凉棚下，
菜饭的名堂很多，
风吹米香味扑鼻。

人们围着饭桌唱歌，
小伙子伸出头来偷看，
小姑娘忙用花扇遮住脸，
中间隔着老人们的饭桌，
姑娘和伙子们啊，
只能眼望着互相对唱。

人们喝着米酒不断欢呼，
米酒很多得用人去抬，
一罐就重三四十斤，
爱喝酒的人尽心喝着，
酒量不大的人只喝了两三杯，
喝了酒他们话语更多，
有的东倒西歪来回走动，
有的"水！水！水！"①呼着助威，

---

① 水！水！水！：傣族日常语言中用来表示欢呼、干杯、喝彩等情绪高潮的特殊套语。——编者注

有的脱掉衣服去耍刀，
有的拍手拍脚去跳鼓，
听鼓声、歌声、欢乐声，
把宫殿的大门震动，
庆祝的人围着公主和坎伦，
等着为他俩拴线祝福。

勐邦加的客人赶到了，
他们爬山涉水走了一个月，
带来了两勐的友谊，
带来了国王的书信。

他们特来感谢勐里帝哈国王，
派出坎伦去寻找花蛇，
救了勐邦加家的两位公主，
他们送来许多贵重礼物，
还有俩公主给坎伦的感谢信。

勐里帝哈国王和大臣，
请勐邦加客人到台子上，
勐里帝哈的年轻姑娘，
轮流着给客人们敬酒。

隆重的拴线仪式开始了，
知识渊博的摩古拉，
打开经书口念经文，
坎伦和公主双双合掌，

低头跪在魂桌旁，
静静聆听着摩古拉的祝福，
接着他俩向人们伸出手，
接受人们的拴线祝福。

第一个给他们拴线的，
是公主的父王和母后，
接着是坎伦那年迈的爷爷，
双方的亲人祝福过了，
勐邦加的客人接着来拴线，
他们的祝福充满着友谊，
他们拴下了友好的金线。

这时人群中点亮了蜡条，
他们排着队端着花盘，
拿着花线挑撒着米花，
一齐为坎伦和公主祝福，
一齐向勐邦加客人表示感谢，
米花和各色各样的纸花，
像千群万群粉蝶飞舞，
纷纷落在公主和坎伦身上，
人们欢呼着友谊，
人们歌唱着幸福，
坎伦和公主，
在人们的祝福声中，
双双走进雄伟的宫殿！

第二编

阿昌族
创世史诗

遮帕麻和遮米玛

编者说明：阿昌族创世史诗《遮帕麻和遮米麻》是中国民间文学的经典文本，目前已经公开出版的文本主要是1979年由云南民族学院（今云南民族大学）兰克、杨智辉等学者，在德宏傣族景颇族自治州梁河县搜集整理的；由阿昌族著名活袍[①]赵安贤演述、阿昌族教师杨叶生主要翻译的文本，由云南人民出版社1983年出版。经过比对，本书收录的《遮帕麻和遮米玛》与1983年版《遮帕麻和遮米麻》应为同一口头演述文本的不同汉译整理版本。两个文本的句式、结构、布局、具体内容大致相同，但是许多细节词句有差异，这些差异不仅仅是遣词造句的问题，还涉及内容的增删和迥异。根据兰克等人的记录，可知1980年前后，他们曾将初步整理的史诗打印稿件带回到梁河县，在阿昌族群众中分发传阅。后来在吸取群众意见的基础上，又经过修订，才正式出版。据此推断，本书收录的文本极可能是1980年云南大学民间文学调查队到德宏后，从当地人那里获取的"打印本"。在云南大学所藏原始资料并未表明该文本的搜集整理信息，因此推断应该是兰克等人搜集整理的未刊"打印本"，这为我们探寻少数民族民间文学"经典化"的过程提供了珍贵的稀见档案文献。在此，特向赵安贤、兰克、杨智辉、杨叶生等老一辈民间文艺家致敬。（张多）

[①] 活袍：阿昌族的巫师。

阿昌的子孙啊,
你记不记得阿公、阿祖走过的路?
你知不知道我们阿昌的历史?
你晓不晓得造天织地的天公和地母?

晓不得大树的年轮算不得好木匠,
不会数牙口算什么赶马人?
不懂法术就做不了活袍,
晓不得祖宗怎么献家神?

我是一个老倌人①,
故事是先辈传下来的,
造天织地的故事像流水一样,
传了千万代才传到我们这里。

静静地听吧,子孙们,
我来为你们歌唱。
让这遮帕麻和遮米玛的故事,
像大盈江一样永远流不断。

1 创世

在太古的时候没有天,
在太古的时候没有地。
整个的世界混沌不分,

不会刮风也不会下雨。

水有水的流头,
山有山的出处,
造天的是天公,
织地的是地母。

今天是个好日子,
我给你们讲故事。
先讲这遮帕麻造天,
再讲遮米玛织地。

(1) 遮帕麻造天

造天的是遮帕麻,
他不穿裤子,不穿衣裳,
只有一根万能的赶山鞭,
插在腰杆上。

遮帕麻造天的时候,
带领着三十员大将,
跟随着三十名小兵,
一千六百只白鹤飞来帮忙。

三十名小兵挑来银色的沙,
三十员大将担来黄色的沙,

---

① 老倌人:指年高、智慧、有威望。

三千六百只白鹤列队飞,
衔来仙水拌泥巴。

在遮帕麻的手心里,
在天空的正中央,
遮帕麻用银沙造月亮,
遮帕麻用金沙造太阳。

遮帕麻造的月亮,
像一塘水清汪汪;
遮帕麻造的太阳,
像一塘火亮堂堂。

遮帕麻用右手,
抓下左边的乳房;
遮帕麻用左手,
撕下右边的乳房。

在遮帕麻的手心里,
在遮帕麻的手掌上,
一个乳房变成了太阳山,
一个乳房变成了太阴山。

他张开右边的胳膊,
夹起光闪闪的月亮,
他张开左边的胳膊,
夹起火辣辣的太阳。

迈步踩出一条银河,
跳跃留下一边彩虹,
吐气变作大风、白雾,
流汗化作暴雨、山洪。

遮帕麻举起月亮,
放在太阴山上;
遮帕麻举起太阳,
放到太阳山上。

月亮像一池清水,
吐着银光。
太阳山上设下白银宝座,
派盘古老倌人掌管。

太阳像阿昌人的火塘,
散发温暖。
太阳山上设下黄金宝座,
派天皇老倌人掌管。

遮帕麻种下一棵梭罗树,
在太阴山和太阳山中间,
告诉盘古和天皇,
太阴和太阳要绕梭罗树转。
遮帕麻在梭罗树下,
造了一座星宿山,
山上安了一个大轮子,

派白鹤推动轮子转。

太阳落下是夜晚，
太阳出来是白天，
月亮盈亏分月份，
轮转一周是一年。

遮帕麻挥舞赶山鞭，
抽出火花一串串，
火花撒向云天里，
留下星斗光闪闪。

遮帕麻造了东边的天，
东天设下了玻璃宝座，
派红君老祖住在东边，
东边的天红君老祖管着。

东边的天呵，
像清水一样清清吉吉①；
东边的天呵，
像泉水一样清澈见底。

遮帕麻造好了西边的天，
西天设下玉石宝座，

派上太上老君管着。

西边的天呵，
像清水一样清清吉吉；
西边的天呵，
像清水一样清澈见底。

遮帕麻造好了北边的天，
北边的天设下翡翠宝座，
北边的天空最尊贵，
天王老子管着。

北边的天呵，
像清水一样清清吉吉；
北边的天呵，
像泉水一样清澈见底。

遮帕麻造好了天的中央，
遮帕麻造好了天的四极，
盘古、天皇管日月，
天王老子管天地。

遮帕麻造的天，
存在了万万年，

---

① 清清吉吉：有清洁明亮之意，更有清吉平安的意思。故不用清洁而说清吉，而且每节结尾都唱，既像比喻又似复踏。

遮帕麻的功绩，
留在阿昌人的心底。

遮帕麻造的日月，
光辉洒满大地，
遮帕麻的名声流传了千万个世纪。

（2）遮米玛造地

世界上有阴就有阳，
世界上有天要有地，
遮帕麻造天的时候，
遮米玛就开始织地。

遮米玛摘下喉头当梭子，
遮米玛拔下脸毛织大地，
今天的女人没有喉结，
今天的女人没有胡须。

遮米玛拔下右腮的毛，
织出了东边的大地。
东边的大地像清水一样清清吉吉，
东边的大地像泉水一样清澈见底。

遮米玛的右腿流下了鲜血，
鲜血淹没了东边的大地，
东边的大地一片江洋，
化成东海无边无际。

东海波涛连天，
东海长满龟、鳖、虾、鱼，
东海里设下水晶宝座，
派东海龙王把东海管理。

遮米玛拔下颏的毛，
织出了南边的大地。
南边的大地像清水一样清清吉吉，
南边的大地像泉水一样清澈见底。

南海洪波涌起，
南海里长满龟、鳖、虾、鱼，
南海里设下珊瑚宝座，
派南海龙王把南海管理。

遮米玛拔下额头的毛，
织出了北边的大地。
北边的大地像清水一样清清吉吉，
北边的大地像泉水一样清澈见底。

北海波涛翻滚，
北海长满龟、鳖、虾、鱼，
北海里设下玛瑙宝座，
派北海龙王把北海管理。

遮米玛织就了大地，
用的是血肉之躯，

世界有了依托，
万物有了生机。

遮米玛织的大地，
存在了万万年；
遮米玛的功绩，
留在阿昌人的心底。

大地无边无际，
到处流传着遮米玛的名声；
大海深不见底，
比不上遮米玛的恩情。

阿昌的子孙啊，
晒谷子的时候，
不要忘记了遮帕麻；
阿昌的子孙啊，
喝水的时候，
不要忘记了遮米玛。

（3）遮帕麻和遮米玛结合传人种

世界上有上必有下，
世界上有托必有依；
地支撑着天，
天覆盖着地。

天刚造就，

地刚织完，
天公遮帕麻降生，
来到大地的东方。

天刚造就，
地刚织完，
地母遮米玛降生，
出现在大地的西方。

天幕高高张，
大地平平展。
天像大锅盖，
地似大托盘。

苍天蓝湛湛，
大地平展展。
天小地大了，
天边罩不住地缘。

遮帕麻拉住东边的天，
大地露出了四边；
遮帕麻拉住南边的天，
大地露出来北边。

苍天拉出滚滚雷，
雷声震天涯，
雷响三百里，

惊动了遮米玛。

遮米玛抽去三根地筋,
大地折皱像阿昌姑娘的筒裙,
皱折凸起成高山,
皱折凹下成山箐。

颤抖的大地出现了高山,
颤抖的大地出现了平原,
平原上出现了湖泊,
高山流下了清泉。

大地蜷缩了,
就像晒干的虎皮;
大地缩小了,
天幕罩住了四极。

遮米玛抽去地筋三根,
风声飒飒,
地动三十里,
震动了遮帕麻。

大地的颤抖已经平息,
青山绿水多么秀丽。
遮帕麻四面观赏,
壮丽的山河使他入迷。

山头开满栀子花,
朵朵白花似雪洒,
栀子花丛住着百灵鸟,
鸟语花香遍山崖。

山腰开满攀枝花,
攀枝花开像火把,
攀枝花树上住着白鹇鸟,
白鹇啼处好安家。

山脚锈泉遍地黄,
花中住着金凤凰,
锈泉花开等蜂探,
凤凰合鸣寻伙伴。

是什么样的巧手织就的大地?
是什么样的巧手把它打扮?
遮帕麻要把地母寻找,
遮帕麻把千山万水找遍。

天幕盖住了大地,
好似盖房有了屋顶,
五光十色的天空,
使遮帕麻高兴。

天幕张四极立,
日升月落有规律,

白昼黑夜相更迭，
春夏秋冬来复去。

是谁拉开的天幕？
是谁安排的日月？
没有太阳，月亮不发光；
见不到天公，遮米玛心不悦。

遮帕麻寻地母，
下深箐上高山，
深箐喝泉水，
高山找粮食。

野味生肉充饥，
嫩叶竹笋做粮，
石洞深处藏身，
光滑石板做床。

剥下树皮当盖头①，
连起兽皮做衣裳。
藤子腰间系，
打着光脚板。

一个美好的日子，

遮帕麻来到了大地的中央，
潺潺的流水清悠悠，
凉凉的泉水清汪汪。

遮米玛找天公，
下深箐上高山，
深箐喝泉水，
高山找粮食。

山果野梨充饥，
鲜花雀蛋做粮，
树洞里面藏身，
大树枝丫当床。

拆送芭华②当盖头，
编起石华③做衣裳。
藤子腰间系，
打着光脚板。

一个美好的日子，
遮米玛来到了南方，
潺潺的流水清悠悠，
凉凉的泉水清汪汪。

---

① 盖头：古时候搭在头顶遮蔽日光、风雨的用具。
②③ 芭华、石华：系阿昌族语，即芭蕉叶、树叶。

遮帕麻来了，
流水伴他把俄罗①唱；
遮米玛来了，
泉水映出她俊秀的模样。

遮帕麻的笑脸，
像天空一样明朗；
遮米玛的眼睛，
像月亮那样明亮。

小鸟在树上歌唱，
他们在树下畅谈，
知心的话儿比蜜还甜，
像山泉那样流淌。

遮米玛说：
"你造的天真好，
没有你造的月亮，
夜里看不见走路，
夜莺不会歌唱。

"没有你造的太阳，
万物不会生长。
没有你造的天，
我织的大地将一片黑暗。"

遮帕麻说：
"我造的天再好，
比不上你织的大地，
没有大地的支撑，
天空就会像云彩随风飘移。

"大地有巍峨的高山，
大地有辽阔的平原，
大地有肥沃的坝子，
大地有宽阔的海洋。"

遮米玛说：
"山高没有砍柴人，
林深没有打猎人，
地阔没有种田人，
海宽没有捕鱼人。"

遮帕麻说：
"世上已经有了造天的人，
世上已经有了织地的人，
天和地已经结合在一起，
我们为什么不结婚？"

遮米玛说：
"这要去问你的爹，

---

① 俄罗：阿昌族最古老的调子。

这要去问你的妈,
你爹同意了才能成亲,
你妈同意了才能成亲。"

遮帕麻说:
"我没有爹,
我也没有妈,
要问就去问天意,
我们能不能成一家?"

遮帕麻指着磨盘说:
"我从东山滚磨盖,
你从西山滚磨底,
磨盖磨底合拢了,
我们成婚合天意。"

遮米玛指着两座山说:
"我在北山烧柴火,
你在南山烧柴火,
两山火烟相交了,
我们就结合。"

遮帕麻上东山,
遮米玛上西山。
东山滚下磨盖,
西山滚下磨底。

西山磨底滚到山脚,
东山磨盖滚到山底,
磨盖磨底心对心,
紧紧合在一起。

遮帕麻上了南山,
遮米玛上了北山,
两山同时点柴火,
两山同时冒火烟。

南山柴火熊熊,
黑烟腾腾起;
北山柴火烈烈,
白烟滚滚起。

南山火烟向北,
北山火烟向南,
两山火烟相交,
合成一股青烟在高空盘旋。

山头火烟交,
山底磨盘合,
遮帕麻和遮米玛,
结成了夫妻。

结婚九年才怀胎,
怀胎九年才生产,

生下一颗葫芦籽,
把它种在大门旁。

九年葫芦才发芽,
发芽九年才开花,
开花九年才结果,
结了一个葫芦磨盘大。

遮帕麻走到葫芦下,
葫芦里面闹喳喳,
破开葫芦看一看,
跳出九个①小娃娃。

老大跳出来,
看见园里开桃花,
以陶为姓是汉族,
住到平坝种庄稼。

老二跳出来,
看见长刀拄在葫芦架,
以刀为姓是傣族,
住在河边捕鱼虾。

老三跳出来,
看见李树开白花,
以李为姓是白族,

洱海边上去安家。

老四跳出来,
听见门前河水响哗哗,
以和为姓是纳西,
丽江坝子去养马。

老五跳出来,
看见老牛把犁架,
以牛为姓是哈尼,
向阳山上去种菜。

老六跳出来,
看见竹箩靠墙下,
以罗为姓是彝族,
彝族人人背盐巴。

老七跳出来,
看见石板光又滑,
以石为姓是景颇,
打把长刀肩上挎。

老八跳出来,
看见杨柳吐新芽,
以杨为姓是德昂,

---

① 九个:不是实数,泛指多数。

德昂纺线弹棉花。

老九是个小姑娘,
遮米玛最喜欢她,
留在身边学织布,
织出腰带①似彩霞。

老九很勤快,
天天起得早,
以早为姓是阿昌,
阿昌住在半山腰。

九种民族同是一个爹,
九种民族同是一个妈,
九种民族数不清,
九种民族是一家。

2 洪荒

自古有阴就有阳,
自古有恶也有善,
自古有福便有祸,
祸福常相伴。

没有雨水鲜花不会开放,

雨水多了江河也会泛滥,
雨水给阿昌创造过莫大的幸福,
雨水也给阿昌制造过灭顶的灾难。

阿昌的子孙呵,
要是窝铺漏雨了,
不要责怪雨水,
赶快把房顶修好。

（1）遮米玛补天

我讲了遮帕麻造天,
我讲了遮米玛织地,
还讲了天公地母结合,
生下了九族兄弟。

阿昌、景颇住在山寨,
山上有了砍柴打猎人,
汉族、傣家住在平坝,
坝子有了种田打鱼人。

汉家大哥最聪明,
傣家生活比蜜甜,
田里的庄稼长得好,
河里的鱼儿肥又鲜。

满山的花朵开不败,

---

① 腰带：阿昌族姑娘最讲究腰带，小伙子们常以姑娘织的腰带来识别其是否能干。

肥壮的牛羊遍草原，
丰收的歌儿唱不完，
幸福的日子过了四十九年。

第五十个春天的第一个早晨，
透明的薄雾笼罩着山庄，
东方的太阳还没有升起，
园里的桃花含苞待放。

天空忽然布满黑云，
地上奔跑着传告暴雨的大风，
谁也想不到在这明朗的春早，
大雨倾盆，雷声隆隆。

高山被摧崩，
深谷被填满，
森林被扫平哟，
日月失去了光芒。

春天的雷雨，
把窝里的小鸟打落了，
突然的灾难，
把人民的理想淹没了。
大地又是一片汪洋，
山峰像一只漂荡的小船。
那就是洪荒的年代，
那就是世纪的开端。

不是遮帕麻造小了天，
不是遮米玛抽出去三根地线，
而是大地没有合拢哟，
狂风卷起了天的四边。

天破了地母会补，
遮米玛还留着三根地线，
三根地线补天，
缝合了天地的三个边缘。

东边的天地缝合了，
太阳和月亮从东边升起，
东边不再刮大风，
东边不再下暴雨。

西边的天地缝合了，
太阳和月亮到那边歇息，
西边不再刮大风，
西边不再下暴雨。

北边的天地缝合了，
北斗高挂笑眯眯，
北边不再刮冷风，
北边不再下暴雨。

东西北边缝合了，
遮米玛用完了三根地线，

南边还在刮大风，
南边还在下暴雨。

（2）遮帕麻造南天门

南边的天地无线补，
南边的百姓在遭殃，
天公告别地母去南方，
南方就在拉涅旦①。

遮帕麻操起赶山鞭，
带领着猎狗和兵将，
遮帕麻为补南边天，
远离中国②去南方。

高山挡路，
挥鞭驱赶，
河水拦道，
搭鞭架桥梁。

遮帕麻来到拉涅旦，
波涛滚滚，雷声阵阵，
没有地线缝补南边的天，
只有构筑一道能挡风雨的门。

筑墙要用九庹长的石头，
修门要用九丈宽的木板，
找石头要到九十九里外，
找木板九十九天才能还。

小兵抬石脚打颤，
大将解板汗如雨，
煮菜不放盐，
哪里有力气？

拉涅旦有个智慧的盐婆，
名字叫作桑姑尼③，
桑姑尼炒菜放盐巴，
将士吃了有力气。

木板做框石垒墙，
从此筑起南天门，
南方不再发洪水，
南天有了把门神。

拉涅旦的大地换新装，
拉涅旦的天空飘彩霞，
老树发新枝，
枯藤吐嫩芽。

---

① 拉涅旦：传说是南极，阿昌人说南极就是缅甸。
② 中国不是实指中华人民共和国，是指大地的中央。
③ 桑姑尼：传说盐是她造的，而且她聪明美丽。阿昌人至今仍用她来比喻贤惠、能干的女性。

枯树发芽靠春风,
南方人民离不开恩人遮帕麻,
青藤喜缠大榕树,
桑姑尼爱上了英雄遮帕麻。

3　腊訇乱世

阿昌的子孙呵,
不刮风大树不会弯,
水蛇不咬象,
池潭不会起波浪。

不是豹子出窝,
黄麂子就不会慌张;
不是妖魔乱世,
百姓就不会遭殃。

正当中国的鲜花开得最香,
正当中国的稻谷熟得最黄,
正当中国的牛羊长得最肥哟,
大地上出了一个乱世的魔王。
刚破土的禾苗,
渴望着天上把甘露洒。
禾苗渴望着甘露,
魔王却把烈火降下。

(1) 腊訇乱世

世界像一只手掌,
故事发生在手掌的中央,
遮米玛在家织布,
遮帕麻补天在南方。

妖精腊訇出世了,
不知他生在哪里,
也不知他长在何方。

腊訇翻着眼睛看太阳,
心里把毒计想:
"遮帕麻造的太阳,
升起还要降。

"我要造一个太阳,
永远挂在天上,
让世界永远光明,
让我的名声永远传扬。"

腊訇斜着眼睛看月亮,
猪嘴巴出言太狂妄:
"遮帕麻造的月亮,
有光无热挂天上。

"我要让我的太阳,
日日夜夜放光芒,

从此中国的大地,
不分白昼和夜晚。"

腊訇拉开千斤弓,
一箭射上个假太阳,
假太阳挂天上,
不会升也不会降。

遮米玛拉好三杌①织布线,
织机"咔咔"织布忙,
三杌布线织完了,
织出布匹九丈长。

遮米玛抬头望,
天空仍然亮堂堂,
日不落哟,日不落,
白昼漫漫无夜晚。

假太阳,挂天上,
不会升来不会降,
太阳不会落,
何时得歇晚。

假太阳,挂天上,
挂了三年还不降,
世界沉入火海里,

整整四年闹干旱。

天空喷毒焰,
地面似火烫,
天上地下燃烈火,
哪儿找阴凉?

自古有阳要有阴,
自古有明就有暗,
绝对的光明,
便是绝对的灾难。

炎热的太阳,
只会把小草晒黄;
永远不落的太阳,
却把大青树烧得枯干。

自古有好便有坏,
自古有恶就有善,
善良创造幸福,
罪恶制造灾难。

腊訇搞乱了阴阳,
生灵遭受涂炭,
山族动物他赶下山,

---

① 杌:用绳和短木头编制的织布机关键部件。——编者注

水族动物他赶上山。

他使树木倒着生,
强令竹根朝天长,
游鱼在山头打滚,
走兽在水里漂荡。

一条大鱼滚到山坳,
硬着头皮朝土里钻,
鱼鳞烤硬变甲壳,
鱼头烤焦缩成一团。

这条大鱼变成穿山甲,
打个山洞避日光,
钻进洞里不露面,
寻找蚂蚁填饥肠。

鳄鱼爬上沙滩,
张着大口把气喘,
天热地烫无奈何,
流下眼泪一串串。

水牛角晒弯,
黄牛皮烤黄,
野猪烧煳了背,
知了恨断了肠。

寰中尽哀怨,
宇内恨绵绵,
哭声震大地,
横眉指九天。

腊訇见此情,
心中更高兴:
"万物我主宰,
我发号令谁不听!

"谁敢歌颂遮帕麻,
不把腊訇放眼卜,
让你受煎熬,
看你怕不怕。

"地窄不够我在,
天高不够我玩,
谁敢阻拦我,
叫他活不长!

"杀谁留谁全在我,
哪管后人评善恶,
强者本该坐天下,
遮帕麻又能奈我何。"

魔王乱世逞凶狂,
中国大地遭祸患,

想要斩杀妖精腊訇，
遮米玛孤单难奋战。
受惊的羊群唤主人，
被打的鸟儿叫伙伴，
孤立无援的遮米玛啊，
日日夜夜把遮帕麻盼。

（2）水獭猫送信

遮帕麻南行补天，
难分难舍有留言：
"门前河水起波涛，
我便回家转。"

遮米玛来到家门前，
望着滔滔河水默默念：
"遮帕麻呵，快回来，
万千生灵受煎熬。

"清清的河水呵，
快快流到拉涅旦，
告诉遮帕麻，
赶快把家返。"

河水不折头，
只顾向东流；
遮米玛呵，
又添一段愁。

看见两条狗，
正在水里游，
遮米玛赶上去，
苦苦做哀求：
"小狗呵，小狗，
快快去到拉涅旦，
踩着遮帕麻的脚印走，
叫他把家返。"

小狗伸长脖子把话讲：
"拉涅旦山高路难走，
跋山涉水行千里，
不知晓跑到啥年头？

"腊訇把我赶到水塘里，
空长四腿不能走，
叫我送信心高兴，
要游千里不能够。

"路上我饿了没吃的，
碰上老虎命要丢，
遮米玛呵，我害怕，
还是让我把家守。"

看见两只小鸡，
泡在水里声啾啾，
遮米玛走上前，

苦苦做哀求：
"小鸡呵，小鸡，
快快去到拉涅旦，
踩着遮帕麻的脚印走，
叫他把家返。"

小鸡摇头把话讲：
"太阳我能叫出山，
远离中国的遮帕麻，
我无法把他叫回还。

"腊訇把我赶下河，
两只小脚难游水，
派我送信心高兴，
只恨打湿的翅膀不能飞。

"路上饿了没吃的，
碰上野猫把命丢，
遮米玛呵，我害怕，
想要送信不能够。"

遮米玛呵，心忧愁，
好似河水滚滚流，
忽见一只水獭猫，
水中慢慢游。

水獭猫，神通大，
腊訇乱世它不怕，
上山便在洞中住，
下河便在水安家。

水獭猫，
笑眯眯，
见到遮米玛，
开口把话提。

"你在河边坐，
想着啥问题？
胸中有啥伤心事，
为何把泪滴？"

遮米玛，
把言答：
"腊訇乱世，
天地塌。

"天空燃烈焰，
地面火辣辣，
生灵不安宁，
草木不发芽。

"无风又无雨，

热头①不会落，
水中漂动尸千条，
山头鱼虾怎么活？

"水獭猫呵，水獭猫，
快快去到拉涅旦，
踩着遮帕麻的脚印走，
叫他把家返。

"水獭猫，你听仔细，
我的嘱托牢牢记：
'把信送到拉涅旦，
回来召你做女婿。'

"水獭猫，你仔细听，
给你的嘱托记在心：
'信儿关系千条命，
路上不能忘半分。'"

水獭猫，刚听罢，
抬头望着遮米玛：
"三年二月才走到，
路上吃的啥？"

遮米玛，有主意，

告诉獭猫莫着急：
"水里肚饿捉鱼虾，
山上肚饿吃蚂蚁。"

水獭猫，点点头：
"奶奶不用愁，
信儿我去送，
信不送到不折头！"

好个水獭猫，
不怕水深山又高，
朝着拉涅旦，
睁大双眼拼命跑。

好个水獭猫，
山高路遥它不怕，
走遍天南和地北，
也要找到遮帕麻。

翻了九十九座山，
过了九十九条河，
肚子空了不知饿，
嗓子干了不知渴。

水獭猫来到拉涅旦，

---

① 热头：系方言，即太阳。

知道了遮帕麻住的村庄，
肚子饿得说不出话，
满身尘土和泥浆。

椰子树环绕小村庄，
椰子树下井水清汪汪，
水清好洗尘，
干干净净好进村庄。

一个猛子①扎井底，
清清的井水起波浪。
井边有块小阜地，
水獭猫躺在上面晒太阳。

鸡啼干②，炊烟起，
村里姑娘忙做饭，
寨门"吱呀"响，
走出一个挑水娘。

扁担悠悠闪，
两只水桶来回荡。
挑水美人就是桑姑尼，
边走边把歌儿唱。

水桶井旁放，
对着井水照模样，
井面不见美人貌，
没有镜子难梳妆。

仔细瞧，
清水变泥浆；
左右寻，
水獭猫睡得香。

"该死的水獭猫！"
气坏了桑姑尼，
拿起勾担就要打，
抬起小脚就要踢。

骂声惊醒了水獭猫。
"你是哪来的野东西？
来到这里干什么？
老实告诉我桑姑尼。"

"我是北方来的客，
我是中国来的将，
只为传递一封信，
才来到拉涅旦。

---

① 猛子：潜入水中。
② 干：云南汉语方言，意为"结束"。——编者注

"天公离开家,
腊訇把天霸,
遮米玛派我来送信,
信儿要交给遮帕麻。"

"跟我来,去我家,
到家就能找到遮帕麻,
他到山上打麂子,
太阳一落就回家。

"你是北方来的客,
回家请你先喝茶,
肚子饿了不用急,
给你煮鱼又煮虾。"

水獭猫听了多欢喜,
跟着盐婆把家还,
刚跨进门,
一跃跳到扁担上。

"奶奶,我害怕,
害怕你家猎狗把我咬,
它的鼻子最灵敏,
它会闻见我身上的怪味道。"

"水獭猫,你别害怕,
猎狗撵山不在家,

回家你躲在火炕上,
拴好猎狗你再下。"

鸟归林,日落西,
遮帕麻打猎转回家,
两手空空不高兴,
酸眉涩眼不说话。

赶走兵和将,
点着火塘烤衣裳,
火烟熏着水獭猫,
一边咳嗽一边喊。

遮帕麻看见水獭猫,
抓起棒棒就要打:
"满山打猎无收获,
野物自己送进家。"

吼声传进厨房里,
急坏了桑姑尼:
"快住手,别动气,
它是中国来的小东西。"

听说家乡来的水獭猫,
遮帕麻的怒气顿时消,
连忙抱下水獭猫,
一面问好一面笑。

水獭猫跳上遮帕麻的肩,
咬着耳朵把消息传:
"腊訇乱世搅窝子,
遮米玛盼你把家还……"

(3)遮帕麻回归

激怒了的大象,
会把竹林踏平,
惊人的消息呵,
撕碎了遮帕麻的心。

"一拃长的花蛇,
妄想霸占天坛,
它纵有天大的野心,
也吞不下大象。

"只是无人领头呵,
善良的百姓正在遭殃,
只会织布的遮米玛呵,
怎能把魔王抵挡?"

收拾行装就要走,
赶回中国斩妖精,
苦难降临到家乡,
哪怕归途横山岭。

遮帕麻整装要出发,

桑姑尼心里乱如麻,
走上前来把话儿讲,
眼中泪水如雨下。

"遮帕麻呵,遮帕麻,
拉涅旦哺育我长大,
要离开拉涅旦哟,
我的心里难放下。

"离开抱我长大的阿爹,
离开奶我长大的阿妈,
离开我朝夕相处的兄妹,
我的心疼似刀剐。

"遮帕麻呵,遮帕麻,
砍下我的两腿放在家,
留着血肉慰亲人,
免得爹妈常牵挂。

"留着两腿慰亲人,
免得兄妹常牵挂,
怎奈归途九千里,
无腿怎能把山爬?

"遮帕麻呵,遮帕麻,
砍下我的双手放在家,
留得血肉慰亲人,

免得爹妈常牵挂。

"留得双手慰亲人，
免得兄妹常牵挂，
怎奈归程九千里，
无手怎么抱娃娃？

"遮帕麻呵，遮帕麻，
砍下我的脑壳留在家，
留得血肉慰亲人，
免得爹妈常牵挂。

"留得脑壳慰亲人，
免得兄妹常牵挂，
没有脑壳不能活，
怎能跟你回去熬盐巴？

"双腿不能砍，
双手不能下，
脑壳要留着，
遮帕麻呵，还是留下吧。"

遮帕麻要回家，
拉涅旦的百姓苦留他：
"遮帕麻呵，不能走，
这里就是你的家。
我们离开了你，
就会像冬天的树木；
我们离开了你，
就会像小草得不到雨露。"

十人围不过的大榕树，
狂风也不能把它摇动，
百姓的眼泪哟，
却使遮帕麻感动。

"你们对我的忠诚，
我万分感激；
你们对我的爱戴，
我永远铭记。
我跟北方、南方的百姓，
都心连着心，
是去还是留，
请天意来决定。

"老鼠出新洞，
进旧洞，
天意要我归，
回家除腊匋；
老鼠出旧洞，
进新洞，
天意要留我，
长住南方我不动。"

兵将打猎回家转,
欢欢喜喜报情况:
"老鼠新洞跑出归旧洞,
快快回家莫迟缓。"

遮帕麻操赶山鞭,
点齐兵将就要离开拉涅旦,
拉涅旦的百姓拦路哭,
离别的泪水湿衣裳。

"要高飞的金孔雀呵,
不要忘记你歇栖过的地方;
要离开我们的遮帕麻呵,
不要忘记你居住过的村庄。"

4　消灭腊旬　重整天地

阿昌后代的子孙呵,
大山压顶的时候,
要挺直腰杆,
大难临头的时候呵,
要咬紧牙关。

天最黑的时候,
东方就要升起太阳;
再毒的阳光,
也挡不住阴凉的下晚。

（1）斗法,遮帕麻战胜腊旬

腊旬乱世三年,
中国的大地闹了四年饥荒;
大旱三年无阴凉哟,
连大青树都枯黄。

活着的百姓逃亡他乡,
死了的百姓堆满路旁。
专吃死肉的乌鸦,
也伤心得眼泪淌。

十枯的禾苗哟,
盼望着春雨洒;
中国的百姓哟,
盼望着遮帕麻。

毒热的天空飘过朵朵白云,
传来了下雨的消息;
聪明伶俐的水獭猫哟,
带来了遮帕麻回归的消息。

遮帕麻回到中国,
遮米玛迎接下山脚。
不等天公进家门,
便把腊旬的罪恶诉说。

"遮帕麻你快快看,

天上挂着一个假太阳，
这儿有昼无夜晚，
腊訇的罪恶说不完。

"腊訇是个大妖精，
有兵有将有神通，
蝎子、毒蛇没他毒，
豺狼、虎豹没他凶。

"腊訇作乱凶胜虎，
长空烈烈焦禾土，
树木花草全晒死，
生灵遭荼毒……"

遮帕麻怒火烧，
一跳九丈高：
"妖精腊訇真可恶，
不杀此妖恨不消。"

遮帕麻挥舞赶山鞭，
鞭响似雷炸，
为讨伐魔王，
召来了所有的兵马。

遮帕麻转念想：
"两只老虎打架，
会踩伤田里的禾苗，

战争又会把百姓损害。"

高举的赶山鞭，
又轻轻放下；
集合起来的队伍，
又解散回家。

要杀死魔王，
只有水里撒毒药，
妖精腊訇来喝水，
肚子疼了便死掉。

遮米玛，忙制止：
"遮帕麻呵，遮帕麻，
没有水生物不会活，
毒药怎能撒水里？"

遮帕麻，想了想：
"不撒水里撒山上，
满山遍野都有毒，
腊訇吃了烂肝肠。"

遮米玛再相劝：
"山上的动物万万千，
即便妖精毒死了，
无辜生灵亦牵连。"

妖精逞凶狂，
毒药不能放，
要在中国除祸害，
还有什么好主张？

遮米玛，眉一皱，
有了主意在心头：
"遮帕麻，莫急躁，
去与腊訇交朋友。

"交了朋友把法斗，
瞅准时机再下手，
再烈的火也胜不过水，
作乱的妖精定能收。"

遮帕麻，把头点，
顺手拿起赶山鞭，
心里有了好主意，
胜利的微笑挂在脸。

遮帕麻走到腊訇家，
魔王满脸怒气不说话，
一副鬼相凶神恶煞，
不让坐来不倒茶。

遮帕麻，笑开颜，
说出话来似蜜甜：

"从今以后交朋友，
不知你呵愿不愿？"

腊訇说话口水溅：
"要交朋友我为大，
天地归我管，
我要干啥就干啥！"

"先莫急，慢商量，
我们来比赛，我们来斗法，
你要赢了就尊你为大，
我要胜了我就管天下。"

说斗法，先斗法，
两个相邀到山前，
山坳一棵花桃树，
枝繁叶茂花儿艳。

腊訇走上前，
口中把咒念，
摆动手指头，
花桃枝枯叶子蔫。

妖精张开血口笑哈哈，
扬扬得意把口夸：
"生生死死我掌握，
谁的神通比我大？"

遮帕麻，把话答：
"腊訇且莫夸，
谁有真本领？
要让枯枝再发芽。"

妖精听了连摇头：
"枯枝岂能再发芽？
这个本领我没有，
起死回生我无法。"

遮帕麻，笑微微，
端来一碗清泉水，
含了一口喷花桃，
顿时雨霏霏。

花桃吐新芽，
枝头开奇葩，
微风轻轻吹，
树叶沙沙沙。

妖精多惊讶，
脸色似黄蜡，
看着花桃树，
目瞪口呆变哑巴。

腊訇把头垂，
神散气萎萎，

好似死去的花桃树，
枝枯叶败多狼狈。

腊訇不服气，
肚中又打鬼主意：
"今日斗法不算数，
明日斗梦比高低。

"今晚睡觉把梦做，
明日老老实实讲内容，
谁该坐天下，
梦中见神通。"

遮帕麻，上山顶，
腊訇精，下山箐，
各做各的梦，
明日山腰谈梦境。

遮帕麻按时到山腰，
脸放光彩多荣耀，
腊訇垂头又丧气，
心中似火烧。

遮帕麻先谈梦：
"梦中太阳红彤彤，
山中泉水照人影，
树叶树枝青葱葱。"

腊訇有气无力把话讲：
"梦见山顶漆黑一团，
箐沟流出黄泥水，
枯枝败叶光树干。"

听了腊訇的梦境，
遮帕麻充满胜利的信心，
好似热天喝了清凉水，
神清气爽有精神。

"深山不是龟在处，
河里哪容虎横行，
等到除尽妖魔时，
重整天地救生灵。"

妖魔腊訇脚打颤，
两眼痴呆心发慌，
好似冰雪又加霜，
身也凉来心也凉。

腊訇又耍赖：
"昨天的梦不算，
我上山顶你下坳，
纵然输了也心甘。"

遮帕麻把话答：
"再比一次也不怕，

今日让你上山顶。"
说完便把山坳下。

第二天，回到家，
腊訇来找遮帕麻，
脸孔阴沉沉，
心绪乱如麻。

"梦中不见太阳面，
只见山崩地倒塌，
满山枯藤挂老树，
浑水泥浆满山崖。"

遮帕麻的梦更好：
"梦中太阳亮堂堂，
绿树枝头鹊雀叫，
洼子泉水清汪汪。"

腊訇老本全输光，
好似死了爹和娘，
勉强同意交朋友，
不愿说出谁称王。

遮帕麻和腊訇交了朋友，
胸中有了战胜魔王的计谋。
回家提起赶山鞭，
高高兴兴往山上走。

白菌子、红菌子撒入松林，
甜鸡宗、香鸡宗撒在山头。
砍棵竹子抬回家，
编成竹筐和竹篓。

雷雨过后出鸡宗，
遮米玛拾回一满篓；
桑姑尼生火煮鸡宗，
鸡宗里面加了盐和油。

送碗鸡宗给腊訇，
美味鸡宗下米酒，
鸡宗甜，米酒香，
腊訇吃了直点头。

"美味鸡宗心甜透，
这样的好东西哪里去寻求？
遮帕麻呵，快快告诉我，
有福同享才算好朋友。"

遮帕麻，真高兴，
凶恶的妖精已上钩。
"爱吃只管山上采，
这种东西遍山有。"

遮帕麻提起赶山鞭，
忙往山上走，
走遍山头和山沟，
满山撒下"鬼见愁"①。
遮米玛左肩挎竹筐，
遮米玛右肩挎竹篓，
去约腊訇的小妖精：
"想吃鸡宗跟我走。"

遮米玛拾到毒菌放竹筐，
遮米玛拾到鸡宗放竹篓，
竹筐眼大装不住，
漏了一地"鬼见愁"。

小妖精拾起"鬼见愁"：
"老奶奶，你的筐子漏。"
"剩在筐里算我的，
掉在地上的你尽管收。"

遮米玛拾了一背甜鸡宗，
小妖精捡了一背"鬼见愁"。
各回各的家，
高高兴兴分了手。

小妖精背回"鬼见愁"，

---

① 鬼见愁：一种毒菌，传说吃了无药可救，鬼见了都发愁。

腊訇见了口水流,
急急忙忙煮鸡宗,
谁知煮了一锅"鬼见愁"。

等不得菌子煮熟,
腊訇张开血盆口,
如狼吞,似虎噬,
连渣带水吃个够。

腊訇吃了"鬼见愁",
肚子疼得冷汗流,
阵阵狂风呼啸,
好似一万只老虎在怒吼。

腊訇吃了"鬼见愁",
倒在地上直打滚,
大地阵阵颤抖,
天空发出串串响雷。

腊訇家的妖精三天不出门,
腊訇家的房顶三天不冒烟,
不知腊訇死硬了没有,
遮帕麻派水牛去查看。

水牛刚出门,
天热淌大汗,
泡在水塘里,

忘了去查看。

遮帕麻穿了牛鼻子,
牛脖子上把弯担架:
"活着去犁田,
死了剐干巴!"

又派黄牛去查看,
黄牛走到半路上,
看见一片甘蔗林,
贪吃又把差事忘。

气坏了遮帕麻,
瞪着眼睛骂:
"瘦的挨鞭抽,
胖了用刀杀!"

又派一匹马,
走进腊訇家,
看见一片草,
只顾把滚打。

遮帕麻揪住马下巴:
"让人去骑它,
罚它驮东西,
鞍子背上架!"

招来两只小麻雀,
展翅飞到腊訇家,
看见腊訇死硬了,
回来报告遮帕麻。

喜讯乐坏遮帕麻,
高高兴兴把令下:
"饿了谷囤头上吃,
天黑就住屋檐下。"

又派两只小老鼠,
快快跑到腊訇家,
闻见腊訇尸臭了,
咬回两个手指甲。

消息喜坏遮帕麻,
高高兴兴把令下:
"谷囤、米囤脚下吃,
墙角打洞去安家。"

出来一只大苍蝇,
嗡嗡飞到腊訇家,
眼睛珠上把脚搓,
鼻孔耳孔把手下。

飞回报告遮帕麻,
遮帕麻呵把令下:

"甑子头上你去吃,
饭桌上面任你抓。"

腊訇的尸体,
臭气冲天,
狗去咬他的心,
猪去拱他的肝。

猪拱狗咬,
七零八散,
猪拖狗抓,
碎尸万段。

这就是魔王的下场,
这就是历史见证,
这就是英雄战胜妖魔,
历史上的第一次战争。

(2)遮帕麻重整天地

树林喜欢雀做窝,
水里只能把鱼养,
深山不是蛇在处,
河水哪容虎称王。

大鲨的嘴巴再大,
也吞不掉大海洋,
腊訇的野心再大,

也逃不脱灭亡的下场。

腊訇死了,
尸体已经腐烂,
他射上去的假太阳,
还散发着毒气。

森林还在冒着烟,
竹子还在倒着长,
山上的动物还在水里挣扎,
水里的鱼虾还困在山上。

遮帕麻拉开黄梨树的弓,
遮帕麻搭上九庹长的箭,
遮帕麻射下了假太阳,
天空不再喷毒焰。

天上出现了遮帕麻造的太阳,
天上出现了遮帕麻造的月亮。
太阳会出也会落,
月亮会升也会降。

遮帕麻挥动赶山鞭,
把倒插的树木扶正,
把倒流的河水理清,
把颠倒了的世界重新整顿。

把水里的兽类放回山上,
把山上的水族赶回河里,
只有会打洞的穿山甲,
从此没有回水里。

遮帕麻挥动赶山鞭,
鞭树树成林,
鞭水水更清,
森林河水相辉映。

鱼儿回水得自由,
鸟儿归林传歌声。
英雄的遮帕麻呵,
拯救了受苦受难的生灵。

遮帕麻制定了古老的规纪,
把世界管理,
百姓受苦他伤心,
百姓高兴他欢喜。

他派三十个小兵守山头,
临走时对他们讲:
"见毒蛇就要拔出长刀,
对鬼怪决不能手软。"

他派三十员大将管村寨,
出发前对他们讲:

"从今以后，谁敢再作乱，
腊訇就是他的下场！"

飞出去的雀鸟又回到了树林，
逃出去的百姓又回到了故乡，
烧光的草地又发绿了，
枯死了的鲜花重又开放。

田里的谷子一年两次黄，
肥壮的牛羊满山岗，
大树高兴得招手，
河水高兴得歌唱。

最动听的调子是窝啰，
最美丽的花朵是攀枝花，
唱一支窝啰歌颂遮帕麻，
采一朵攀枝花献给遮米玛。

阿昌的子孙啊，
这就是遮帕麻和遮米玛的故事，
你们要牢记在心头，
世世代代传唱下去。

遮帕麻和遮米玛的故事，
有地久，有天长，
要知故事的来历，
请问月亮和太阳。

遮帕麻和遮米玛的故事，
随天生，伴地长，
要问故事出在哪里？
阿昌心底是故乡。

第三编 景颇族神话

人类起源

讲述者：排启仁（云南省政协委员）
搜集者：朱宜初、李景江（吉林大学中文系）
时间：1980年4月17日
搜集地点：云南省德宏傣族景颇族自治州芒市

洪水滔天，哥哥和妹妹藏在鼓里。洪水过去，妹妹用银丝戳破鼓皮，水从窟窿射进来，把哥哥额上射出一个小眼眼。

哥哥向妹妹求婚，妹妹不好意思，兄妹怎能结婚呢？不结婚也不行啊，再没人了。

哥哥站在一座山上，妹妹站在另一座山上，两人放石头，两块石头压在一起。哥哥向妹妹求婚，妹妹还是不同意。

哥哥拿火把，爬到一座山上。妹妹也拿火把，爬到另一座山上，两人放火，一边火烟大，一边火烟小，两股烟飘在一起。哥哥又向妹妹求婚，妹妹只好答应了。

结婚后生了九个儿子，九个儿子种九块地，打下粮食，他们都吃光了，在地边抠个坑，拉上屎。爹妈挖野菜吃。九个儿子骗爹妈，说粮食在地边，爹妈知道儿子撒谎，很伤心。妈妈把箩筐砍成两半，变成翅膀，飞上天，变成太阳，儿子们不能看太阳，太阳光刺眼睛，妈妈的其他东西变成蝉。爹变成山神鬼，叫"崩兴"。他不是让水在额角上射出了一个小眼眼吗？所以山神鬼三只眼睛。

老大跪在爹面前，爹摸摸他的头，他变成了人。不信话的儿子，爹用竹铲一挑，他身上长出毛，变成熊、猩猩什么的。爹用瓢一敲，有的变猴子。

神鬼斗争

讲述者：早早脑、早早门、贺农（三台山公社供别生产队）
翻译者：麻旺（德宏州农业局干部）
搜集者：朱宜初、李景江
搜集地点：云南省德宏傣族景颇族自治州芒市三台山德昂族乡（原潞西县三台山公社供别生产队）

景颇族有个最大的男神叫林官洼，有了他才有景颇人。他造天，又造地。有九个鬼，叫洛红洛旁，总跟林官洼捣乱。林官洼把河拦起来捉鱼，洛红洛旁把水放了。他们还造出九个太阳、九个月亮，把谷子晒爆了。抱着的娃娃被晒死了。林官洼用弩弓把九个太阳、九个月亮全射了下来。洛红洛旁最小的兄弟打猎，他瞄准一只鹿，打死了，是他爹，他妈妈骂九个儿子，念咒让他们死。

林官洼平整土地，洛红洛旁还是捣乱，他们说"林官洼，你儿子死了"，林官洼继续平整土地；洛红洛旁说"你妹妹死了"，林官洼还是继续平整土地；洛红洛旁说"你妈妈死了"，林官洼还是继续平整土地；洛红洛旁说"你爹死了"，林官洼地没平完，回家看看。洛红洛旁把林官洼平整的土地弄得七高八低的。

林官洼发觉洛红洛旁骗他，他要把洛红洛旁整死。他砍棵神树，埋在地下九年，长出了菌子，洛红洛旁吃了菌子，全毒死了。

洪水滔天

讲述者：旱旱脑、旱旱门
翻译者：麻旺
搜集者：朱宜初、李景江

洪水滔天，姐姐叫阿娜昌娜姆，弟弟叫阿吉昌波由，躲在鼓里，在水上漂着。姐弟要试试水落了没有，便把八只公鸡放下去，八只公鸡淹死了，又把第九只公鸡放下去，它喔喔叫了，又把九根针扔下去，水落了，听到针的响声，姐弟才从鼓里出来了。

世界没有人了，只剩姐弟二人。人熊在洼里打水，念咒要把姐姐、弟弟诅咒死。姐姐听见了，说："不能在这儿啦。"姐弟两人逃走了。

又遇到山神，叫直通，他也打水，说要抚养两个孤儿，姐姐又听见了，姐弟便跟山神在一起了。

山神教他们劳动，把两个岔的河，闸住一个岔，另一个岔放水，捉鱼。有一种乌头，毒性很大，鱼吃了就死了。姐弟身上怪痒痒的，两人发生了性关系，生了娃娃。

夫妻去劳动，山神领娃娃。娃娃哭得可厉害啦，咋哄也哄不好，山神吓唬娃娃："你再哭，就把你剁死在九岔路口的地方。"娃娃不敢哭了。

一天，夫妻又出去劳动了。山神真的把娃娃剁死在九岔路口，剁碎了，把心肝拿回来，煮上了，准备吃。娃娃不在了，用树筒放在娃娃睡的地方，用被盖上，像娃娃睡觉一样。

妈妈回来了，要看看娃娃，喂喂奶。山神说："快吃饭吧，娃娃睡着哪。"夫妻把娃娃的心肝吃了。

吃完了饭，妈妈还要看娃娃。山神说："你们把娃娃的心肝吃掉了，想看娃娃，就到九岔路口去看吧。"妈妈到九岔路口一看，一个个肉团变成一个个人，姓赵、姓张、姓李……他们说："我们的心肝让你们吃了，不能认你们做爹妈，若认爹妈，除非爹妈把炭洗白了。"妈妈洗炭怎么也洗不白。

第四编

德昂族神话

开天辟地

讲述者：腊腊周（七十多岁，三台山公社邦外大队）
翻译者：何腊飘（五十九岁，三台山公社副主任）
搜集者：朱宜初、李景江
时间：1980 年 4 月 20 日
搜集地点：云南省德宏傣族景颇族自治州芒市三台山德昂族乡

　　天神布怕发创造了天、地、草木、人类。世界上烧起大火，人和各种动物都躲进葫芦。布怕发要砍开葫芦，要砍这边，这边的人说我的头在这儿。要砍那边，那边的说我的头在这儿。天神布怕发说砍哪边都有人，就随便砍吧，兔子把螃蟹推了过去，布怕发一刀砍下，把螃蟹的头砍掉了，螃蟹没了头，便横着走路，人和动物便从葫芦里出来了。

人类起源

讲述者：早腊摆（八十多岁，三台山公社处东瓜大队二队）
翻译者：李崖牙（四十多岁，大队支部书记）
搜集者：朱宜初、李景江
搜集地点：云南省德宏傣族景颇族自治州芒市三台山德昂族乡

　　传说两千五百二十七年以前，螃蟹发了洪水，它是水的娘，到哪儿，哪儿发洪水。人类没有了。（一说火山爆发，毁灭了人类。）一部分人躲进葫芦里，动物也躲进葫芦。螃蟹发了洪水，也要躲进葫芦，德昂人便把螃蟹的头砍掉了。佛教说释迦佛家安排了葫芦，救了人类，拜佛时离不开葫芦，有葫芦才有德昂族。拜佛用葫芦装水，把水滴下来，念着救命恩人。

　　洪水过后，只剩男人，没有女人。男人看鹭鸟是成对的，也想找女人配成对。这时,一个女的从天上来了,帮男人做饭,做菜,完了,又走了。男人偷偷看,怎么办呢?得留住她。于是想个办法,用藤子、银链把她拴住。他用银子做了项圈、腰箍、手镯,给女的戴上。女的问:"为什么把我拴住啦?"男的说:"好看。"银子很贵重,后来用竹子代替银子做腰箍,用铁代银子做项圈、手镯,成为德昂人的装饰。女的被拴住,再也上不了天,与男的配成夫妻。

德昂族姑娘十四五岁谈恋爱,小伙子送腰箍,姑娘有意便收下了。几个小伙子送,她都收下,她看中哪个,便回赠他东西,挎包什么的。

农业神话

讲述者:早腊摆、李崖牙
搜集者:朱宜初、李景江
时间:1980 年 4 月 21 日
搜集地点:云南省德宏傣族景颇族自治州芒市三台山德昂族乡

佛安排了人类,人一天天增加,吃的东西、野兽什么的没增加。神派水牛到了人间,带来了种子,但它记错了神的话,说一天吃三顿饭。人一天吃三顿饭,种的庄稼再多,也不够吃的。水牛到了天上,神——混习加问水牛怎么说的,水牛一说,神知道传错了,又让水牛回到人间。人把水牛捉住了,说"你说种地能够吃,种了地还是不够吃,你要帮助我们",用白线把水牛脖子拴住,所以水牛脖子上有一圈白的痕迹。谁家水牛生了小牛,它脖子上有带圈的痕,便是真水牛,不能卖。

水牛带来种子,帮人出了力,它老了,不杀,不卖,死了,要埋上。主人要念一念:"你帮我们一辈子,很辛苦了,你安息吧!"每年收新谷时,先给水牛吃,然后供佛,然后老人吃。

附记：芒市（原潞西①县）法院干部郭云山的一说：水牛从天上来，没带种子，它到人间，拉一泡屎。第二年，屎上长出谷子。打猎的看见，很稀奇，便种上，从此有了农业。

造天造地

讲述者：早腊摆、李崖牙
搜集者：朱宜初、李景江
搜集地点：云南省德宏傣族景颇族自治州芒市三台山德昂族乡

布是老公公，要造天；娅是老奶奶，要造地。人间是大海，娅织了网，造成了地。她死后灵魂变成了蜘蛛——神。布没造成天，娅罚他，他不能上天，不能踏地，是在中间。他出门，要抬着他，头上打着伞，表示尊重老公公。他的子孙继承他的工作，没变成神，变成了人。

会飞的女仙

讲述者：李老崖（六十岁，三台山公社处东冬大队）
搜集者：朱宜初、李景江
时间：1980年4月23日
搜集地点：云南省德宏傣族景颇族自治州芒市三台山德昂族乡

一千五百年左右，有个女仙叫罗莱恩，在天与地之间的地方。她与大

---

① "潞西"原名为芒市，元代设芒施路，明清分别设芒施府、芒市长官司等，1934年民国政府设潞西设治局。中华人民共和国成立后，因取"潞江以西"之意，沿用"潞西"地名，潞江即怒江的别称。潞西是德宏傣族景颇族自治州州府驻地，原为县，后升格为县级市。2010年7月12日，由国务院批准，云南省德宏傣族景颇族自治州潞西市更名为芒市，恢复了民间一直沿用的历史地名。——编者注

山（在缅甸）的伙子结了婚。女仙会飞，讨来我们的地方，她就飞回去，再讨来，她又飞回去，一连飞回三次。伙子跟他爹讲："讨个媳妇——女仙会飞。"他爹说："整个腰箍给她箍上了，就飞不了啦。"伙子做了腰箍，把女仙叫来，戴上腰箍，箍住了，不会飞了。现在呢，姑娘戴不戴腰箍都不会飞了。

天神的葫芦

讲述者：李老崖
搜集者：朱宜初、季景江

    早先，世界上到处烧起大火，什么都烧完了。天上下大雨，雨点有寨子大，把大火泼灭了，到处都是水。天上有个大葫芦，天神下来叫人，叫谁，谁就飞到大葫芦里，猪、牛会听话，也飞到大葫芦里。天神叫了七天七夜，有几万万人都进了葫芦。蜘蛛在水上织网，网像布一样，灰尘落在网上，成了大地。突出的大包成了山。土被大火烧了，有香味，几个天神到人间吃香土，吃了，飞不到天上，只好留在地上。

    天神把大葫芦从天上放到地上，打开葫芦门，人和动物都从葫芦里出来，人没有粮食吃，只吃香土。牛、马、猪、豹、鸡都各有地方。人会算属什么的。地方也大起来，但没有吃的。到哪儿要种子呢？

    地狱有个大鬼，到了人间，说粮食还是有的，我领你们到天上问天神。他领人到天上，问天神粮食在哪儿？天神说："老鼠那儿有种子，你们去要吧！"

    大鬼领人回到人间，他派鬼领人到老鼠那儿要种子。老鼠王有牛那样大，长着翅膀会飞，小老鼠也有小猪那样大。鬼领人到老鼠那儿，人不怕死，一定要找到种子。小老鼠咬住鬼，鬼说："不要咬，我们有事，来要种了。"小老鼠领着鬼和人到鼠王住的大石洞。鼠王说："人怎能到这儿来？"人说："没种子，来要种子。"鼠王说："不给。"人说："不给不行，佛都下来可怜我们。"鼠王给了种子，种子人着哩，宽有三拃，长有一肘。人把种子背回去，但不知往哪儿走，到处是牛、马、狗、豹子。人又回到鼠王那儿。鼠王问："为什么又回来了？"人说："来时鬼送来的，现在鬼走了，找不着路了。"

鼠王能管牛、马、虎、豹子等动物。它派两个老鼠送人，送到牛的地方，牛送人到马的地方，马送人到蟒的地方，蟒又送人到象的地方，象最后把人送到家。

人把种子给大家看，大家把种子种上了，种了一两年，一家分一点吃，挺好吃的，就种地了。一代一代传下来，粮食就越来越小了，到现在就像米那样大小了。

葫芦笙的故事

文本一

讲述者：李老崖
搜集者：朱宜初、李景江

有一家有个姑娘，伙子每天晚上吹葫芦笙，与她谈情说爱，两人便有感情。姑娘的爹妈不愿意把姑娘嫁给伙子，便在高山上盖栋竹楼，让姑娘单住，省得伙子来串姑娘。

伙子一到晚上仍吹葫芦笙到高山上串姑娘。

一天晚上，姑娘在楼上织筒裙，线掉到楼下。老虎来了，抓线玩。姑娘以为又是伙子来了，她趴在竹楼板隙往下看，挺黑，看不清楚。她放下梯子，让伙子上来。老虎上楼把姑娘吃了。

伙子又来到竹楼，吹起葫芦笙，却听不到姑娘的声音。他到竹楼下，看到有什么东西从上边流下来，他用砍刀接着，借月光一看，是血。他知道姑娘被野兽吃了。

他回去磨砍刀，磨呀磨，把刀磨得飞快，他拿一根头发，一切头发就断了。他又磨呀磨，把三个木杵摞起来，一刀就砍断了。他还是不停地磨刀，刀磨得更快了。他奔到竹楼，冲到楼上，一刀把老虎砍死了。

他把姑娘的腰箍、项圈、手、脚给拾起来，把老虎的爪、脚也拾起来，绑在一起，走到姑娘家，把它挂在屋门前。他又对着姑娘的残骨，吹起葫芦笙，他的眼泪流下来，把眼窝都填满了。

早晨，姑娘的妈妈从屋里出来，有东西碰到额头上，一看姑娘的遗物、手脚、老虎的爪和脚，知道姑娘让老虎吃了。

从此青年男女相爱，爹妈不再阻拦了。

伙子串姑娘吹葫芦笙就是从这时开始的。

文本二

讲述者：王岩刚（四十二岁，三台山公社党委副书记）
搜集者：朱宜初、李景江
搜集地点：云南省德宏傣族景颇族自治州芒市三台山德昂族乡

德昂族的一个寨子有个年轻伙子，长得健壮，家庭穷寒。他白天下地干活，晚上吹着葫芦笙去串一个姑娘。姑娘长得漂亮，她白天卜田，晚上跟伙子谈情说爱。她家里富裕，她爹妈嫌伙子穷。那时订婚，要一百块银圆，二百斤猪肉，四百斤米，八十斤菜。穷伙子也拿不起呀，但姑娘不嫌伙子穷，和他经常来往。姑娘爹妈为了不让伙子接触自己的姑娘，在山上给姑娘盖个"高站"，高三十公尺[①]的竹楼，搭上梯子，才能上去，不然，谁也上不去。姑娘白天割旱谷子，晚上就独自住在"高站"上。

伙子一到晚上，仍然吹起葫芦笙去串姑娘。两人感情越来越深厚啦。

---

① 一公尺为一米，为呈现资料原貌，予以保留。——编者注

一天晚上，姑娘在"高站"上织筒裙，线从楼上掸下来。老虎来了，看见线一动一动的，就跑到楼下捉线玩。姑娘在楼上觉着线一拽一拽的，以为是伙子又来了，她说："你要上来就快上来，不要在下面开玩笑啦。"她把梯子竖下去，老虎爬上来，把姑娘吃了。

伙子又到了"高站"前，他听楼上没什么声音，他挺奇怪，每天姑娘都在楼上烧起火堆等他，今天怎么连亮也没有呢？他又往前走走，听见楼上有嚼东西的咔咔的声音。怎么会有吃东西的声音呢？他又听见水滴下来的声音，他走过去用长刀接着水珠，他借着月光一看，是血。

他偷偷离开"高站"，回到家磨长刀，他磨呀磨呀，一刀砍断两个碗粗的碓齿；他又磨呀磨呀，一刀砍断三个碓齿。他跑到"高站"，用脚一踹楼梯，老虎听到动静便跑下来，他一刀就把老虎劈死了。

他跑到楼上，看到姑娘的手、脚，他伤心地哭了。他拾起姑娘的手和脚，又拾起项圈、耳环、镯头，又砍下老虎的头和脚，用姑娘的包头包起来。他走到姑娘爹妈的房前，把那个包包挂在碓齿上。他对着姑娘的遗物又吹起了葫芦笙，过去他去串姑娘吹的是欢乐的长调，今夜他吹的是伤心的哭调。他的泪水一滴滴淌到碓窝里，老大的碓窝积了半窝子泪水。夜里吹葫芦笙，声音格外清晰，伙子一遍又一遍地吹"舅舅娘娘，风吹我深洼下……"，意思是风一吹，我伤心，没力气上来了。哭调传到姑娘爹妈的屋里，妈妈对伙子说："姑娘不在家，你不要吹了，走吧。"伙子全当没听见，意思是作为父母，不许子女恋爱，老虎才吃的你的姑娘。后来才走了。

早晨，姑娘的爹妈留了谷子，到碓窝舂米。她妈用脚一踏碓脚，碓窝发出扑哧扑哧的声音，她到碓窝一看，半窝水，她以为是伙子尿的一泡水。她把水掬出去，把谷子倒进碓窝，再一踏碓脚，有银子哗啦哗啦的声音，她看见碓齿上挂着一个包，打开一看，是银项圈、耳环、镯头、人手脚、老虎头和脚。她这才知道姑娘被老虎吃了，她伤心地哭了。

从此，父母不再干涉子女的婚事了。

从此，伙子串姑娘就吹葫芦笙了。

附录

田野调查笔记

德宏傣族订婚结婚仪式

讲述者：方正湘
搜集者：朱宜初、李景江
时间：1980年4月17日
搜集地点：云南省德宏傣族景颇族自治州芒市

德宏傣族老年人、中年人、青年男女都有组织。十一二岁的小姑娘穿裤子，到十九岁成人了，便穿裙子，在赶摆的日子便开始了。年轻姑娘和伙子都有头头，是选举的，选年龄大点、懂事的。年轻姑娘的头头叫"娥梢"，伙子的头头叫"娥帽"。穿裙子六七年，到二十五六岁征得"娥梢"同意，便可订婚。伙子订婚年龄十七八岁，超过二十没订婚的，叫"帽桃"，即老小伙子，不易找对象了。

伙子串姑娘，姑娘纺线，伙子唱情歌，姑娘不答。姑娘有意思便和伙子出外谈情说爱。他们不随便发生两性关系。

寨子给姑娘、伙子一二十亩地的田地收入！叫帮助困难户，他们有时帮工，挣的钱作为他们的活动经费。

伙子和姑娘情投意合便订婚，伙子给姑娘50—60元，姑娘给伙子衣服两三件，自己织的布两三排①。伙子便跟父母讲了，父母托媒人到姑娘家说媒，父母同意了，要商定彩礼，有要多的，有要少的，多的上千元，少的六百元，肉一百二十斤，酒六十斤，上门的给四百元，九十斤肉。姑娘家陪送被、褥、蚊帐，五六个枕头。

离婚时，新夫要把订婚时男方给的钱、肉、酒如数退给原夫。

结婚仪式：新郎挑着装有茶叶、谷穗、花生米的箩筐，到新婚的寨子，

---

① 排：此处是指云南汉语方言中有关织布的量词。——编者注

请老人们吃，意思是看结婚的准备如何。

姑娘离开娘家时，媒人祝福姑娘，新郎要给岳母、岳父磕头，老人祝福女儿、女婿夫妻和睦、种地丰收、养牛羊肥壮、生活顺当、发财致富。

到婆家，新娘要给公婆磕头，老人也为儿子、媳妇祝福，新婚夫妇给亲友倒酒。亲友入席，这时，要杀一只鸡煮熟，新郎、新娘摸黑吃一点，然后躲下睡一小会。陪新郎、新娘的共八人：陪母——新娘姨母两人，不要寡妇，也不要没生孩子的，要生过一男一女的，意思是新婚夫妇将来儿女双全。新郎家中年人两个，小卜少两个，新郎的朋友两人。娃娃在窗外学鸡叫，陪母说："天亮了。"新郎、新娘起来，把鸡肉给娃娃们吃。

新郎、新娘吃饭要换碗，表示亲亲热热，永不分离。然后伺候客人。入夜同房。

第二天新娘回娘家，她的朋友、小卜少们都来做粑粑，唠嗑。新郎再把新娘接回去，做汤圆——用糯米面把豌豆面滚在里面，请大家吃。

景颇族丧葬仪式

讲述者：何卫东（芒市三台山公社干部）
搜集者：朱宜初、李景江
搜集地点：云南省德宏傣族景颇族自治州芒市三台山德昂族乡

景颇族死了人，家人要放三声铜炮枪报丧，然后通知亲戚。死者停放在堂屋火塘边鬼台[①]下。火熊熊地烧着，家人和亲友不分男女老少都围火塘跳舞，敲铓锣，有的跳两天，有的跳三天，白天跳的叫"布滚过"，晚上跳的叫"日木冬"。

死者放入棺材，唱丧葬歌，即兴而歌，歌词不固定。人们又舞又歌，让

---

① 鬼台：景颇族堂屋中的供桌祭台。——编者注

死者灵魂高高兴兴离开家人，到他的老家去，不要给家人带来灾难。他的老家在遥远的地方，叫"莫素莫空"。

董萨[①]要看埋葬的地点，选择吉祥的地方。坟穴长方形。埋葬后，董萨说一套词：死者灵魂快回老家，要走什么路，祖宗是什么人，到哪儿去找，他们会迎接你。

坟头上插竹竿，做旗杆的白旗，用纱布做的，叫"冬坤"。坟头挂死者生前的用具，并埋木桩做标记。

半夜，家人在坟头摆筒裙，点着灯，在旁边看着。如有蚂蚱、蚂蚁一类小动物跳到或爬到筒裙上，要收起来背回家，它们就是活着的家人的灵魂，这个活动叫"表杜"，即背活人灵魂。

埋葬当时不祭奠，春节要祭奠，在坟前摆食物和用木刻的龙或小牛，后者叫"古让"。

一般人死了，参加丧葬的要自己带点米来。山官家死了人，山官要求他管辖地方的人参加丧葬，派粮食、白工。

景颇族的宗教

讲述者：早早脑、早早门
翻译者：麻旺
搜集者：朱宜初、李景江

景颇族信鬼，最大的鬼是天神，分几种："辛拉"，鬼的总头，管其他的鬼；"直卡"，管谷子、牛羊的鬼；"木柑"，管雷的鬼；"贾排"，管风的鬼；"直嘎"，恶鬼，管死亡、伤人、残病。

[①] 董萨：又写作董沙，是景颇族的中等级祭司。——编者注

对恶鬼要驱赶，如有人头上长疮，供小干鱼、老鼠、小鸡，供"直嘎"享用。驱赶，不能恐吓、威逼，而是商量、请求。董萨念："我们已经供你喽，对得起你喽，该给的都给喽，我们只有这些喽，小鸡、干鱼、老鼠，你带走吧，不要缠病人喽，不要再来喽。"

对善鬼要感谢，收谷子时，要杀猪，没有猪，要杀两只鸡。要讲天地是怎么来的、姐弟结婚的故事。

有大病，先打卦，用竹板在火上烧，竹板裂开，董萨看竹毛，知道病是什么鬼带来的，要供什么祭，杀鸡或杀猪牛。

"拉事"——一个寨子拉另一寨的牛，引起纠纷，董萨念咒语，把恶鬼——"直嘎"放到对方寨子，让对方的枪打不响，眼睛瞎，自己打自己，用牛用不成。

死人。董萨念鬼，送魂回老家去，在那儿洗脸、喝水、吃饭，让魂跟老祖宗在一起。人咽咽气，嘴里放碎银子，过河、过江要用钱。嘴里还放米，男人不论老年还是伙子放六颗，女人不论老婆婆、媳妇、姑娘放七颗。男人六个灵魂，女人七个灵魂。小孩死了，不放米粒。

祭天鬼的由来。有寡妇和孤儿很穷困，衣服和房子都破破烂烂，也讨不起媳妇。天鬼可怜他们，一说天鬼天天帮母子做饭；一说天鬼从天上放下个小姑娘，长得很漂亮。孤儿捉住小姑娘，与她结了婚。孤儿被山官、头人欺侮。天鬼给孤儿飞刀，什么都能砍断，大青树一刀就砍倒了，倒下的大青树差点砸了财主的房子。财主让孤儿赔，否则，就要小姑娘。孤儿没办法啦。天鬼让孤儿编个小笼子，放在财主门口，笼子自己跳起来，关住财主，财主就没办法了。

小姑娘——仙女舂谷子。孤儿用刀削藤子，做腰箍，他不会削。仙女让他不要削，要刮藤子才不断。这时，公鸡跳上去吃谷子，仙女把公鸡杀了。天鬼刮大风，把仙女、孤儿、老母卷到天上，从此就敬天鬼了。

景颇族的跳新房

讲述者：早早脑（六十多岁）、早早门（五十多岁）、何老三（五十多岁）
翻译者：麻旺
搜集者：朱宜初、李景江
搜集地点：云南省德宏傣族景颇族自治州芒市三台山德昂族乡

盖新房叫"直锅"。进新房，许多人参加，边跳边唱。房子怎么盖的？原来人不会盖房，一种小鸟叫"中山妈"会做窝，人向小鸟学盖房。人不会粘草，看鸡的毛学会粘草。人不会拧篾子，学山鸽子拉屎的样子会拧篾子。人不会打洞，人向穿山甲学会打洞（放柱子的洞）。人不会挖地基，学野猪拱地会挖地基了。

老人们说：景颇族的房子是尖房顶，佤族的房子是尖房顶，德昂族的房子是圆房顶，什么原因呢？原来这三个民族是三兄弟，住一间房子，德昂是老大，景颇是老二，佤族是老三。后来三兄弟分家了。老大把一间砍给景颇，把另一间砍给佤族，他要中间一间，所以德昂的房子圆顶。景颇和佤族的房子是尖顶。

唱的歌：养牛满圈，养猪像老鼠一样（老鼠繁殖多），养鸡像麻雀一样，谷子装满仓，吃一年到头，新谷到家老谷还吃不完。歌颂房主人，如姓排的，要唱男的姓什么，女的姓什么，老祖宗怎么来的。

最后主人倒两碗酒，向出力气的姐妹兄弟敬酒，给他们包头、竹篾什么的。唱时都是男的，互相问答。

景颇族的婚姻

讲述者：早早脑、何老三
翻译者：麻旺
搜集者：朱宜初、李景江

  等好了，相爱了，要经过父母同意，父母不同意不能成亲，或者要拿姑娘自己的一点东西，头发什么的都可以，给董萨打卦，叫"直翻扭"。董萨用薄竹在火上烧，竹破开，看竹毛，决定娶不娶这个姑娘。

  决定娶这个姑娘，托媒人与姑娘商量。官种家——部落的主人的姑娘，要十头牛、一匹走马、一对象牙、一个犀牛角、两件龙袍、四匹绸子。一般人家的伙子娶不起这种官种家的姑娘。一般人家的姑娘要的不超过五头牛。

  姑娘接到家，在门口栽几蓬棒棒草，供几个鬼栽几蓬，要杀的猪、鸡都拴在棒棒草中间的桩子上。董萨念：讨媳妇生七八个娃娃，养牛满圈，养猪像老鼠一样，媳妇像甘蔗一样发起来[①]，像芭蕉一样顶稳家。念完，杀鸡、猪。有一把礼刀先照猪比量一下，然后向左转，再比量鸡。然后用快刀杀猪、鸡。煺毛、破膛、煮熟，取出心肝，供鬼。猪供大鬼，鸡供小鬼，最后供的是口舌鬼。

  晚上闹新房，老人不参加，姐姐在，弟弟不参加，弟弟在，姐姐不参加，在公房也是这个规矩。

[①] 发起来：甘蔗生长萌发极快，这里用作比喻。——编者注

德昂族的丧葬仪式

讲述者：何腊飘（三台山公社副主任）、李老翕（五十四岁，邦外大队）
搜集者：朱宜初、李景江
时间：1980年4月20日
搜集地点：云南省德宏傣族景颇族自治州芒市三台山德昂族乡

德昂族人死了，放在房中间，剃掉头发，脱掉衣服，用蒿了水洗洗身体，洗的人儿、孙、亲戚都可以。洗完，包包头，穿上新衣服。为啥洗？洗得干干净净的，到阴间人家才收留，埋埋汰汰的，人家就不要了。要把死者的大拇指、膝盖、大脚趾用白线绑上。德昂族人活着的时候，走路弯腰、提短裤，女人提裙子从客人面前走过，不能大摇大摆地走，死了绑上，表示尊敬天神。死后，死者嘴里含碎银子，死者要过河，带上坐船的钱。

六十岁以上的老人死了才打枪，中年、青年死了不打枪。

晚上，全寨最老的老人死了，才敲铓。佛爷死了，要敲铓。八十岁以下的死了，不敲铓。

参加丧葬者可带柴、米、茶，也可带一张纸，也可不带什么，主人也不见怪。小伙子、姑娘帮挑水、舂米。平时天一亮就舂米。死了人，什么时间都可舂米，因为平时无准备，主人做饭招待参加丧葬者。有的人家准备棺材，有的用竹子编的，放入棺材的死者，女人脸朝天，男人脸朝地。

正常死的，埋入村寨公墓。有的当天埋，有的停几天。凶死者火葬。请老佛爷念经，意思是死者的灵魂好好走，活着的好好种田，过日子。

德昂族盖房子的习俗

讲述者：早腊摆、李崖牙
搜集者：朱宜初、李景江

进新房时，全寨同姓的出嫁的姑娘都进主人新房。出嫁到远处的就不回来了。姑娘们给新房火塘装土，意思是认认亲爹妈。她们带点米、芭蕉、小箩箩、菜呀，表示帮助支援，还带点钱，假装从很远的地方来的。她们一伙进了新房，主人或安排一人代替他，问她们是哪个寨的？尽管刚吃完饭，还要给她们水喝，烟抽。她们说是从哪儿来的，走几天路，坐过什么船，歇几个晚上，在哪儿住的，她们听到一个消息，你们作为父母要盖新房，她们来帮助。

主人说："你们辛苦了，带信给你们，怕带不到，怕路太远，你们来了，好了。吃没吃饭？"主人还要摆饭给她们吃。

姑娘们给主人磕头，说："路很远，没啥带的，只带一点东西。你们盖房用什么材料？"

主人说用木头、竹子、竹板、草，用了多少多少。

"为什么盖新房？"

"汉族、傣族把我们打败了，把房子烧了。"

姑娘们说："你们有了新房，我们也安心了，要回去了。"

主人说："那你们就回去吧。"

姑娘们说："我们走了几道河，几座山，鞋子穿烂了，该补补鞋子啦。"

主人给她们点鞋子钱。

姑娘们说："我们过了几道河，坐船要花船钱。"

主人又给点坐船钱。

姑娘们说:"路上还要吃饭。"

主人给每人一碗米。

姑娘们说:"吃饭还要吃菜。"

主人再给每人点菜钱。

姑娘们说:"我们衣服烂完了。"

主人给每人一件衣服。

姑娘们说:"我们带象、老虎(刚满两岁,没进过新房的娃娃)也要吃东西。"

主人给娃娃一两件东西。

姑娘们说:"老人、娃娃在家,见不着外公、外婆的面了。"

主人又要给老人、娃娃一点东西。

姑娘们说:"娃娃要玩。"

主人给娃娃一个碗。

姑娘们说:"镰刀也割烂了。"

主人要给镰刀。

我们德昂族姑娘出嫁的聘礼,主人不能自己占有,同姓姑娘每人一份。盖房子,同姓姑娘都回来,表示帮助。平时吵了架,水火不容,但盖房子时还要来。她不来,大家都看不起她。她家有事别人也不来了。她要一家一家认错,人家才来。同姓的一个姑娘死了,同姓的其他姑娘出钱安葬她。

要明确少数民族民间文学的搜集对象和内容
——在德宏地区采风的体会①

李景江　朱宜初

我们在瑞丽过了傣族的泼水节，在竹楼上听老人讲傣族的宗教和民俗。在芒市参观了刚恢复的傣族奘房，请景颇山官、汉族土司、傣族佛爷（"文化大革命"前有的是副州长，有的是政协负责人）介绍本民族的民间文学，我们到潞西县三台山公社的德昂族、景颇族寨子，在竹楼的火塘边，请董萨（巫师）、老人、干部讲这两个民族的神话、故事、习俗、宗教。我们搜集了二十份关于德昂族、景颇族的神话、宗教、民俗资料，工作较为顺利，取得了一些成果。原因是我们总结了"文化大革命"前搜集工作的经验、教训，进一步解放思想，批判极"左"文艺思潮，明确少数民族民间文学的性质和工作方针。我们体会较深的是要明确搜集的对象和内容。这对今天抢救民间文学遗产，贯彻民间文学的十六字方针②关系极大，也是把搜集整理、教学、研究工作提高到一个新水平不可忽视的问题。

少数民族民间文学的搜集对象是谁？上层人物能不能作为搜集对象？这似乎是不成问题的问题。"文化大革命"前我们一直认为少数民族的劳动人民是民间文学的创作者、传播者、保存者，搜集民间文学理所当然也要

---

① 编者对该文原文中个别涉及意识形态表述的语句做了删改。——编者注
② 1958年7月，中国民间文学工作者代表大会在北京召开，这同时也是民研会第二次全国代表大会，贾芝作了题为《采风掘宝，繁荣社会主义民族新文化》的大会报告，这篇后来被不断引用的文章确立了当时民间文学搜集整理的基本原则：全面搜集、重点整理、大力推广、加强研究。这"十六字方针"也奠定了中国民间文学搜集整理工作的基本范式。"采风运动"时期，各地搜集整理者并没有受过太多民间文学系统训练，但出发前大都知道这"十六字方针"。（高健：《中国民间文艺家协会民间文学搜集整理七十年》，《民间文化论坛》2021年第3期。）——编者注

找他们。而上层人物是剥削者，不是民间文学的创作者、传播者、保存者，他们对民间文学只能利用篡改。在他们中间搜集，不但得不到真正的民间文学，而且阶级路线也不对头。那时不敢向他们搜集。这对不对呢？我们对这个问题，进行了再认识。

在劳动人民中间进行搜集，无疑是对的，他们熟悉、热爱世世代代劳动人民创作、流传、加工的文学，特别是他们中间的歌手、故事家、诗人，是传播、陶炼、保存自己文学的代表人物，是各民族自己的艺术家。不但过去应该，今后也应该首先在他们中间进行搜集。但是应不应该在上层人物中也进行搜集呢？应该。为什么呢？

其一，在本民族中，他们是高级知识分子，是头面人物。他们有的念过中学，有的念过大学，有的到过外国，非常熟悉本民族的经济状况、政治组织、宗教习惯、伦理道德、风土人情，他们在学习本民族文化时就接触、了解本民族的文学，其中有的甚至搜集、加工、保存过一些民间文学作品，掌握劳动人民不知道的许多珍贵资料。其二，解放后，他们不少人当了国家干部，生活有了很大改善，又受了党多年的教育，思想觉悟有很大提高。他们虽然在"文化大革命"期间受到冲击，但还是比较容易了解我们搜集的目的、要求，愿意与我们合作。其三，这些人都七老八十啦，他们一旦入土，他们记忆中的珍贵资料也随之埋入地下，岂不可惜？抢救民间文学遗产，不能排除他们掌握的东西。其四，上层人物是否都利用、篡改民间文学？不能一概而论。有些上层人物出于维护统治的目的，确实利用、篡改民间文学，如傣族叙事长诗《松帕敏与嘎西娜》，保存于民间的手抄本描写了百姓的苦难和他们奋起反抗王叔召刚的斗争，而经书中的抄本就没有这些内容。举似例子还能举出一些。但不能因此得出结论说，所有的上层人物都篡改民间文学。要知道他们中有些人也喜爱本民族的艺术珍品，特别是关于本民族的起源、习俗、历史发展的神话传说。这些从远古传下来的全民族的精神财富，不但为劳动人民所欣赏，也为上层人物所欣赏。因此，这些上层人物所讲述的能忠实于原作的面貌。如景颇族的排启仁（原副州长）

讲了景颇族兄妹结婚的神话：兄妹藏在鼓里躲过洪水，结婚生了九个儿子，由于他们欺骗了父母，母亲飞上天变成了太阳，父亲变成了山神鬼，这九个儿子，能认错的变成了人，不认错的变成了人熊、猩猩、猴子。应该说这个神话保存了某些原始面貌，说明景颇族也经历过血缘婚时期，敬重老人是当时的道德观念，欺骗长辈，要受到谴责。它对研究景颇族的原始文学和婚姻形态是重要的材料。再如在芒市请佛教协会副秘书长讲了傣族的文学与宗教，他讲了关于孔雀舞的来历的故事，纠正了名为孔雀舞的错误。孔雀舞应是金格拉舞。金格拉是个漂亮姑娘，人面、人手、兽身、鸡爪、孔雀尾巴，有翅膀。有个国王打猎，遇见金格拉跳舞，非常喜爱，他快马加鞭追赶，也没赶上。国王回来说了金格拉的形象和她的舞蹈，于是人们扮演金格拉跳舞，便有了金格拉舞。这对我们了解享有盛名的这一舞蹈是有意义的，对研究傣族神话中神的形象也有参考价值。

在劳动人民中搜集与在上层人物中搜集，应该而且能够结合起来。劳动人民与上层人物讲唱的能相互印证，相互补充。有时两者都熟悉某一作品，有时前者熟悉，后者不太熟悉，有时候后者熟悉的，前者不太熟悉，把两方面搜集的结合起来，就能获得较全面真实的资料。如排启仁讲了景颇族"跳木脑"的情况。我们到三台山公社供别生产队找了景颇族几位老人，讲了排启仁介绍的"跳木脑"，就引出了新材料。他们说排启仁讲的是大山（在缅甸）的，他们知道的是小山的，不叫"木脑"，叫"总木戈"。他们又补充：获得胜利——"包拉械斗""拉事"（一个寨子拉一个寨子的牛，引起纠纷），为了庆祝胜利跳的舞叫"布当总"；老人死了跳的舞叫"日木当"；为了祝福生活富裕跳的舞叫"实总"或"窝总"；进新房跳的舞叫"直锅"。他们还讲了这些不同形式的舞蹈的规模、人数、形式、内容，等等。这些资料能透露出景颇族的生活、斗争、历史、习俗、艺术、宗教观点及原始观念。我们把两者的资料结合起来，了解了这一问题就透亮了。

要在上层人物中进行搜集，就要尊重、相信人家，不能对他们半信半疑。他们过去曾经有压迫人民的一面，但他们又是头面人物，在人民中有较高威信，又有代表人民的一面。解放后，有的变成自食其力的劳动者，有的成了地方政府的领导干部，为人民做了不少好事，他们是我们的同志、朋友。当然，在他们当中搜集有时也碰到困难，有的人有顾虑，不愿讲出来。这时，我们要耐心地多方面地做思想工作，特别是请公社干部帮我们做工作，他们心里有了底，胆子壮了，就敢讲了。

与搜集对象密切联系的是搜集什么内容，这也似乎是不屑一提的问题，但往往习以为常的问题成了问题。我们以前也都承认全面搜集的原则，实际做起来就不那么"全面"。在思想上受"厚今薄古"的影响，以为古的东西是过去时代的，不能为今天的政治服务，思想性不那么强。搜集古的，又怕别人说醉心古董，不热心新东西。因此，对社会主义民间文学，搜集热心，胆子也壮，对古代早期的民间文学，特别是原始社会的，不够重视。是在熟悉的老路上踏步，还是勇敢地跨出新一步呢？我们重新认识这个问题。

搜集古代的，特别是远古的作品，能不能说是"厚古薄今"，热衷古董呢？不能。对于社会主义民间文学的"今"当然应该重视，因为是新时代劳动人民的新创作，但"今"的历史毕竟只有三十年，而传统的民间文学，有文字记载的历史就有四千年，再推去，各民族原始社会的文学恐怕有几十万年，甚至上百万年的历史，精确的年代难说清楚，但从许多民族的图腾崇拜、人类起源、开天辟地等神话来看，是相当古老。对如此"古"的珍品为什么不应该"厚"一些呢？而且各民族都有自己的发展历史、传统继承关系，知今有利于知古，知古有利于知今，不知古难以知今，就如不知江河的源头就不了解浩瀚的长流一样。因此，把三十年的"今"看得比几十万年的古还重，行吗？把两者看得半斤八两，半儿对半儿，行吗？

还应该看到，云南不少民族直到解放前，还处于原始社会末期，如独龙族、怒族、基诺族、苦聪人、佤族（某些地区）、傈僳族（某些地区）。有的进入了阶级社会但仍保持了较多的原始因素，如景颇族、德昂族等。这些民族保存了许多原始状态的文学，当然，这些作品经长期流传，离真正的原始状态已经很远了，但仍能保留一些原始面貌。这是研究原始社会的历史、经济、民俗、宗教、文学很珍贵的活材料，比地下发掘的遗址、遗物要生动活泼，有特殊价值。在外国，有些殖民主义者推行毁灭落后民族的野蛮政策，把非洲、澳洲的原始人当动物一样捕杀，能保存原始文学的民族已经不多了。但云南是得天独厚的，我们祖先留下的珍贵遗产是值得特别珍视的。外国历史学者、民俗学者看到我们有这么多较原始状态的民族和文学，简直眼红，我们可不能身在宝地不知宝啊！

再说，认为"今"就有思想性，"古"就无思想性，也是片面的理解，而且，我们认为的"思想性"不能忽视了民间文学历史及其原貌。其一，民间文学有反映阶级社会生活的，也有反映原始社会生活的。原始社会那时只有人与自然的斗争，氏族、胞族、部落之间的斗争。要避免出现把老虎、豹子升为地主，把兔子、狐狸尊为劳动者一类的笑话。其二，民间文学主要反映劳动人民的生活何其丰富多彩，如表现生产劳动、宗教活动、爱情生活、家庭纠葛、风俗时令、动物生活等。这些作品还反映了社会生活、世态人情的各个方面，也有它的思想性。那些不从民间文学实际出发，只从条条框框出发的整理方法，把色彩斑斓的民间文学林海砍得只剩几棵枯枝。其三，分析研究民间文学时离不开历史主义的观点，不能用社会主义时期的情形去套过去。我们不是有过这样的做法吗？公主与猎人结婚，一定要改成宫女与猎人结婚，王子与农村姑娘相爱，一定要改成地主长工与农村姑娘相爱，据说这样才跟新社会相对应。这是将社会关系看成是凝固不变的形而上学的观点。

由于我们思想比较明确，就有意识地搜集了德昂族、景颇族的一些神话，这些资料不但对研究这两个民族的文学，而且对研究这两个民族的社会生活、历史变化、婚姻形式、伦理观念都很有价值。德昂族的《开天辟地》神话，说明了这个民族也经历过洪水、干旱的时期，其中也有佛教的影响。《造天地》神话歌颂了女神——娅，反映了德昂族经历过母系氏族阶段。《腰箍来历》神话表现了德昂族由对偶婚到一夫一妻制的转变，而男子以聪明智慧束缚了一个女仙，正是父系氏族取代母系氏族的曲折的反映。我们没有搜集到一篇关于狩猎的神话,可能德昂族的狩猎不很发达吧,但搜集了两篇农耕神话,看来这个民族在远古时代的农业生产占重要地位,它们情节不同,但都表现了对天神、动物——水牛、老鼠的崇拜,也表现了原始人与自然斗争的精神。

得提到的是,我们这次搜集与"文化大革命"前的搜集不同:不是就文学搜集文学,而是把文学与民俗、宗教、历史结合起来进行综合性搜索,既考虑到整理,又考虑到教学和研究。过去我们曾进行过多次大规模搜集,汇集了大量民间文学资料,取得了很大成绩。旧时代的搜集是无法与我们的搜集相比的,但这项工作也有缺点。当时注意民间文学的文学价值,忽略了它的多方面价值,根源是对民间文学的性质缺乏全面认识。民间文学是文学,它反映了一个民族的生活、斗争、思想、感情、心理,这一点与作家文学有相似点。但它依靠人民的口头一代一代流传下来,它所反映的民间风俗习惯、宗教发展、历史进程,就与作家文学有明显区别。它的特殊民族风格和多方面价值正是通过许多因素构成的。原始社会最早的文学如歌谣、神话、传说,从产生时就带有这些特点:原始人意识形态带有综合性,那时的文学、宗教、哲学、民俗、伦理还没有形成独立部门,后来,随着社会的发展,意识形态的各部门才逐渐独立出来,它们都为一定的历史阶段的经济结构所制约,但意识形态各部门又是相互影响的,正如恩格斯所说:"政治、法律、哲学、宗教、文学、艺术等的发展是以经济为基础的。但是,它们又都互相影响并对经济基础发生影响。"阶级社会的民间文学与其他意识形态也是相互渗透、影响的。搜集民间文学不能不考虑到这个特点,只就文学搜集文学,或只考虑整理,不考虑研究,就割断了文学与其他意识形态的联系,把它变成了孤零零的东西,就不容易深入理解文学,也必然丢掉了许多有价值的资料。今天回忆那时候的搜集工作常常惋惜,哎呀,那么有用的材料,咋忘了搜集呢?多可惜啊!我们这次采取综合搜集的方法,在搜集一个民族的文学作品的同时就搜集了这个民族的民俗、宗教、历史等资料,收获就比较大。景颇族的结婚仪式反映了他们的宗教观念和对美好生活的追求。德昂族的盖新房习俗，反映了他们历史的变迁和民族、氏族血亲关系相互帮助的残迹。德昂族、景颇族的丧葬仪式便于我们了解他们的原始观念：灵魂不死、神鬼观念、彼岸世界。景颇族的原始宗教对了解他们的神话传说也是重要材料。总之，注意民间文学的多方面价值，就要了解它的根基、土壤、环境，离开基础就难以深刻理解植根于其上的文学花朵。

继续组织人力抢救少数民族民间文学是迫在眉睫的任务，搜集中的许多问题有待重新认识，以便把搜集整理、教学、研究工作提高到一个新水平。

图书在版编目（CIP）数据

云南大学1980年德宏民间文学调查资料集 / 云南大学文学院编 . — 北京：商务印书馆，2023
（云南大学少数民族民间文学调查资料丛刊）
ISBN 978-7-100-22043-9

Ⅰ.①云⋯　Ⅱ.①云⋯　Ⅲ.①少数民族—民间文学—文学研究—史料—德宏傣族景颇族自治州　Ⅳ.①I207.9

中国国家版本馆 CIP 数据核字（2023）第 033844 号

权利保留，侵权必究。

云南大学少数民族民间文学调查资料丛刊
云南大学1980年德宏民间文学调查资料集
云南大学文学院 编

商 务 印 书 馆 出 版
（北京王府井大街36号 邮政编码100710）
商 务 印 书 馆 发 行
北京顶佳世纪印刷有限公司印刷
ISBN 978-7-100-22043-9

2023年6月第1版　　　开本 710×1000　1/16
2023年6月北京第1次印刷　印张 25

定价：138.00 元